Theresa Czerny

Die Pferde von Eldenau

# Galopp durch die Brandung

Band 2

Band 1: Die Pferde von Eldenau – Mähnen im Wind
Band 2: Die Pferde von Eldenau – Galopp durch die Brandung

Theresa Czerny

# Die Pferde von Eldenau

## Galopp durch die Brandung

Band 2

magellan

# Jannis

Möglichst unauffällig trat ich von einem Bein aufs andere. Seit einer halben Stunde standen wir hier oben im schneidenden Wind am Aussichtspunkt, und ich hatte schon vergessen, wie es sich anfühlte, Zehen zu haben. Fridas Vorfahren schienen aus Grönland zu kommen, oder ihre Stiefel waren mit Angora gefüttert, jedenfalls machte ihr die Kälte nichts aus. Ihr Atem bildete weiße Wölkchen in der klaren Luft, sonst hätte ich mir vielleicht Sorgen gemacht, dass sie schon zu Eis erstarrt war.

Wir warteten auf die Herde. Also, *die* Herde. Auch nach einem halben Jahr hatte ich die Erkenntnis noch nicht ganz verkraftet, dass ich in der Nachbarschaft von Wildpferden lebte. Immerhin waren wir nicht in Arizona, sondern an der Ostsee.

Frida ging mit dieser Wildwestsache irgendwie cooler um, aber sie wohnte ja auch schon ihr ganzes Leben hier an der Küste. Da gewöhnte man sich wahrscheinlich an die verrücktesten Dinge.

Nur jetzt im Frühling standen ihr Herzchen in den Augen, wenn es um die Wildpferde von Eldenau ging: Die Koniks hatten nämlich Fohlen. Das hatte Frida jedenfalls gehört, und seit Tagen löcherte sie mich damit, dass ich sie ins Naturschutzgebiet begleiten sollte. Heute Nachmittag hatten wir endlich beide mal Zeit gehabt und so standen wir hier in der Eiseskälte und bibberten. Das heißt, ich bibberte. Frida hatte sich anscheinend jedes Kälteempfinden abtrainiert.

»Kannst du mal ruhig stehen bleiben?«, maulte sie, aber eigentlich hatte sie gar keine Aufmerksamkeit für mich übrig. Wenn sie noch eine Weile guckte, ging der Waldrand in Flammen auf.

Kaum eine Minute später kam die Sonne raus. Sie hatte es nicht leicht bei all den Wolken, die der Wind vom Meer herüberwehte, aber die paar Strahlen reichten, damit ich mich nicht mehr ganz wie ein Schneemann fühlte. Immerhin hatten wir schon April, auch wenn letzte Woche an Ostern noch Schnee gelegen hatte.

Und da waren sie. Nicht vorsichtig witternd zwischen den Bäumen, sondern als Gruppe am Strand. Frida seufzte leise, als sie die drei Fellknäuel entdeckte: Zwei waren graubraun, das dritte fast schwarz. Ganz kurz riss sie ihren Blick von den Pferdchen los und lächelte mich an, mit roten Wangen und blitzenden Augen, dann lehnte sie sich auf das Geländer und beugte sich nach vorn, als könnte sie so besser sehen.

Die Jährlinge waren gut drauf und lieferten sich Scheingefechte, keilten nach den anderen aus oder rannten um die Wette. Anscheinend tauten sie im Sonnenschein auch auf. Die Fohlen verhielten sich noch schüchterner, aber je wilder es die großen Geschwister trieben, desto mutiger wurden sie. Bald machten sie Bocksprünge und spielten zwischen ihren Müttern Verstecken.

Fridas Grinsen wurde immer breiter und zwischendrin aahte und oohte sie verzückt. Es war so süß, wie sie sich über die Kleinen freute, dass ich sie kaum aus den Augen lassen konnte, auch wenn sie in den Fohlen ernsthafte Konkurrenz hatte.

Gerade als ich mich fragte, ob ich noch ganz richtig tickte – Frida war Frida, meine Güte! –, hoben erst die Leitstute und der Hengst den Kopf, dann fast gleichzeitig der Rest der Herde. Ihre Ohren drehten sich mal zum Wald, dann zum Strand, und ein nervöser Schauer lief durch die Gruppe, von einem Pferd zum anderen, als wüssten sie nicht, wohin sie sich wenden sollten.

Ich spürte Fridas Anspannung, aber bevor ich sie fragen konnte, ob sie eine Ahnung hatte, was los war, schwenkte die Herde nach Osten und preschte den Strand entlang, dass der Kies in alle Richtungen flog. Für die Fohlen war es schwierig, auf den Steinen nicht auszurutschen, aber sie hielten mit.

Von irgendwoher hörte ich ein tiefes Brummen, das, während es näher kam, immer wieder wild aufheulte. War es das, was die Pferde aufgeschreckt hatte?

Zehn Sekunden später hatte ich meine Antwort, denn drei, vier Motorradfahrer, alle in Schwarz, alle auf schwarzen Maschinen, brachen durch die Büsche am Waldrand. Frida schnappte nach Luft.

Ich merkte, wie meine Hände feucht wurden. Was hatten die da unten verloren? Das war ein Naturschutzgebiet, verdammt, nicht mal Spaziergänger hatten dort abseits der Wege etwas zu suchen! Davon hatten diese Biker entweder noch nie was gehört oder es war ihnen einfach mal gepflegt egal. Sie drehten zwischen Strand und Bäumen ihre Kreise und scherten sich nicht darum, dass sie Meerkohlstauden umknickten und tiefe Furchen in den Boden rissen.

Frida war geistesgegenwärtiger als ich. Sie hatte längst ihr Smartphone in der Hand und schoss Fotos, was das Zeug hielt. Ich hatte noch nicht in meine Tasche gegriffen, um meines ebenfalls herauszuholen, als vom Strand Wiehern herübergellte.

»Was zum …« Weiter kam ich nicht, denn da stob schon die Herde heran.

»Was machen die denn?«, rief Frida, aber das wurde uns klar, als hinter den Pferden drei weitere Motorradfahrer auftauchten. Sie trieben die Herde genau auf die anderen zu.

Als die Leitstute die Biker vor ihnen entdeckte, schwenkte sie nach links Richtung Wald, aber gegen die Motorräder hatte sie keine Chance. Sie kesselten die Tiere ein, und wann immer die große graubraune Stute oder der Hengst versuchten, aus dem Ring auszubrechen, schoss eine der Maschinen auf sie zu.

Die Herde war in einem Strudel aus Chaos gefangen. Immer enger zogen die Motorradfahrer den Kreis. Sogar von hier oben konnte ich das Weiß in den weit aufgerissenen Augen der Pferde erkennen. Sie stolperten und prallten gegeneinander und ihr schrilles Wiehern hallte mir in den Ohren. Wie eine Druckwelle breitete sich ihre Panik bis zu uns herauf aus und brachte meinen Magen zum Flattern.

Frida starrte mit aschgrauem Gesicht auf die johlenden schwarzen Gestalten hinunter. Sie hatte ihr Handy sinken lassen, also zog ich es ihr aus den Fingern, riss es hoch und startete die Videoaufnahme. Was die mit den Pferden trieben, war so grausam, so verrückt, das glaubte uns sonst keiner. Und wir konnten nichts tun. Wir waren zu weit weg, als dass sie uns über dem Motorenlärm gehört hätten. Nicht mal die Polizei konnten wir rufen, weil es hier auf den Klippen der Landspitze kein Netz gab.

Frida packte meinen Arm und deutete nach unten. »Siehst du das?«

Im ersten Moment begriff ich nicht, was sie meinte. Dann entdeckte ich den einzigen ruhenden Punkt in dem Gewimmel aus Pferden und röhrenden Maschinen. Die Leitstute war stehen geblieben. Sie hielt immer noch den Kopf hoch, aber ihr Ausdruck hatte sich verändert. Sie wartete.

Auf den richtigen Augenblick.

Und dann war er da. Die Stute hatte ein wenig Raum gewonnen, und als der nächste Biker hinter ihr vorbeifuhr, schlug sie aus. Frida krallte ihre Finger in meinen Oberarm, aber ich spürte es kaum. Durch die Wucht der Hufe geriet die Maschine ins Schlingern und rutschte unter dem Fahrer weg, er schlitterte ein Stück mit ihr dahin.

Die übrigen Biker wurden langsamer. Sie wirkten unschlüssig und diesen Moment nutzte die Leitstute. Die anderen Pferde ließen die Graubraune nicht aus den Augen, und als sie jetzt durch den Kreis der Motorradfahrer brach, stürmten sie hinter ihr her. Ich glaubte fast, das Donnern ihrer Hufe durch den Boden zu spüren, während sie über die Heide davonpreschten und zwischen den Kiefern auf der anderen Seite des Baches verschwanden.

Alarmiert von aufheulenden Motoren fuhren Frida und ich zu den Bikern herum. Ich glaube, sie hatten der Herde auch nachgestarrt, doch jetzt hatten sie sich wieder halbwegs gefangen, und die sechs, die noch auf ihren Maschinen saßen, umringten den gestürzten Fahrer.

Der hatte sich mittlerweile aufgerappelt, stand aber gekrümmt da und hielt sich das Knie. Hatte er was abbekommen? Ohne das Wiehern der Pferde und den Motorenlärm war es fast still am Kiesstrand und ich konnte immer wieder ein »Scheiße!« oder einen Schmerzenslaut hören.

Die Typen diskutierten eine Weile, und nach einigem Hin und Her half einer der Motorradfahrer dem gestürzten Biker, seine Maschine hochzuziehen. Er stieg wieder auf, und nach einer vorsichtigen Proberunde rauschte er über den Strand davon, dicht gefolgt von seinen Kumpels.

Kaum waren sie um die Landzunge verschwunden, griff Frida nach ihrem Handy und stapfte zu ihrem Rad.

»Wo willst du hin?«, fragte ich verdutzt.

»Zur Polizei.« Im Gehen drehte sie sich um. »Na los, worauf wartest du?«

# Frida

»Stopp mal.« Jannis war mit drei Schritten bei mir und zog mir das Smartphone aus der Hand.

Ich hatte den Mund schon offen, um zu protestieren, als er das Video aufrief. Selbst durch meinen maximal schlechten Lautsprecher konnte ich die Panik aus dem Wiehern der Herde heraushören, die Angst und Hilflosigkeit. Ich brauchte die Bilder dazu nicht zu sehen, sie spielten sich in meinem Kopf ab, immer wieder, aber nach ein paar Sekunden hielt Jannis mir das Display hin.

»Ich glaube nicht, dass uns das Video bei der Polizei hilft.«

»Was?« Hektisch griff ich nach dem Handy, weil ich befürchtete, dass etwas mit der Aufnahme nicht stimmte, dass die Kamera gestreikt hatte, aber das Geschehen war klar und deutlich zu erkennen. Die sieben Motorräder, die die Pferde einkesselten. Diese Rücksichtslosigkeit. Ich guckte Jannis an. »Ist doch alles drauf. Was willst du denn noch?«

Er deutete auf das Telefon. »Man sieht nichts außer ein paar verdreckten Geländemaschinen. Da kann ich dir gleich sagen, wie die Polizei das einschätzt.«

Ich schaute noch mal genauer hin. Als ich auf Pause drückte, kapierte ich, was er meinte: Die Motorräder hatten zwar Kennzeichen, doch die waren so mit Schlamm bespritzt, dass man sie nicht entziffern konnte. Aber deswegen konnten wir nicht einfach nichts tun.

Ich sah auf. »Das heißt doch nichts. Wir bringen das zur Polizei, und dort werden sie schon wissen, wie man solche Typen findet. Es geht nicht, dass sie hier so eine Hetzjagd veranstalten und damit durchkommen! Das war reines Glück, dass nichts passiert ist. Beim nächsten Mal verletzt sich vielleicht ein Pferd oder … Schlimmeres.« Ich biss mir auf die Lippe. Was alles hätte geschehen können, wollte ich mir lieber nicht vorstellen.

»Frida …« Jannis klang mitleidig, so als wäre ich irgendwie zu dumm für die Realität. »Wenn die keine Nummernschilder haben, machen sie nichts. Du weißt doch, wie sie auf der Wache drauf sind. Die sind ja nicht mal wegen Marcel in die Hufe gekommen.«

Ich legte den Kopf in den Nacken und schnaufte. »Ach nee, ne? Nicht schon wieder die Geschichte! Das war doch was völlig anderes!«

»Das war *nichts* anderes. Das war ein Tierquäler, wir hatten Beweise, und die Polizei hat nichts unternommen. Die haben ihn nicht mal dafür drangekriegt, dass du dir seinetwegen die Hand verstaucht hast!«

*Weil du ihn nicht angezeigt hast.* Er musste den Satz nicht aussprechen, das hatte er den Winter über oft genug getan. Aber eine Anzeige hätte nichts gebracht, weil ich durch Marcels Stoß nicht schwer genug verletzt gewesen war, jedenfalls hatten sie das bei der Polizei behauptet. Außerdem hätte sich Dari dadurch auch nicht schneller wieder erholt.

Trotzdem hatte Jannis mich verunsichert. »Irgendwas müssen wir machen«, sagte ich langsam. »Wir können sie doch nicht davonkommen lassen.«

»Tun wir auch nicht.« Jannis grinste. »Wir stellen ihnen eine Falle.«

Oje, einer von Jannis' Plänen. Ich bemühte mich, nicht zu stöhnen, aber es war schwer.

»Und wie soll die aussehen?«

»Na ja …« Er fuhr sich durch die Haare. »Wir könnten Drähte spannen, und wenn sie stürzen, ziehen wir ihnen die Helme vom Kopf und machen Fotos. Hm … gibt vielleicht Ärger. Aber …« Sein Gesicht hellte sich wieder auf. »Wir könnten ihren Reifenspuren folgen und hätten so ihre Adressen!«

Ich verschränkte die Arme. »Den Spuren können wir genau bis zur nächsten Asphaltstraße folgen, danach erkennen wir nichts mehr.«

»Dann … dann treiben wir sie eben in die Enge. Irgendwo, wo sie nicht mehr wegkönnen.«

»Wir treiben sie in die Enge? Auf unseren Fahrrädern oder mit den Pferden?«

»Boah, echt, Frida.« Jannis kniff die Lippen zusammen und starrte mich aus schmalen Augen an. Aber ich konnte ja auch nichts dafür, wenn seine Pläne so halb gar waren. Schmeichelhaft ausgedrückt.

Ich steckte mein Handy ein. »Überleg du dir ruhig weiter eine Falle, ich geh jetzt zum Bürgermeister und zeig ihm das Video. Vielleicht tut die Polizei was, wenn er sich einschaltet.«

Als ich mich umdrehte, mein Fahrrad aufhob und es den Pfad entlangschob, spürte ich seinen Blick im Rücken. »Spielverderberin« war wahrscheinlich noch das freundlichste Wort, mit dem er mich bedachte.

Frau Ebert sah auf, als ich das Gemeindesekretariat betrat. »Ja, hallo, Frida, das ist ja eine Überraschung. Kann ich etwas für dich tun? Geht's um das Derby? Elisa ist jetzt schon ganz aufgeregt.« Sie lächelte mich an.

Ich schüttelte den Kopf. »Nein, deswegen bin ich nicht hier. Ich möchte einen Vorfall im Naturschutzgebiet an der Landspitze melden.«

Sie zog ihre Brille aus den drahtigen Locken und guckte mich scharf an. »Das klingt ernst. Was ist denn los?«

Es verging eine halbe Stunde, während sie sich das Video anschaute, dann einen Kollegen vom Ordnungsamt dazuholte, der wiederum die Naturschutzbeauftragte von Eldenau, Frau Lewandowski, anrief. Zu dritt standen sie um mein Handy und spielten mittlerweile zum bestimmt achten Mal den Film ab.

Die Aufregung wuchs mit jeder Runde. »Unglaublich«, »So ein Skandal!«, »Die armen Tiere«, »Wie kann man nur?« waren die häufigsten Kommentare, die sie regelmäßig wiederholten.

Irgendwann setzte sich der Tatendrang durch. Allerdings vergingen noch einmal zwanzig Minuten, in denen sie versuchten, das Video von meinem Smartphone auf einen Computer zu »überspielen«. Meine vorsichtigen Einwürfe ignorierten sie. Als der Mann vom Ordnungsamt, der sich als Herr Carstens vorgestellt hatte, mich halb verzweifelt bat, nach Hause zu fahren und das entsprechende Kabel zu holen, reichte es mir. Demnächst kamen die noch auf die Idee, das Handy zu beschlagnahmen.

Ich hockte mich vor den Rechner – was wahrscheinlich nicht ganz mit den Vorschriften der Gemeindeverwaltung in Einklang war –, schaltete Bluetooth an und startete die Übertragung.

Die technische Ausrüstung im Rathaus war eindeutig moderner

als ihre Mitarbeiter. Zu Frau Eberts Einschätzung »Ist ja beeindruckend« sagte ich lieber nichts. Frau Lewandowski lobte mich für meinen Mut, wobei ich mich fragte, wieso es Mut brauchte, drei überforderten Erwachsenen eine Stunde lang bei der Arbeit zuzusehen, und Herr Carstens verabschiedete mich mit: »Der Herr Bürgermeister wird so schnell wie möglich davon erfahren. Wir fangen noch heute an, nach den Rowdys zu suchen.«

Dann stand ich wieder vor der Tür.

Was bedeutete das jetzt? Konnten sie etwas gegen die Motorradfahrer ausrichten? Oder hatte Jannis recht und den Bikern würde wegen der verdreckten Kennzeichen nichts passieren?

Seufzend schloss ich mein Rad auf. Uns blieb nichts anderes übrig, als zu hoffen, dass ihnen die Gegenwehr der Stute die Lust auf neue Ausflüge ins Naturschutzgebiet ausgetrieben hatte.

# Jannis

Dass der Bürgermeister etwas unternahm, um den Bikern auf die Spur zu kommen, würde ich erst glauben, wenn ich es sah. Während ich also darüber nachgrübelte, was wir selber tun konnten, machte ich mich ein bisschen über den Motorradtyp schlau. Frida hatte mir das Video geschickt, und anfangs tippte ich auf Motocrossräder, aber anscheinend hatten wir es mit Enduros zu tun, die zwar genauso geländegängig waren, aber anders als Motocrossräder auch eine Verkehrszulassung und damit ein Kennzeichen bekamen.

Frida schaute nach ihrem Besuch im Rathaus noch vorbei. Sie quittierte meine Entdeckung mit einem herzhaften »Ja und?«, doch als ich ihr erklärte, dass Endurofahrer genau wie Motocrosser auf extra ausgewiesenen Geländestrecken trainierten, wurde sie hellhörig. »Du meinst, man könnte da mal rumfragen, ob sie Fahrer kennen, die gern abseits der Strecken unterwegs sind?«

Ich zuckte mit den Schultern. »Ich bin mir nicht sicher, ob eine Krähe der anderen ein Auge aushackt, aber warum sehen wir uns nicht einfach selber um? So viele von diesen Strecken wird es bei uns in der Gegend schon nicht geben.«

Da lag ich falsch. Bei uns in der Gegend gab es überhaupt keinen dieser Übungstrails. Wir googelten wie die Verrückten, bei mindestens fünf Suchmaschinen, suchten in Foren und bei Onlinemagazinen – das Ergebnis blieb gleich: Im Umkreis von achtzig Kilometern gab es keine öffentliche Trainingsstrecke. Auf eine verdrehte Art erklärte das, warum die Biker im Naturschutzgebiet unterwegs gewesen waren, aber damit fehlte uns wieder ein Anknüpfungspunkt.

»Woher kannst du das eigentlich?«, fragte ich Frida. In der vergangenen halben Stunde hatte ich mehr über Internetrecherche gelernt als in den vierzehn Jahren zuvor.

»Im Netz suchen? Ach, da hab ich mir viel von Linh abgeguckt. Die ist da wie ein Spürhund. Wenn sie eine Fährte aufgenommen hat, ist sie nicht zu stoppen.« Ihre Wangen waren ganz rosa, als wäre sie wirklich auf der Jagd gewesen, aber jetzt wirkte sie nachdenklich. »Ich werde ihr das Video auch schicken. Vielleicht kann sie was damit anfangen.«

»Also bist du dir doch nicht mehr so sicher, dass die bei der Gemeindeverwaltung was unternehmen?«, hakte ich grinsend nach.

»Doch, eigentlich schon.« Sie zog die Nase kraus und grinste zurück. »Aber in meine beste Freundin habe ich eben mehr Vertrauen.« Ihr Handy piepste, und noch während sie die Nachricht las, stand sie auf. »Ich muss los. Mama fragt schon, wo ich bin. Bleibt es bei morgen Nachmittag?«

Ich nickte. Wir hatten uns zu einer Runde Bodenarbeit mit Dari verabredet. »Sollen wir vor dem Training bei der Herde vorbeischauen?«

Frida überlegte einen Moment. »Lass uns die Pferde mit ins Gelände nehmen. Papa meint, im Westwald wären bei dem Sturm neulich eine ganze Menge junge Birken umgekippt. Uns fällt bestimmt was ein, was wir mit den Stämmen machen können.«

Warmes Licht fiel durch die Scheiben von Mamas Büro auf das Pflaster im Hof, während ich eine halbe Stunde später Selma vorbeiführte, um sie zu Dari auf den Sandplatz zu bringen. Wegen der Aufregung über diese Vollidioten war ich heute nicht dazu gekommen, ernsthaft mit Dari zu arbeiten. Deswegen wollte ich sie wenigstens noch ein bisschen laufen lassen, bevor ich mir meine beiden Berittpferde vornahm. Selbst durch die geschlossenen Fenster konnte ich Gelächter und das Röhren von Mamas neuer italienischer Kaffeemaschine hören.

Als sie das Teil angeschleppt hatte, meinte sie, man müsste sich hin und wieder einen kleinen Luxus gönnen, aber wahrscheinlich hatte sie eher an die Zeitersparnis gedacht. Sie brauchte jetzt nicht mehr bis zum Haus zu laufen, um sich einen Kaffee zu machen. Sie trank in der letzten Zeit viel Kaffee. Und sie war viel im Stall.

Anscheinend war gerade jemand bei ihr, der ihren Espresso zu schätzen wusste, sonst hätte sie auch kein Problem gehabt, Tütencappuccino anzubieten.

Dari sprang mit einem freudigen Brummeln auf, als sie uns bemerkte, und begrüßte Selma fröhlich. Sie hatte sich schon ausgiebig gewälzt und ihr schwarzes Fell war nur noch am Kopf zu erahnen. Aber sie durfte das. Natürlich durfte sie das.

Grinsend lehnte ich mich gegen die Umzäunung. Botticelli musste warten. Mit dem konnte ich auch noch in die Halle, wenn die letzten Einsteller weg waren. Ich hatte einfach zu viel Spaß dabei, Dari und Selma zuzugucken. Wenn ich daran dachte, wie eingeschüchtert Dari noch vor ein paar Monaten gewesen war, kroch mir die Gänsehaut den Rücken hinauf. Und jetzt sprang sie herum wie ein Fohlen. Auch wenn sie sich immer noch nicht reiten ließ: Ich wusste, dass ich verdammtes Glück gehabt hatte.

»Hallo, Jannis.« Florian kam auf mich zu und stellte sich neben mich an den Zaun.

»Hallo. Ich wusste gar nicht, dass du heute kommst. Gibt's Probleme mit einem Pferd?«

Er schüttelte den Kopf. »Nein, alles okay. Ich war nur vorhin drüben auf dem Gut, und da dachte ich, ich bringe euch die Rechnung für den letzten Monat gleich vorbei.«

Ich lachte. »Machst du das bei jedem Kunden? Tierarztrechnungen sind ja nichts, worüber man sich besonders freut. Den Ärger würde ich mir sparen.«

Er zögerte kurz, dann antwortete er grinsend: »Das mache ich auch nur, wenn ich guten Kaffee bekomme.«

Ach so. Klar, für den Tierarzt ließ Mama natürlich den teuren Espresso springen.

Florians Gesicht wurde ernst. Er deutete mit dem Kinn auf Dari. »Sie sieht gut aus. Wie läuft's mit ihr?«

Ich merkte, wie sich ein Grinsen auf meinem Gesicht ausbreitete. »Super«, sagte ich stolz. »Wir sind zwar noch immer nicht über Bodenarbeit hinaus, aber sie ist supereifrig dabei.«

Er drehte sich halb zu mir. »Und wie sieht das aus?«

»Morgen ist zum Beispiel Stangenarbeit dran. Oder eher Baumstammarbeit. Wir gehen in den Wald und üben mit den umgestürzten Birken.«

»Das ist gut.« Anerkennend nickte er. »Damit stärkt ihr ihren Muskelapparat. Gerade für den Rücken ist das wichtig, wenn du sie nach der langen Pause wieder reiten willst.«

Ich seufzte. »Das möchte ich, so schnell es geht. Aber Frida meint, Dari ist noch nicht wieder so weit.«

Nachdenklich wiegte Florian den Kopf. »Da kann sie recht haben. Umso wichtiger ist es, dass ihr sie vorher langsam wieder aufbaut. Slalomtraining ist dafür auch gut, weil ihr die Rückenmuskulatur durch den ständigen Richtungswechsel mobilisiert.«

Verblüfft sah ich ihn an. Das war ja cool von ihm. Die Zeit, mir so was zu erklären, hätte er sich wirklich nicht nehmen müssen.

»Okay, das klingt sinnvoll. Was können wir noch machen?«

Er gab mir ein paar Tipps, wie wir die Bauch- und Rückenmuskulatur und die Sprungkraft trainieren konnten.

»Die Bauchmuskulatur wird oft vergessen«, erklärte er, »dabei braucht es das Zusammenspiel von Rücken und Bauch, damit das Pferd die Wirbelsäule aufwölben kann.«

Einen Moment lang musste ich mir auf die Lippe beißen. »Du klingst wie ein Fachbuch.«

Leise lachte er. »Tja. Gelernt ist gelernt.« Dann zeigte er auf Dari. »Ich muss los. Wenn du Fragen hast, komm jederzeit vorbei. Vielleicht hab ich den einen oder anderen Tipp.«

Ich grinste. »Verlass dich drauf. Das werde ich.«

# Frida

»Und was jetzt?«

Wir hatten gerade eine Dreiviertelstunde im einzigen ernst zu nehmenden Buchladen von Buddenwalde zugebracht (die anderen beiden hatten keine Pferdefachbücher im Sortiment). Die letzten zwanzig Minuten davon (so groß war die Pferdebuchauswahl dann auch nicht) hatte ich Linh dabei zugesehen, wie sie mit konzentriert gerunzelter Stirn den größeren Teil ihrer vorausgewählten Bücher zurück ins Regal stellte, einzelne wieder herausholte und andere einsortierte.

Gerade nahm sie mit einem zufriedenen Lächeln, als hätte sie richtig was geleistet, den Stoffbeutel mit ihren vier Errungenschaften in Empfang, drehte sich zu mir und sagte: »Jetzt brauche ich eine Stärkung.«

Gegen einen Eisbecher hatte ich trotz der gefühlten zehn Grad minus draußen nichts einzuwenden, also machten wir uns auf den Weg zu unserer Lieblingseisdiele, die am anderen Ende der Fußgängerzone lag. Sie war wie immer ziemlich voll, aber wir bekamen noch einen Minitisch am Fenster.

»Lass mal sehen, was du gekauft hast.« Linh griff nach meinem Rucksack und zog die beiden Bücher heraus. »›Neue Ideen für die Bodenarbeit‹ und ›Anatomie von Pferd und Reiter‹.« Sie zog die Augenbrauen hoch.

»Was denn?«, verteidigte ich mich. »Zu Pferdeverhalten hatten sie nichts Neues da.«

Linh lachte. »Frida, du bist echt süß. Aber willst du nicht mal was Normales lesen?«

»Was ist an Pferdeliteratur nicht normal?« Ich sah auf, als der Kellner an unseren Tisch kam, und sagte: »Drei Kugeln Erdbeereis mit Sahne, bitte.« Nachdem Linh einen Cappuccino und einen Schokoeisbecher bestellt hatte, fügte ich grinsend hinzu: »Außerdem zwingst du mich sowieso, deine Lieblingsbücher zu lesen. Da vertraue ich doch gleich auf die Expertin.«

Linh verdrehte die Augen, schmunzelte aber. »Kannst du auch. Trotzdem muss dir dieses Zeug doch mal langweilig werden. Du weißt doch schon alles über Pferde.«

Ich schnaubte. »Bitte! Über Pferde kann man gar nicht alles wissen. Dasselbe könnte ich von dir behaupten. Du weißt doch auch alles über das Leben von Teenagern.«

Weil der Kellner gerade unsere Bestellung brachte, verkniff sie sich ein Kichern, doch kaum war er verschwunden, verzog sie das Gesicht. »Schön wär's. Aber bloß weil ich ein Teenagerleben habe, heißt das nicht, dass ich dafür Profi bin.«

Gespielt entsetzt schaute ich sie an. »Nicht? Wen soll ich denn sonst um Rat fragen, wenn ich mal wieder gar nichts kapiere?«

Sie boxte mir gegen die Schulter. »Für deine Probleme reicht's noch.« Ihre Augen wurden schmal, als ihr Blick von meinem Gesicht zu meiner Brust wanderte. »Und eines rate ich dir ganz dringend: Du brauchst einen neuen BH.«

Ich war so unvorsichtig gewesen, mir einen großen Löffel Eis in den Mund zu schieben, deswegen dauerte es einen Moment, bis ich einigermaßen deutlich sagen konnte: »Ich habe mich gerade verhört, oder?«

»Ist so!«

Anscheinend machte ich ein ziemlich komisches Gesicht, denn Linh bebte vor unterdrücktem Lachen.

»Frida«, gurrte sie, »du wirst jetzt zur Frau.«

Möglichst unauffällig sah ich an meiner Vorderseite nach unten. Hm. Hatte Linh womöglich recht?

Ihr war mein Blick natürlich nicht entgangen. »Sei doch froh, bei dir tut sich wenigstens was.« Sie seufzte tief. »Mein Busen hat Erbsengröße.«

»Na ja.« Ich lehnte mich in meinem Stuhl zurück und musterte sie aus zusammengekniffenen Augen. »Rosenkohl.«

Keuchend holte sie Luft und warf in einem Moment der Sprachlosigkeit ihre Eiswaffel nach mir. Grinsend fing ich sie auf und biss hinein, und irgendwie löste das bei ihr einen Lachflash aus, der erst in einem Schluckauf endete.

Als sie sich wieder beruhigt und die Tränen aus den Augen gewischt hatte, legte sie mir einen Ellbogen auf die Schulter, beugte sich zu mir und guckte mich mit flatternden Lidern an. »Biiiiitte. Bitte lass uns einen BH kaufen gehen.«

Die Verkäuferinnen in dem Unterwäscheladen blickten alarmiert auf, als Linh und ich immer noch kichernd zur Tür hereinkamen. Sie schienen kurz zu diskutieren, dann löste sich die jüngste aus der Gruppe. Sie war klein, dunkelhaarig und ziemlich kurvig, und sie machte ein Gesicht, das deutlich ausdrückte, wie viel Lust sie hatte, uns zu bedienen.

Sie ging auf uns zu und versuchte sich an einem freundlichen Lächeln. »Was kann ich für euch tun?«

Angesichts der zwei Millionen Wäscheteile, die hier in Reih und

Glied an den Kleiderstangen hingen, war die Frage wahrscheinlich rhetorisch gemeint. Linh kriegte aber sofort die Kurve und legte ihr seriösestes Verhalten an den Tag.

»Meine Freundin hier«, sie deutete auf mich, als würde noch ein Dutzend Mädchen um sie rumstehen, »trägt bisher ausschließlich Sport-BHs und sucht nun etwas … Fraulicheres.«

Ich musste mir auf die Lippe beißen, um die Fassung zu wahren, aber Linh hatte die Verkäuferin mit diesem Satz schon auf ihrer Seite. Ihre Augen leuchteten auf.

Sie führte uns zu einer Abteilung, in der offensichtlich die nicht ganz so teuren Modelle hingen – im Vorbeigehen hatte ich mal auf ein Preisetikett gelinst: neunundsechzig Euro! –, und dann begannen sie und Linh ein Fachgespräch über mit und ohne Bügel, Pads und Push-ups, Microfaser und Tüll, bei dem ich mich fragte, wie lange Linh das Thema schon beschäftigte. Baumwolle war doch auch okay.

Die beiden verfrachteten mich in eine Umkleidekabine und reichten mir gefühlt fünfzig verschiedene Modelle hinein. Bei den ersten musste ich mich mit Händen und Füßen dagegen wehren, dass sie mich zur öffentlichen Begutachtung aus der Kabine zerrten, weshalb Linh schließlich hereinkam und sich auf den Stuhl neben dem Spiegel setzte und die Verkäuferin immer wieder höflich hüstelte, wenn sie wissen wollte, ob sie gucken durfte. Am Ende hatten sie vier Favoriten ausgewählt, aus denen ich gnädigerweise die zwei aussuchen durfte, für die mein hart erspartes Taschengeld draufgehen sollte.

Alles in allem war diese Unterwäschekaufaktion weniger peinlich verlaufen, als ich sie mir ausgemalt hatte. Das dachte ich jedenfalls bis zu dem Moment, in dem die Verkäuferin mir die kleine

Tragetasche hinhielt, mich anlächelte und sagte: »Die sehen wirklich sexy aus. Dein Freund wird Augen machen.«

Ich hatte das Gefühl, meine Ohren würden explodieren. Kalt blickte ich sie an. »Das kann schon sein. Aber ich habe die BHs gekauft, weil sie bequem sind. Immerhin muss ich die Dinger rumtragen, da soll nicht auch noch was kneifen.«

Vier Stunden später hatte Linh aufgehört, sich über »meine Dinger« kaputtzulachen, wir hatten Falafel gegessen und waren im Kino gewesen. Müde und zufrieden saßen wir auf der Rückbank von Herrn Phams Auto und ließen uns nach Hause fahren.

Als er bei uns im Hof wendete, umarmte Linh mich und sagte: »Das war schön. Das machen wir bald wieder.«

Ich drückte sie und grinste. »Ja. Das nächste Mal, wenn dein Freund in Köln ist und seinen Vater besucht.«

Mein neckender Ton prallte völlig an ihr ab. Treuherzig lächelte sie mich an. »Von Max soll ich dich übrigens schön grüßen.« Während ich lachend ausstieg, meinte sie noch: »Lass uns morgen wegen deinem Video telefonieren. Vielleicht habe ich dann mehr herausgefunden.«

Einen Augenblick lang kapierte ich gar nicht, dass Linh über die Biker redete, so unwirklich kam mir ihr Auftritt im Naturschutzgebiet mittlerweile vor. Ich nickte knapp, dann winkte ich Herrn Pham zu und bedankte mich. Mit langen Schritten lief ich durch den eisigen Wind die paar letzten Meter zur Haustür.

Das Erste, was mir entgegenschlug, als ich aufschloss, war ein durchdringender Geruch nach Pizza und Zwiebeln, das Zweite noch durchdringenderer Gesang.

»… or this could be hell.«

Mama besuchte übers Wochenende Luise in Neubrandenburg, anscheinend hatten Papa und Theo die Gelegenheit für eine ihrer Jamsessions genutzt. Allerdings … Es klang, als wäre noch eine dritte Stimme dabei.

Ich schlüpfte aus meinen Schuhen, hängte Mantel und Schal an die Garderobe und schlich Richtung Wohnzimmer.

»Welcome to the Hotel California …«

Verblüfft blieb ich im Türrahmen stehen, als ich Jannis zwischen Papa, Theo, ihren Gitarren, Pizzaschachteln und Schüsseln voller Chips auf dem Boden sitzen sah.

Theo blickte auf, fing an zu grinsen und machte eine einladende Armbewegung, ohne mit dem Singen aufzuhören. »What a nice surprise …«

Ich zögerte, aber als Jannis mir zunickte und Papa mich endlich bemerkte und mit einem energischen Winken neben sich beorderte, hockte ich mich im Schneidersitz auf den Teppich und griff nach einer Wasserflasche.

Immer wieder wanderte mein Blick zu Jannis. Ich konnte kaum glauben, was ich hörte.

Papa hatte echt eine Hammerstimme, aber Theo war auch nicht schlecht, und mit dem hielt Jannis locker mit. Wie lang kannte ich ihn jetzt? Ein halbes Jahr? Und er hatte mir nie gesagt, dass er so singen konnte?

Der blöde Idiot. Ritt wie ein Weltmeister, war gut in der Schule, sah super aus und dann hatte er auch noch so eine Stimme. Also, das mit dem super Aussehen war natürlich nur, was alle sagten, aber vermutlich würden sie ihn auch nicht hässlicher finden, wenn sie ihn mal singen hörten.

Der Song war zu Ende und Papa lächelte mich an. »Na, meine Große, alles gut bei dir? War's schön in der Stadt?«

Ich nickte und deutete auf das Schlachtfeld. »Ja. Sehr schön. Und ihr lasst es hier krachen, solange die Katze aus dem Haus ist?«

Theo grinste. »Exakt.« Er hielt mir einen Pizzakarton hin. »Magst du ein Stück?«

Mein Blick fiel auf die zerrupften Reste und ich schüttelte den Kopf. »Hab schon gegessen.«

Er zuckte mit den Schultern und schob sich einen der Teigfetzen in den Mund.

»Was habt ihr gemacht?«, fragte Jannis.

Tja, *das* würde ich ihm sicher nicht auf die Nase binden. »Nichts Besonderes. Mädchenkram eben.«

»Eis essen, BHs kaufen und über Jungs lästern?«, kam es undeutlich aus Theos vollem Mund, weshalb Papa und Jannis so tun konnten, als hätten sie ihn nicht verstanden.

Hoffentlich tat der Blick, den ich ihm zuwarf, weh. »Echt, wenn das deine Vorstellung ist, brauchst du dringend eine Freundin.«

Theo grinste breit, was selbstredend kein schöner Anblick war. »Deswegen nicht.«

Jannis prustete, und Papa warf laut ein: »So, und was spielen wir jetzt?«

Ich funkelte Theo an, aber er beugte sich nur lachend zu mir herüber und drückte mich. »Lass dich nicht ärgern. Große Brüder müssen so sein.«

Bevor ich antworten konnte, lenkte mich Papas nächste Songauswahl ab. Mein Kopf schnellte zu ihm herum. Er spielte die ersten Akkorde von »Sweet Child o' Mine«. Den Song liebte er, er hatte ihn uns dreien ganz oft vorgespielt, als wir klein waren. Theo und ich sahen uns an, und ich weiß nicht, ob Jannis es merkte, aber plötzlich war es warm und heimelig, und über dem Zwiebelgeruch lag der Duft von Heu und sauberer Wäsche. Theo ruckelte seine Gitarre zurecht und setzte in das Intro ein.

»She's got a smile that, it seems to me …«, begann Papa mit seiner schönen vollen Stimme, und Theo und Jannis sangen, ein bisschen jünger und ein bisschen rauer, mit: »… reminds me of childhood memories where everything was as fresh as the bright blue sky …«

Papa hatte ja immer viel zu tun, und auf dem Gut halfen ihm meistens Luise oder Theo, sodass wir nicht oft etwas gemeinsam machten, aber jetzt, wo die beiden erwachsen waren, hatte ich irgendwie das Gefühl, dass es unser Lied geworden war. Dass ich ihn in diesem Moment nicht teilen musste. Seine Augen, die so viel dunkler waren als meine, hielten mich, und wie von selbst stupste meine Hand gegen seine besockte Fußspitze.

Er lächelte, dann guckte er auf seine Gitarre und räusperte sich leise, bevor er in die neue Strophe einstimmte: »She's got eyes of the clearest skies, as if they thought of rain, I'd hate to look into those eyes and see an ounce of pain …«

Es dauerte, bis ich wieder daran dachte, dass wir nicht allein im Zimmer waren, aber im selben Moment wurde mir ganz heiß. Wie konnte ich bloß so unsensibel sein? Ich präsentierte Jannis hier meinen Vorzeigevater, während er versuchte, jeden Gedanken an seinen eigenen zu vermeiden. Wie musste er sich jetzt vorkommen?

Verstohlen guckte ich ihn an, aber anscheinend machte es ihm gar nichts aus. Er fing sogar meinen Blick auf. Von dem Ärger oder der Traurigkeit, die ich erwartet hätte, war in seinen Augen nichts zu erkennen, aber bevor ich den Ausdruck darin benennen konnte, sah er weg.

Trotzdem war ich froh, als der Song zu Ende ging. Irgendwie fühlte es sich seltsam an, dass Jannis den Text mitsang, so als würde er mich auch meinen, denn das war ja wohl absurd. Jedenfalls atmete ich erleichtert auf, als sie das nächste Stück spielten, irgendwas von Springsteen, was auch Jannis nicht so gut kannte.

Danach war wieder alles ganz normal. Theo stand auf, um aufs Klo zu gehen, und brachte noch was zu trinken mit, Papa fragte Jannis, ob er dies oder das kannte. Dann fiel sein Blick auf die Uhr.

»Musst du nicht mal Eva Bescheid geben, dass du noch bei uns bist?«

Fast hätte ich gelacht. Wenn ich um Viertel vor zwölf noch nicht Bescheid gegeben hätte, wo ich war, hätte Papa längst eine Suchmannschaft losgeschickt.

Jannis schüttelte den Kopf. »Die hat heute Abend was vor. Das wird spät.«

Oh. Das klang nach einem Date. Schon wieder.

Papa meinte: »Du kannst auch gern über Nacht bleiben. Schreib ihr einfach eine Nachricht, dass du hier schläfst.«

Äh, was?

»Klar. Du kannst bei mir auf der Couch pennen«, bot Theo enthusiastisch an.

Hallo, was war denn jetzt los? Ich musste nicht annähernd so schockiert aussehen, wie ich mich fühlte, weil selbst ein Klotz wie Jannis sonst gemerkt hätte, dass meine Vorstellungen von dem Thema sehr weit mit denen der Männer meiner Familie auseinandergingen. Er guckte mich nur kurz an und nickte dann.

»Okay. Super, danke. Das ist cool.«

Das wurde ja immer besser. Anscheinend interessierte es keinen, ob es komisch für mich war, wenn Jannis sich in unserem Familienleben breitmachte, aber ich konnte ihn auch schlecht rauswerfen. Dafür war ich die Erste, die aufsprang, als Papa den Abend für beendet erklärte und uns ins Bett schickte.

Die Jungs überließen mir das Bad, auch wenn es natürlich ohne einen Spruch von Theo nicht ablief. Dabei brauchte ich allerhöchstens dann länger als er, wenn ich meine Haare waschen musste. Deswegen stand ich auch schon nach wenigen Minuten gewaschen, mit geputzten Zähnen und im Schlafanzug vor Theos Zimmertür, hinter der es rumpelte, als würden sie die komplette Einrichtung umstellen.

Ich klopfte und sagte: »Bad ist frei. Gute Nacht!«, aber da riss Jannis schon die Tür auf, als hätte er direkt davorgestanden.

»Danke. Wir haben's hier auch gleich, dann ist Ruhe.«

Ich konnte sehen, dass er sich bemühte, aber letztendlich schaffte er es doch nicht, seinen Blick in meinem Gesicht zu behalten.

Ich verschränkte die Arme (wofür ich mir innerlich einen Tritt verpasste – da hätte ich ja auch gleich einen Wegweiser aufstellen können), sagte: »Okay«, und noch einmal: »Gute Nacht«, dann ergriff ich die Flucht in Richtung meines Zimmers.

»Gute Nacht!«, kam es mir zweistimmig hinterher.

Ein bisschen lauter als beabsichtigt schloss ich die Tür hinter mir und lehnte mich dagegen. Für einen kurzen Moment musste ich die Augen zukneifen. Ich konnte nur hoffen, dass Linh und diese Unterwäscheverkäuferin nicht doch recht hatten und ich noch keinen BH brauchte.

# Jannis

»Uuund Beine heben.«

Ich wusste nicht, ob Dari mich bei dem pfeifenden Ostwind hören konnte, der uns hier oben am Steilufer beinahe vom Weg pustete, aber sie stieg aufmerksam über die freigelegten Baumwurzeln hinweg und setzte ihre Hufe sicher auf.

Wahrscheinlich brauchte sie meine Warnung gar nicht mehr, so oft, wie wir diesen Winter auf der Landspitze unterwegs gewesen waren. Wie meistens fragte ich mich, warum ich nicht einfach im Wald blieb, wo uns die Bäume wenigstens ein bisschen von der klirrenden Kälte abschirmten. Aber heute hatte ich immerhin eine Mission.

Am Morgen hatte Frida mich gebeten, den Kontrollgang zu den Wildpferden zu übernehmen, weil sie etwas vorhatte, und natürlich hatte ich zugesagt. Nach der Ich-glotze-Frida-auf-die-Brüste-Aktion gestern Abend hätte sie auch verlangen können: »Ziehe aus und töte den Drachen!«, und ich hätte meine Faschingsritterrüstung vom Dachboden geholt (falls Mama die aufgehoben hatte) und wäre losgeritten. Obwohl sie ganz normal geklungen hatte, fingen meine Ohren allein bei dem Gedanken daran an zu glühen. Und das trotz der Kälte.

Eine Bö zerrte an uns, und ich biss die Zähne zusammen, damit sie nicht klapperten. Bevor ich hierhergezogen war, hatte ich immer geglaubt, dass die Winter an der Küste mild wären, aber drei Monate Temperaturen unter null hatten mit dieser Vorstellung aufgeräumt. In meinem Kleiderschrank hingen nur noch Klamotten, die auch als Polarausrüstung durchgegangen wären.

Ich zog mir den Schal über die Nase. Vor Daris Nüstern waberten Dunstwölkchen, aber ihr schien die Kälte nichts auszumachen, jedenfalls wirkte sie ziemlich vergnügt. Ihr Kopf nickte entspannt, sie guckte hierhin und dorthin und ihre Ohren drehten sich wie kleine hyperaktive Satellitenschüsseln. Es gab Tage, da wünschte ich mir, dass meine Stute ein bisschen weniger Spaß an unseren Ausflügen in die Wildnis hätte, aber der Glanz in ihren Augen, die sie vor einem halben Jahr ständig panisch aufgerissen hatte, machte das Bibbern und Zähneklappern wieder wett. Ich hob die Hand und kraulte ihren Mähnenkamm und sie prustete zufrieden.

Wir kamen vom Aussichtspunkt, wo wir zwanzig Minuten auf die Konikherde gewartet hatten. Heute waren die Pferde aber nicht aufgetaucht, also hatte ich mich entschlossen, nach Hause zu gehen, bevor wir noch festfroren. Dass ich Frida nichts berichten konnte, nahm ich in Kauf. Immerhin hatten sich auch die Biker nicht blicken lassen und das war ja schon mal was.

Mittlerweile führte der Pfad deutlich bergab und machte eine kleine Kurve, sodass der Strand in Sicht kam. Daris Ohr drehte sich nach rechts und fast im selben Moment nahm sie den Kopf hoch und sah interessiert nach unten. Sie brummelte. Ich hielt sie an. Nach einem schnellen Blick war mir klar, wen sie entdeckt hatte: ihre beste Freundin Liv. Die Rappscheckstute war auch schwer zu übersehen, vor dem hellen Sand zeichneten sich ihre schwarzen Flecken selbst aus dieser Entfernung deutlich ab. Auf ihrem Rücken saß Frida. Ihr roter Pferdeschwanz wehte wie eine Fahne hinter ihr her.

Das also hatte sie vorgehabt. Warum hatte sie mir von dem Ausritt nicht einfach erzählt? Und mich gefragt, ob ich mitkommen wollte? Nahm sie mir meine Stielaugen gestern doch übel?

Je länger ich mir die Sache anschaute, desto weniger kam mir das wie ein Ausritt vor. Die beiden waren nämlich in einem Wahnsinnstempo unterwegs. Liv sah richtig wild aus, wie ihre Mähne da im Wind flatterte, wild und hübsch. Sie war zwar nur ein Pony, aber die Lewitzer konnten das arabische Vollblut in ihrem Stammbaum nicht leugnen. Obwohl sie in vollem Galopp durch den Sand pflügte, war ihr die Anstrengung nicht anzumerken. Dass Frida perfekt ausbalanciert im Sattel saß, half bestimmt auch.

Livs Galoppsprünge waren gleichmäßig und geschmeidig, und selbst hier oben auf dem Küstenpfad konnte ich die Freude spüren, mit der sie lief. Dann waren die beiden auf unserer Höhe – und vorbei. Wenn Dari und ich unten am Strand gestanden hätten, hätte es bestimmt »Zisch!« gemacht. Wow.

Als sie aus unserem Blickfeld verschwanden, führte ich Dari nach Hause. Wir kamen gerade auf dem Hof an, als Mamas Polo um die Stallecke rollte. Sie ließ das Fenster herunter.

»Hallo, mein Großer«, begrüßte sie mich in blendender Laune. »Hattet ihr Spaß gestern?«

Ich nickte. »Du ja anscheinend auch. Kommst du jetzt erst heim?«

Sie grinste. »Das ist der Vorteil am Erwachsensein, Sohn. Ich darf das.« Ihr Blick fiel auf Dari. »Wenn du sie in die Box gebracht hast, könntest du ins Büro laufen und mir den roten und den blauen Ordner mitbringen? Dann muss ich nicht aussteigen.«

»Geht klar.«

»Super.« Sie lächelte, dann hielt sie eine Papiertüte hoch, die neben ihr auf dem Beifahrersitz gelegen hatte. »Frühstück in einer Viertelstunde? Es gibt frische Brötchen.«

Ich nickte. Sie war so gut drauf, da musste ich ihr ja nicht sagen, dass ich schon gegessen hatte. Und ein zweites Sonntagsfrühstück hatte noch keinem geschadet.

Sie winkte mir zu und ich führte Dari zum Stall.

Meine Mutter war also über Nacht weg gewesen. Ich wollte gar nicht so genau darüber nachdenken, was das bedeutete. Als ich die Boxentür hinter Dari zuschob, wurde mir klar, dass ich es wahrscheinlich genießen sollte, solange wir am Sonntag beim Frühstück noch zu zweit waren.

»Hallo, Eva. Hi, Jannis.« Luise stand im Eingang des Gutshauses und winkte uns hinein. »Geht gleich ins Esszimmer durch. Es sind schon fast alle da.«

Hinter uns drückte sie die Tür ins Schloss.

»Das heißt, Frida braucht noch einen Moment. Die war am Strand trainieren und hat anscheinend die Zeit vergessen.«

Schon wieder? Das war jetzt das zweite Mal in drei Tagen, dass Frida ohne mich zum Strand ritt.

»Was trainiert sie denn?«, fragte ich Luise, während Mama schon durch eine Wolke aus Gewürzdüften Richtung Esszimmer vorauslief.

»Nicht dein Ernst, oder?« Luise sah mich ungläubig an. »Sie hat dir nichts erzählt?«

Ich hob nur fragend die Augenbrauen, aber Luise schüttelte grinsend den Kopf.

»Keine Chance. Frag sie mal schön selber.«

»Okay«, sagte ich mit einem Schulterzucken, auch wenn mir die Antwort längst nicht so gleichgültig war, wie ich tat. »Was machst du eigentlich hier mitten in der Woche?«

»Ähm, feiern? Die Uni kommt auch ohne mich klar.« Luise lachte und deutete mit einer Kopfbewegung den Flur hinunter. »Theo und ich sind bis Sonntag da. Ich weiß ja nicht, wie das in Berlin ist, aber hier an der Küste ist ein Siebzigster ein Dorffest. Heute feiern wir in kleiner Runde, morgen kommen der Bürgermeister, ein paar Gemeinderäte und Vereinsvorsitzende und die Pastorin, am Donnerstag sind die Nachbarn zum Kaffee eingeladen und ab Freitag trudelt die Verwandtschaft ein.«

Ich atmete tief ein und nickte. »Nicht schlecht. Aber so, wie sich das anhört, besteht die kleine Runde aus mindestens zwanzig Leuten.«

Sie grinste. »Mit dir und Eva sind wir dreizehn. Du weißt doch mittlerweile, wie es bei uns zugeht. Und Annelie und Florian konnten noch nicht mal kommen, weil Basti erkältet ist.«

Bevor ich fragen konnte, ob es was Schlimmeres war, blickten wir auf, weil eilige Schritte die Treppe herunterkamen. Frida hatte ein Kleid und Ballerinas an, aber diesmal war es kein Problem, mich auf den Bereich über ihrem Hals zu konzentrieren, weil sie ihre Haare offen trug. Ein frischer Shampoogeruch wehte mir entgegen, doch das war bestimmt nicht das Faszinierende daran. Ich kannte niemanden, der einen solchen Wasserfall aus roten und goldenen, kupfer- und honigfarbenen Wellen auf dem Kopf hatte. Schon krass.

»Hi«, sagte Frida und dann: »Was ist?«, weil ich anscheinend nicht geantwortet hatte. Ich guckte mich nach Luise um, aber die hatte sich verdrückt. Frida griff nach meinem Arm und zog mich ins Esszimmer. Die Leute waren alle so in ihre Gespräche vertieft, dass sie nicht mal aufsahen, als wir hereinkamen. Ich machte sowieso erst mal große Augen, weil der Raum ganz schön beeindruckend war. »Speisesaal« hätte es vielleicht eher getroffen.

Normalerweise aß Fridas Familie ja an dem riesigen Tisch in der Küche, aber das hier war schon eine andere Nummer. Bodentiefe Fenster gaben den Blick auf eine mit Laternen beleuchtete Terrasse frei, an der Stirnseite hing ein monströses modernes Gemälde, das ziemlich teuer aussah, und der Esstisch war gefühlte fünf Meter lang. Die Benekes hatten das Haus total gemütlich und zweckmäßig eingerichtet, sogar der ehemalige »Salon« war ein stinknormales, wenn auch überdimensioniertes Wohnzimmer. Aber hier im Esszimmer konnte das Gut seine adlige Herkunft nicht verleugnen.

Frida kriegte meine Verblüffung gar nicht mit, sondern ging mir voraus zu Heinrich, umarmte ihn und gab ihm einen Kuss auf die Wange. »Tut mir leid, ich war noch am Strand«, erklärte sie knapp. »Alles, alles Gute.«

Ich stellte mich neben sie und schüttelte Heinrich die Hand. »Herzlichen Glückwunsch und danke für die Einladung.«

Er lachte. »Danke. Freut mich, dass du da bist.«

Heinrich sah heute ziemlich entspannt aus, obwohl er mir sonst immer vorkam, als würden ihn Gruppen von mehr als drei Personen überfordern. Sein Händedruck war fest, und eigentlich wirkte er gar nicht so tattrig, wie man es bei siebzig Jahren erwartet hätte. Okay, als Ersatzopa half er auf dem Gut überall aus, wo er gebraucht wurde, aber als Mama von der Einladung erzählt hatte, hatte ich trotzdem zweimal nachfragen müssen, ob das Alter auch stimmte.

Ein älteres Paar (seine besten Freunde, wie Frida mir ins Ohr flüsterte) wandte sich an ihn, sodass ich ihm einen schönen Abend wünschte und den Rest der Leute begrüßte. Kristin und Theo kümmerten sich darum, dass alle etwas zu trinken hatten, und winkten mir nur zu, Robert drückte mir zwei Körbe mit Brot in die Hände, die er zur Tür hereintrug und die ich nach ein bisschen Geschiebe doch noch auf dem sowieso schon reichlich beladenen Tisch unterbrachte.

Heinrichs Frau Hilda stand mit einer anderen Frau und Frida in einer Ecke und unterhielt sich, sah aber auf, als hinter mir Simon in der Tür auftauchte und gedämpft »Oma!« rief. Er brachte den Geruch nach kalter Luft und Erde mit und nickte mir zu.

Hilda kam herüber und klopfte mir lächelnd auf den Rücken, und dann hörte ich noch, wie Simon sagte: »Alles klar, ich hab die Viecher erwischt. Können wir nächstes Mal vielleicht noch mal reden, wenn du dir Laufenten anschaffst?«, bevor Frida mich hinüberwinkte.

Die Frau neben ihr sah mir lächelnd entgegen. »Du bist also Jannis«, begann sie und streckte mir die Hand hin. »Elisabeth Steinhagen. Ich bin Fridas Hamburger Omi.«

»Schön, Sie kennenzulernen«, antwortete ich brav.

Von ihrer Omi erzählte Frida oft, und in den Weihnachtsferien hatte sie sogar ein paar Tage ihre Pferde zurückgelassen und sie in Hamburg besucht, was mir eine ungefähre Vorstellung davon vermittelte, wie wichtig ihr ihre Großmutter war. Jetzt erkannte ich auch die Ähnlichkeit: Frau Steinhagen war eine ältere, grauhaarige Version von Kristin, groß und schlank, und Frida sah ja – anders als Luise und Theo, die dunkelhaarig waren und eher nach Robert kamen – wie ihre Mutter in jung aus. Nur die Haarfarbe kannte ich von sonst niemandem aus der Familie.

Endlich standen die letzten Schüsseln und Platten voller Essen auf dem Tisch und alle suchten sich einen Platz. Ich landete neben Frida.

»Und? Wie war das Training?«, fragte ich unschuldig, während sie sich Wasser einschenkte.

Frida antwortete einen Moment lang nicht, sondern schraubte den Flaschendeckel besonders sorgfältig auf.

»Welches Training?«, fragte sie dann mit diesem trotzigen Ton, den sie draufhatte, wenn sie sich ertappt fühlte.

»Das würde ich gern von dir wissen.«

Gleich hatte ich sie so weit. Sie hasste es, wenn ich so überlegen tat.

Wie erwartet atmete sie genervt ein, stellte die Flasche ab und drehte sich halb zu mir um. »Für das Derby«, erklärte sie.

Das heißt, diese drei Wörter erklärten natürlich überhaupt gar nichts.

»Das Derby?«

Geschlagen verdrehte sie die Augen. »Das Stranddderby Anfang Juli. Das findet jedes Jahr im Dorf statt und Liv und ich machen da mit.«

Daher die langen Galopptouren am Wasser. Frida brachte Liv in Form.

Verblüfft starrte ich sie an. »Und wieso hast du mir nichts davon erzählt?«

Frida winkte ab, dann nahm sie den Brotkorb entgegen, den ihre Omi ihr hinhielt, schnappte sich ein Stück und drückte ihn mir in die Hände. »Hätte ich schon noch.«

Ich ließ mir Zeit, während ich mir eine Scheibe aussuchte und den Korb an Simon weiterreichte.

»Hattest du Angst, dass ich auch mitmachen will und du einen Konkurrenten mehr hast?«, fragte ich grinsend.

Sie richtete sich auf. »Nichts gegen dich und Tino, aber auf einer tausendzweihundert Meter langen Galoppstrecke hätten wir sogar noch die Nase vorn, wenn Liv nur mit drei Beinen unterwegs wäre.«

Das war jetzt vielleicht minimal übertrieben, aber Tatsache war, dass Tino seine besten Zeiten hinter sich hatte. Auch wenn er immer noch mega sprang, hätte er mit Liv nicht mitgehalten. Und mein Toppferd ließ sich ja gerade nicht reiten.

»Warum hast du dann nichts erzählt?«

Schlagartig war die Selbstgefälligkeit weg und die Verlegenheit wieder da. »Mir … mir ist das Derby eben wichtig«, stotterte sie rum. »Und ich dachte, du findest es irgendwie albern.«

Sie presste die Lippen aufeinander, aber ihre Wangen waren ganz rosa.

»Albern finde ich es gar nicht«, antwortete ich. »Ich wundere mich nur, dass du dich für so was interessierst.«

Frida schüttelte den Kopf. »Du glaubst echt, dass ich beim Reiten null Ehrgeiz habe, oder?«

Ähm, na ja … jedenfalls nicht im herkömmlichen Sinn. Aber anscheinend lag ich falsch.

Als ich nicht antwortete, sagte sie aufgebracht: »Das Derby ist was völlig anderes als ein Turnier. Nur der Strand und ein paar Pferde, die tun, was sie von Natur aus tun: rennen.« Sie hob das Kinn. »Liv und mir macht das Spaß.«

Das war ja eine ganz neue Seite an ihr. Klar, wenn sie sich in ein Pferdeproblem verbissen hatte, konnte Frida echt hartnäckig sein, aber sportliche Ambitionen hätte ich ihr als Allerletztes nachgesagt.

Ich lächelte sie an. »Okay.«

»Was, okay?«

»Na, ich bin dabei. Ich helfe dir, Liv auf das Rennen vorzubereiten.«

Fridas Blick war so skeptisch, dass ich beleidigt hätte sein müssen. »Wie willst du mir denn dabei helfen?«

»Ich glaube, fürs Zeitstoppen wird's gerade noch reichen.«

Einen Moment lang überlegte sie, dann nickte sie knapp. »Meinetwegen. Dafür könnte ich wirklich jemanden brauchen.«

Während ich noch darüber nachdachte, ob ich sie nicht vielleicht doch mal auf ihren unverschämten Ton hinweisen sollte, klopfte jemand an ein Glas. Und nach Roberts Ansprache, Heinrichs Dankesworten, gefühlt siebenundvierzig verschiedenen Gerichten und ziemlich viel Gelächter war ich irgendwie nicht mehr in der Stimmung, mich mit Frida anzulegen. Es reichte, dass sie neben mir war und wir ein neues Projekt angingen und ich Mama dabei zusah, wie sie an einem Tisch voller neuer Freunde saß und glücklicher wirkte als das ganze vergangene Jahr.

# Frida

Der Sonnenschein heute Morgen war der reine Hohn. Seit Omi vorgestern abgereist war, hatte sich meine gute Laune in eine tiefe dunkle Höhle verzogen, und da blieb sie wahrscheinlich so lange, bis sie vor Lichtmangel farblos wie ein Grottenolm war. Ich saß am Frühstückstisch und rührte missmutig in meinem Tee, während sich die Haferflocken in meinem Müsli langsam voll Milch sogen und zur dreifachen Größe aufquollen. Ich hatte es noch nicht recherchiert, aber Mathetests widersprachen bestimmt irgendeiner Menschenrechtskonvention.

Jetzt, wo Luise und Theo fast nur noch an den Wochenenden zu Hause waren, verlief unser Frühstück in zwei Varianten: Wenn Mama und Papa merkten, dass ich gut gelaunt war, unterhielten wir uns darüber, was tagsüber auf dem Gut anstand, welches Pferd zum Schmied musste oder für welchen Sattel wir neue Steigbügeleinlagen brauchten. An Tagen wie heute ließen sie mich in Ruhe. Manchmal war mir das zwar auch nicht recht, aber heute hatte ich wirklich ausreichend mit mir selbst zu tun, da kümmerte es mich wenig, dass Papa sich um zehn mit einer Frau Jansen treffen wollte. Um zehn war immerhin Mathe vorbei. Dafür durfte ich mich danach noch vier Stunden auf den nächsten Tiefpunkt des Tages freuen: Meine Projektgruppe für den Berufsorientierungstag traf sich zum ersten Mal. Wie ich so was hasste.

»Die Jansen? Was will die denn?«, fragte Mama.

Papa seufzte. »Den Klosteracker.«

»Warum gehst du zu den Terminen überhaupt noch hin? Wenn du dich immer wieder mit ihr triffst, gibt sie die Hoffnung doch nie auf, dass du ihr Grund verkaufst.«

Erwachsene hatten es gut, die konnten einfach entscheiden, ob sie zu einem Treffen gehen wollten oder nicht. Mich hatte niemand gefragt, ob ich bei diesem dämlichen Projekttag mitmachen wollte. Und jetzt musste ich meine Nachmittage damit verschwenden, mit Leuten, die ich nicht kannte, irgendwelche Präsentationen zu erarbeiten, die niemanden interessierten. Und nicht mal Linh oder Jannis waren dabei. Die beiden mussten sich natürlich für die Themenfelder »Mathematik/Informatik« beziehungsweise »Naturwissenschaften/Medizin/Technik« entscheiden. Ohne Rücksicht auf Verluste. Als wüssten sie nicht genau, dass ich allein bei den Begriffen Ausschlag bekam.

»Frida, jetzt iss mal was. Du musst in zehn Minuten los«, unterbrach Mama ihre Diskussion mit Papa, die sich immer noch darum drehte, dass diese Jansen in der Gegend jedes Feld aufkaufte, das sie kriegen konnte.

Lustlos schob ich mir einen Löffel Haferpampe in den Mund. Sie schmeckte, wie sie aussah.

»Mir ist die nicht ganz geheuer. Weißt du, was Hilda neulich erzählt hat?« Wusste Papa wohl nicht, denn Mama berichtete weiter: »Bei der Beerdigung vom alten Petersen muss dieser … wie heißt noch mal Frau Jansens Verwalter?«

»Laßmann.«

»Genau. Da muss dieser Laßmann Frau Petersen ein Kaufangebot für die Äcker gemacht haben. Der Witwe! Hilda meinte, das hat ganz schön Wellen geschlagen, sogar die Pastorin ist dazwischengegangen …«

Erwachsene, echt. Ständig ging's da ums Sterben und solche Sachen. War wahrscheinlich komisch, dem eigenen Tod so nah zu sein. Wobei ich auch froh war, wenn ich den Tag überlebte. Ich hätte ja nicht gemeckert, wenn ich mit Esther in »Kunst/Musik« oder mit Elif in »Sprachen« gewesen wäre, aber ich konnte weder malen noch anständig singen, und wie ich mit Französisch Geld verdienen sollte, wenn ich schon »Bonjour. Une baguette, s'il vous plaît« nicht fehlerfrei aussprechen konnte, war mir schleierhaft. »Betriebswirtschaft« und »Handwerk« waren von vornherein ausgeschieden, also war ich mit allen anderen Losern in der Projektgruppe »sozial/gesellschaftlich« gelandet. Für uns waren schon nicht mal mehr Substantive übrig gewesen. Und selbst bei dieser Gruppe wusste ich nicht, ob ich die Anforderungen erfüllte, immerhin waren meine sozialen Kompetenzen eher bescheiden. Zumindest was Menschen betraf. Aber eine Projektgruppe »Pferd« wäre vermutlich doch zu viel verlangt gewesen.

»Vielleicht sollte ich mitkommen«, meinte Mama.

Einen Moment lang sah ich sie verständnislos an. Dass sie mich nicht in die Schule begleiten wollte, kapierte ich erst, als Papa aufstand, ihr einen Kuss auf den Scheitel drückte und grinsend antwortete: »Ich glaube, das sollte man besser diplomatisch lösen.« Er beugte sich zu ihr, aber da fiel sein Blick auf mich. »Frida, na los, ab mit dir. Ich habe hier noch was zu erledigen.«

Mama schlang die Arme um seine Taille, und ich machte, dass ich davonkam. Knutschende Eltern waren womöglich noch schreckenerregender als Mathetests und Projektgruppen.

Sofort nach dem Schlussklingeln hatte ich mich ins Untergeschoss verdrückt und im Zimmer 007 in die hinterste Reihe gesetzt. Dort widmete ich mich den Fragen, ob Agent wohl ein »sozialer« oder »gesellschaftlicher« Beruf war und ob sich ein paar Chaoten nur aufgrund der Raumnummer in unsere Gruppe verirrten. Das war immer noch besser, als darüber nachdenken zu müssen, was in Mathe dieses Mal raussprang: eine Drei minus oder doch wieder eine Vier. Die Fünf hatte ich wahrscheinlich umschifft, andererseits war es trügerisch, in solchen Dingen auf mein Gefühl zu vertrauen.

Nach und nach trudelte der Rest der Truppe ein. Die Erste war Jette. Einen Moment lang war ich so überrascht, dass ich ihren Gruß nicht erwidern konnte. Möglicherweise war das hier doch nicht die Deponie für alle, die nichts Besseres konnten. Jette ging in die Neunte, war Mittelstufensprecherin und engagierte sich für so ziemlich alles: Deutschunterricht für Flüchtlinge, Müllsammlungen am Strand, Aufforstung des Regenwalds, Kampf gegen Rassismus, Befreiung von Labortieren. Der Friedensnobelpreis war ihr schon sicher.

Einmal hatten wir gemeinsam zwei alte Ponys vor dem Schlachter gerettet. Wahrscheinlich deswegen kam sie freudestrahlend auf mich zu, setzte sich neben mich und sagte: »Hi, Frida, das ist ja cool, dass du auch in dieser Gruppe bist. Hast du schon ein Projekt? Erst hatte ich überlegt, ob ich in die ›Sprachen‹-Gruppe gehe, dann hätte ich mich in den Sommerferien auch gleich für ein Praktikum bei der Zeitung beworben. Journalistin könnte ich mir nämlich vorstellen. Andererseits schreibst du dann nur darüber, was andere machen, deswegen ist Politik vielleicht doch besser. Aber die Oberbürgermeisterin nimmt keine Schülerpraktikanten. Und irgendwie ist das ja auch öde, dieser städtische Kleinkram, da kann man gar nichts gestalten. Deswegen schwanke ich wirklich …«

In der Zwischenzeit hatte sie sich ihre langen braunen Haare zu einem Dutt gezwirbelt, die Ärmel hochgeschoben, einen Block und Stifte aus ihrem Rucksack geholt und den Terminplan auf ihrem Smartphone aufgerufen. Ich wusste gar nicht, ob mein Handy so eine App vorinstalliert hatte. Nebenher checkte sie, wer durch die Tür kam, nickte und winkte immer mal wieder jemandem zu.

»… oder was meinst du?«

»Hm? Ach so …« Irgendwie hatte ich den Faden verloren. »Ja, also …«

Glücklicherweise ließ sich in diesem Moment jemand auf den Stuhl rechts von Jette fallen und sie drehte den Kopf zu ihm. Ihre Reaktion konnte ich nicht recht deuten – sie verzog das Gesicht, als wäre sie genervt, bekam aber gleichzeitig rote Ohren.

Nach einem Moment sagte sie: »Hallo, Nils, mit dir hätte ich ja nicht gerechnet. Ich weiß nicht, ob hier bei uns Ausbeutung auf dem Programm steht. Wärst du nicht in der ›Betriebswirtschaft‹-Gruppe besser aufgehoben?«

Der Typ lachte sarkastisch auf, aber ganz kurz huschte ein verletzter Ausdruck über sein Gesicht, sodass ich den Verdacht hatte, dass sie ihn sehr wohl getroffen hatte. Ich kannte ihn vom Sehen. Er war ein Jahr über mir und einer der Jungs, für die die Hälfte der Mädchen aus meiner Klasse schwärmten. Mit seinen blonden, gewellten Haaren und den blauen Augen sah er wirklich ganz gut aus, aber irgendwie fand ich es affig, dass sein Shirt an den Oberarmen und um die Brust spannte, so als hätte er es absichtlich eine Nummer zu klein gekauft.

»Das wäre meine zweite Wahl gewesen«, antwortete er, »aber Jura finde ich spannender. Wenn man die Gesetze kennt, kann man sie leichter für seine eigenen Zwecke einsetzen, oder?« Er setzte ein raubtierhaftes Grinsen auf, aber irgendwie nahm ich es ihm nicht ab. Wahrscheinlich wollte er nur Jette provozieren.

Das gelang ihm auch. Sie schnaubte und drehte sich zu mir um. »Frida, das ist Nils. Halt dich fern von ihm. Er ist Teil des Systems.«

Was genau das zu bedeuten hatte, konnte sie nicht mehr erklären, denn nun betrat unser Schulpsychologe Dr. Quadflieg den Raum. Ich kannte ihn nicht weiter, aber dass er die »sozial/gesellschaftlich«-Gruppe übernahm, lag irgendwie nahe.

Anders als ich befürchtet hatte, mussten wir uns nicht schon heute in Gruppen einteilen oder entscheiden, wie unser Projekt für den Berufsorientierungstag aussehen sollte. Stattdessen stellte Dr. Quadflieg mögliche Berufsfelder vor. Das war jetzt nicht so spannend, dass ich keine Gelegenheit gefunden hätte, über Nils' Gesichtsausdruck nachzudenken, als Jette sich von ihm wegdrehte, oder den bösen Blick, den er mir zuwarf, als er merkte, dass ich ihn beobachtete.

Während ich zur Bushaltestellte lief, ertappte ich mich dabei, wie ich vor mich hin summte. Mittlerweile passte der Sonnenschein deutlich besser zu meiner Stimmung. Alles in allem war der Tag nicht zu der Katastrophe geworden, die ich befürchtet hatte. Gut, von einem Mathetest konnte man keine Wunder erwarten, aber dass Jette in meiner Projektgruppe war, erleichterte mich ziemlich. Reden musste ich bei unseren Treffen jedenfalls schon mal nichts. Noch dazu waren die Hausaufgaben heute übersichtlich, das meiste davon konnte ich gleich im Bus erledigen. Und das bedeutete einen freien Pferdenachmittag.

Perfekt.

An der Haltestelle wartete ich allein. Der Großteil der Schüler war ja längst weg und der reguläre Nachmittagsunterricht noch nicht zu Ende. Ich setzte mich auf die Bank neben dem Häuschen und machte den Reißverchluss meiner Jacke auf. Puh. Für diese frühlingshafte Nachmittagssonne war ich eindeutig zu warm angezogen. War die Eiszeit also doch vorbei?

Ich atmete tief durch und merkte zum ersten Mal, dass das hier eine echt schöne Ecke war. Wenn ich mit den anderen nach Hause fuhr, hatten wir so viel zu quatschen, dass ich mich kaum mal richtig umguckte. Gleich gegenüber war ein kleiner Park, in dem knallgelbe Forsythien mit Teppichen aus blauen Traubenhyazinthen um die Wette leuchteten. Vom anderen Ende waren Kinderstimmen zu hören und der Wind trug den Geruch nach feuchter Erde und frischem Laub herüber.

Ganz langsam ließ die Anspannung nach, mit der ich heute Morgen schon aufgestanden war. Ich rollte mit den Schultern, dann machte ich die Augen zu, lehnte den Kopf in den Nacken und ließ mir die Sonne ins Gesicht scheinen.

Ich blinzelte, als ein Motorrad vor mir stehen blieb. Der Fahrer trug einen schwarzen Helm, überhaupt war alles schwarz an ihm, und er hatte den Kopf zu mir gedreht. Wollte er nach dem Weg fragen?

Mein Kopf schnellte herum, als ein zweites Motorrad auftauchte, an der Rückseite des Bushäuschens über die Wiese bretterte und direkt hinter der Bank hielt. Drei weitere stoppten so, dass sie mich komplett umstellt hatten.

Etwas sagte mir, dass die sich nicht verfahren hatten.

»Bist du Frida?«, kam es überraschend von dem ersten Biker, der es nicht für nötig hielt, sein Visier zu öffnen.

Irgendwie erschien es mir sinnlos, es abzustreiten, auch wenn ich ein ziemlich mulmiges Gefühl im Magen hatte, also nickte ich.

Der Typ vor mir ließ seine Maschine aufheulen. In der folgenden Stille waren weder die Kinder auf dem Spielplatz noch die Vögel in den Bäumen zu hören. Es wäre jetzt wirklich an der Zeit gewesen, dass der Bus kam.

»Du hast uns verpfiffen«, grollte der Biker. Wenn mir das Herz nicht bis zum Kragen geschlagen hätte, wäre mir sein Getöse vielleicht albern erschienen, aber dank seiner Kumpels rechts und links und hinter mir war sein Auftritt leider sehr überzeugend. »Dafür machen wir dich fertig.«

Ich hatte ihn die ganze Zeit angestarrt wie das Kaninchen die Schlange, aber jetzt sprang ich auf. Die Typen dachten wohl, ich wollte davonrennen, und schlossen schnell die Lücken, aber auf die Idee war ich gar nicht gekommen. Ich hatte nur einfach nicht länger sitzen bleiben können.

Ihr spöttisches Lachen darüber, dass sie mir den Weg abgeschnitten hatten, trieb mir die Hitze ins Gesicht. Wütend ballte ich die Fäuste. Ich machte noch einen Schritt nach vorn und starrte dem Kerl dorthin, wo ich hinter dem Visier seine Augen vermutete.

»Ihr macht mir gar keine Angst. Verschwindet!« Meine ruhige Stimme überraschte mich, aber die Biker beeindruckte sie anscheinend wenig, weil sie nur lauter lachten.

Noch einmal ließen sie die Motoren aufheulen, doch jetzt kam endlich, endlich der Bus. Der Anführer ruckte mit dem Kopf und die anderen öffneten den Kreis.

Er zeigte mit ausgestrecktem Arm auf mich. »Dich kriegen wir, verlass dich drauf.«

Dann gab er Gas und in Sekunden waren sie um die nächste Ecke verschwunden.

# Jannis

Während ich den Paddock hinter Caruso verriegelte, guckte ich auf mein Smartphone. Ich hatte gute fünfzig Minuten, bis Frau Klingbeil für ihre Einzelstunde auftauchte. Wenn ich mich beeilte, konnte ich noch mit Botticelli arbeiten, dann brauchte ich das nicht abends zu erledigen.

Ich hatte ihn gerade aus der Box geholt, da kam Frida um die Ecke. Sie wirkte irgendwie aufgeregt, aber als sie mich entdeckte, versuchte sie, ein neutrales Gesicht aufzusetzen.

Sie lächelte ein bisschen wacklig, während sie sich auf Bottis andere Seite stellte und ihn an ihrer Hand schnuppern ließ. »Hallo.«

»Hallo. Alles okay mit dir?«

Sie nickte, aber sie wich meinem Blick aus. »Reitest du ihn jetzt gleich?«

»Hatte ich vor, ja. Oder gibt's irgendwas?«

Sie schüttelte den Kopf und bückte sich, um einen Striegel und eine Bürste aus der Putzbox zu nehmen. »Dann helfe ich dir.«

Einen Moment lang musterte ich sie noch, aber sie tat so, als wäre sie richtig vertieft in ihre Aufgabe, also schnappte ich mir die Kardätsche und legte ebenfalls los. Eine Weile arbeiteten wir still vor uns hin, während Botti die Lippe hängen ließ und hin und wieder das Gewicht von einem Hinterbein aufs andere verlagerte. Doch selbst so ein Eins-einundachtzig-Koloss war irgendwann sauber und noch immer war Frida nicht mit der Sprache rausgerückt. Irgendwas war, sonst wäre sie nicht einfach so hier aufgetaucht.

»Wie lief dein Projektgruppentreffen?«

»Ganz gut.«

Ach? Obwohl sie schon Tage vorher total Horror davor gehabt hatte?

»Interessante Themen?«

»Ja, auch.« Mehr kam nicht, und während ich schon darüber nachdachte, ihr vom Treffen meiner Projektgruppe am Dienstag zu erzählen, obwohl ich mir echt spannendere Dinge vorstellen konnte, platzte es aus ihr heraus: »Die Polizei hat übrigens diese Biker aus dem Naturschutzgebiet gefunden.«

Moment, was? Mit diesem Themenwechsel hatte ich jetzt nicht gerechnet. »Woher weißt du das?

»Sie haben es mir gesagt.«

Kleine Pause für mein Hirn, bevor es heiß lief.

»Wer? Die Polizei? Oder die Biker?«, hakte ich vorsichtig nach.

Frida biss sich auf die Lippe.

»Die Biker«, murmelte sie. In die Augen sah sie mir noch immer nicht.

Ach, egal. Reiten konnte ich später immer noch.

Ich machte Botti los, stellte ihn zu Caruso auf den Paddock und zog die verdutzt guckende Frida mit mir auf die nächste Bank.

»Und jetzt von vorn: Was ist passiert?«

Frida holte ein bisschen zittrig Luft. Scheiße, was hatten die denn mit ihr gemacht?

Anscheinend hatte ich mich irgendwie angespannt, denn sie sah mich an und verdrehte die Augen. »Reg dich ab, nichts ist passiert. War nur einfach eine blöde Situation.«

Während sie von dem Zwischenfall an der Bushalte erzählte, wirkte sie langsam ein bisschen entspannter. Was waren das bloß für Idioten, dass sie jemandem auflauerten? Und woher wussten sie, woher das Video stammte?

Frida schüttelte den Kopf, als ich sie danach fragte. »Das haben sie natürlich nicht gesagt. Nur: ›Du hast uns verpfiffen. Dafür machen wir dich fertig.‹«

Ich konnte nicht anders, ich musste lachen. »*Das* haben sie gesagt? Und es war ihnen nicht peinlich? Klingt ja nach Gangsterfilm.«

Frida grinste jetzt auch. »Halte deine Freunde nahe bei dir, aber deine Feinde noch näher«, sagte sie mit verstellter Stimme.

Okay, da war sie wieder, Frida in ihrer gewohnten Form.

»Du musst dich ja auch immer mit den bösen Jungs anlegen. Ich hab dir gleich gesagt, dass wir ihnen eine Falle stellen sollten.«

Sie zog die Augenbrauen hoch. »Und damit hättest du dich nicht mit ihnen angelegt?«

»Immerhin hätte mich niemand von der Gemeindeverwaltung verpfeifen können.«

Ich hatte es als Scherz gemeint, aber das Grinsen verging mir, als sie wegsah und leise fragte: »Glaubst du, die kommen noch mal wieder?«

Puh, Mission »Frida auf andere Gedanken bringen« erforderte doch ein bisschen mehr Einsatz.

»Weiß ich nicht«, antwortete ich wahrheitsgemäß. »Aber diese Idioten treten im Rudel auf und verstecken sich hinter ihren Helmen. Klingt nicht so, als hätten sie den Mumm, wirklich was zu unternehmen.« Während sie langsam nickte, stand ich auf und zog sie hoch. »Du besorgst dir jetzt was zu essen und holst Liv. Und nach meiner Reitstunde gehen wir an den Strand.«

»Musst du nicht mit dem da arbeiten?« Sie deutete auf Botti, der sich im Paddock die Nachmittagssonne aufs Fell scheinen ließ.

Ich winkte ab. »Das mache ich später, der rennt ja nicht weg.«

Hundert Meter bis zum Ziel … Ich konnte sehen, wie Liv noch einmal zulegte. Wie hatte Frida gesagt? Ihr und Liv machte das Spaß? Ja, den Eindruck hatte ich auch. Noch fünfzig Meter, noch zwanzig und … stopp. Ich warf einen Blick auf die Zeit.

Vorsichtig setzte sich Frida in den Sattel und fasste die Zügel kürzer. Liv wurde langsamer und in einem weiten Bogen kamen sie zu mir zurück. Frida strahlte, aber so ganz konnte ich ihre Begeisterung nicht teilen.

»Und? Wie schnell waren wir?«, fragte sie, als sie Liv neben mir anhielt.

»Zwei Minuten siebzehn.« Ich bemühte mich um einen neutralen Ton.

»Das ist doch super! Zwei Sekunden schneller als am Montag!« Frida rieb Liv über den Mähnenkamm. Sie streckte den Hals und schnaubte ab.

»Ja, schon«, sagte ich langsam, »aber am Montag bist du im trockenen Sand geritten. Heute ist der Boden viel fester, das ist doch klar, dass ihr auf dem Spülsaum eine bessere Zeit lauft.«

Frida runzelte die Stirn. »Und wo ist das Problem?«

»Na, dass wir keinen Trainingsfortschritt haben.«

Sie sah mich scharf an. »Nach einer einzigen Einheit?«

Na ja. Wenn ich mich hier schon in den Wind stellte, wollte ich eben, dass was voranging. »Du hast doch vor Wochen mit den Galopptouren angefangen.«

Sie verdrehte die Augen. »Ja, aber ich habe kein einziges Mal die Zeit gestoppt, also haben wir keinen Vergleich. Und abgesehen davon: Dir ist schon klar, dass die zwei Minuten siebzehn besser sind als die Siegerzeit letztes Jahr, oder?«

»Echt?« Das nahm mir kurz den Wind aus den Segeln. »Egal. Deinen Gegnern ist das auch klar, und sie werden versuchen, ihre Leistung dahin zu bringen. Wenn du gewinnen willst, musst du noch eine Schippe drauflegen.«

Ich konnte sehen, dass ihr das nicht passte. Und kurz überlegte ich auch, ob ich nach dem Zwischenfall mit den Bikern nicht besser die Klappe hielt und sie in Ruhe ließ. Aber es half nichts, wenn ich sie trainieren sollte, musste sie sich auch anhören, was ich zu sagen hatte.

Liv schüttelte den Kopf, anscheinend wurde ihr langweilig. Ich legte meine Hand auf ihren Hals.

Frida hatte sich zu einer Antwort durchgerungen. »Jannis, es ist echt toll, dass du uns hilfst, aber ich weiß, was ich tue. Liv und ich haben das Derby immerhin schon zweimal gewonnen.«

Okay. Das war mir neu. Ich holte Luft, um etwas zu sagen, aber irgendwie bekam ich nichts Sinnvolles zustande.

Frida sah sich das drei, vier Sekunden an, dann meinte sie: »Du könntest wenigstens so tun, als wärst du nicht überrascht.«

Ich merkte, wie meine Ohren heiß wurden. »Äh, ja … Echt? Also … dann Glückwunsch.« Sie nickte huldvoll, doch im selben Moment schüttelte ich den Kopf. Die letzte Saison interessierte niemanden. Und außerdem: »Das ändert nichts daran, dass du nicht alles aus dem Training rausholst. Im Ernst, ihr könntet noch richtig Zeit gutmachen.«

Frida atmete langsam aus. »Woher willst du das wissen?«

Ich konnte es mir einfach nicht verkneifen. »Na, wenn jemand was vom Gewinnen versteht, dann ja wohl ich.«

Es folgte ein Augenblick der Sprachlosigkeit. Ich kostete den Moment kurz aus, dann setzte ich zu meinem Vortrag an, aber Frida kam mir zuvor.

»Mal angenommen, ich würde auf dich Klugscheißer hören. Was würdest du denn als Training vorschlagen?«

Liv verlagerte ihr Gewicht. Meine Hand glitt unter ihre Mähne, und ich fing an, sie zu kraulen. Sie seufzte wohlig und lehnte sich an mich. Frida machte ein säuerliches Gesicht, doch ich ließ ihr keine Zeit, eifersüchtig zu werden, sondern legte los: »Diese langen Galoppaden sind ja schön und gut für die Ausdauer, aber Liv könnte mehr Spritzigkeit vertragen. Dann kommt sie beim Start schneller weg und ihr könnt euch an die beste Position setzen. Außerdem sollten wir über Intervalltraining nachdenken, da steigert sie sich mehr als rein auf Distanz. Und je enger ihr diese Wendung auf der Hälfte der Strecke nehmt, desto mehr Zeit macht ihr gut. Da hat Liv als Pony zwar sowieso einen Vorteil gegenüber den Großpferden, aber es ist bestimmt nicht verkehrt, wenn wir ein paar Geschicklichkeitsübungen machen, die schaden ja auch bei der Gymnastizierung nicht.«

Erwartungsvoll guckte ich sie an.

Sie blinzelte zweimal, dann fragte sie: »Du erzählst mir jetzt aber nicht, dass das zur Vorbereitung aufs Reitabzeichen gehört, oder?«

Ha! Das war ja nicht zu fassen! Da hatte ich tatsächlich Frida Pferdeprofi Beneke beeindruckt! Ich versuchte, nicht allzu breit zu grinsen. »Ich weiß, dass das in deinem Weltbild nicht vorkommt, aber selbst Turnierreiter sind in der Lage, mal über ihren Tellerrand hinauszudenken. Und länger wollte ich mir die Beine eben nicht in den Bauch stehen.«

»Ach, dem Herrn ist langweilig!« Sie beugte sich zu mir. »Kein Mensch hat dich gezwungen, deine kostbare Zeit hier mit uns am Strand zu verplempern.«

Ihr Gesicht war so nah vor meinem, dass ich die goldenen Flecken in ihren Augen zählen konnte.

»Das stimmt.« Ich räusperte mich und machte einen Schritt nach hinten. »Aber die Gelegenheit lasse ich mir ganz bestimmt nicht entgehen, zur Abwechslung mal dich rumzukommandieren.«

»Mhm.« Sie richtete sich im Sattel auf und sah mich aus schmalen Augen an. Dann zuckten ihre Mundwinkel. »Na gut. Und jetzt pack deinen Krempel zusammen, wir müssen zurück.«

Ich starrte sie einen Moment an, aber als ich mich kopfschüttelnd umdrehte und meinen Rucksack aufhob, lachte ich in mich hinein. Frida kicherte leise und saß ab. Gemeinsam führten wir Liv nach Hause.

# Frida

Mein Handy piepste. Umständlich zog ich es aus der Hose. Eine neue Nachricht von Theo. Die fünfte heute.

»Und wässerst du noch die Halle? Die Vier-Uhr-Gruppe ist auf dem Platz immer so unkonzentriert.«

Ich öffnete die Kamera-App und machte ein Foto von meiner rechten Hand, dem Schlauch und der Wasserfontäne, die den Boden der Reithalle tränkte. Das Bild sandte ich zusammen mit einem Grinse-Emoji an Theo.

Sekunden später kam mit einem »Daumen hoch«: »Ganz schön schlau, das Küken.«

Ich streckte dem Handy die Zunge raus, war aber gleich wieder versöhnt, als Theo hinterherschickte: »Danke! Hast was gut.«

Bei meinem großen Bruder hatte ich eine ganze Menge gut. Obwohl er Mama versprochen hatte, die Anfängerkurse am Mittwoch zu übernehmen, war ihm irgendein Seminar an der Uni dazwischengerutscht, und bis zu den Semesterferien konnte er jetzt keine Stunden geben. Für Gruppenunterricht hegte ich zwar nicht die ganz große Begeisterung, da war ich normalerweise froh, wenn ich in den Ferien mit Ponyreiten für die ganz Kleinen davonkam. Aber dass Mama mich überhaupt fragte, ob ich sie übernehmen wollte, überraschte mich so, dass ich nicht ablehnen konnte. Wann ließ sie mich während der Schulzeit sonst je in der Reitschule mithelfen?

Seitdem ballerte mich Theo zwar mit »guten« Tipps zu, aber irgendwie würde ich es schon hinbekommen. Hoffte ich.

Wobei bei den Anfängern die Kunst ja eher darin bestand, die Kinder auf die Pferde *hinauf*zubekommen.

Seufzend zog ich den Schlauch wieder hinter die Bande und drehte das Wasser ab. Auf in den Kampf.

»Nein, Alina, halt, beim Hufauskratzen helfe ich dir! Torben-Manuel, ist egal, wenn in Dominos Putzbox der falsche Striegel –«

»Torben-*E*manuel!« Empört starrte mich der Kleine an.

»Ach ja, entschuldige, natürlich … Trotzdem kannst du den gelben nehmen … dann nicht.«

Tief einatmend drehte ich mich weg, nur um in jemanden hineinzulaufen, den ich hier noch nie gesehen hatte und der mich angrinste. Groß, blond, zu enge Klamotten. Wie hieß er noch mal? Nils, genau.

»Stress?« Das Grinsen wurde breiter.

»Geht.« Ich sah ihn auffordernd an.

»Ich dachte nur. Dein Gesicht ist roter als deine Haare.«

Selbst ein weiterer tiefer Atemzug genügte nicht, um meinem Hirn genug Sauerstoff für eine schlagfertige Antwort zur Verfügung zu stellen.

»Keine Sorge, ich mag rote Haare.« Sein Grinsen war zwar ätzend, aber die Zahnreihe, die er dabei zeigte, war absolut perfekt.

Moment, Frida, ganz falsche Baustelle!

Der Schock über die Richtung, die meine Gedanken genommen hatten, brachte mich zur Vernunft. »Prima, ich auch. Und wenn das jetzt geklärt ist, kannst du ja sagen, was du hier willst.« Jetzt grinste ich breit. »Reitunterricht?«

Er lachte. »Nicht in diesem Leben. Aber«, er deutete neben sich, wo ein sehr, sehr kleines Mädchen stand, das ich bisher übersehen hatte, »Marit will reiten.«

Marit wurde knallrot, als ich ihr die Hand hinhielt. Tomatenrot. Feuerwehrrot. So rot konnte ich in meinem Leben noch nicht gewesen sein. »Hallo, Marit, ich bin Frida. Ich übernehme ab dieser Woche euren Unterricht. Wir haben bestimmt viel Spaß zusammen.«

»Wo ist Theo?«, piepste sie.

Mit ungeschüttelter Hand richtete ich mich auf. »Der ist an der Uni. Aber weißt du, in den Ferien hält der die Stunde wieder, und dann zeigen wir ihm, was du bis dahin alles Tolles gelernt hast. Einverstanden?«

Nach kurzem Zögern nickte Marit.

»Super. Welches Pony hattest du denn bisher?«

Obwohl es unmöglich schien, sagte sie noch leiser: »Erst Nessie und dann Manni.«

Die bravsten der Braven. Trotzdem wirkte Marit nicht allzu glücklich. Das konnte ich ganz schlecht ertragen. Mal überlegen … Klein genug war sie ja. Ich pfiff einmal lang und zweimal kurz. Marit und ihr Begleiter sahen mich erst fragend an, dann drehten sie sich um, als hinter ihnen Hufgeklapper zu hören war.

Dotty, unser braun gepunkteter Haarwust auf vier Beinen, peste um die Ecke. Im Moment war sie hauptsächlich als Rasenmäher auf dem Gut unterwegs, aber ein bisschen Arbeit konnte ihr nicht schaden. Ganz und gar nicht, wenn ich mir ihren Fassbauch so anschaute.

Sie blieb vor mir stehen und guckte mich abwartend unter ihrem cremeweißen Schopf hervor an. Ich ging in die Hocke und streckte die Hand nach Marit aus. »Dotty, das ist Marit. Sie kümmert sich heute um dich. Marit, das ist Dotty. Sie ist unser klügstes Pony, aber auch unser kleinstes, und deswegen muss man besonders auf sie aufpassen. Tust du das für mich?«

Marit beachtete mich gar nicht. Wie eine Schlafwandlerin machte sie einen Schritt auf Dotty zu, und als die ihr mit den Nüstern sanft in den Bauch stupste und prustete, ging in ihrem Gesicht das Licht an. Marit steckte ihre Hände unter Dottys Mähne und begann, sie zu kraulen.

Pferdeliebe auf den ersten Blick.

Ich musste ein paarmal blinzeln, bevor ich aufstand und Nils anguckte. Er hatte einen komischen Ausdruck auf dem Gesicht, der aber gleich wieder verschwunden war. Mit einer Kopfbewegung deutete ich Richtung Stall, drehte mich um und war fast erstaunt, als er mir folgte.

»So war sie noch nie mit einem Pferd«, sagte er leise.

»Nein.«

Er sah mich von der Seite an. »Woher wusstest du –«

»Wusste ich nicht«, fiel ich ihm ins Wort. »Aber Dotty weiß, wann es drauf ankommt.«

In der Sattelkammer nahm ich ein Halfter und zwei Führstricke von der Wand und schnappte mir Dottys Putzkiste. Als ich mich umdrehte, stand Nils näher vor mir, als ich erwartet hatte. Einen Moment lang sahen wir uns nur an.

Weil er nichts sagte, hielt ich ihm das Halfter und die Box hin. »Hier. Du kannst deiner …«

»… Schwester«, ergänzte er nach einem Augenblick.

»… Schwester helfen, Dotty fertig zu machen.«

Abwehrend hob er die Hände. »Oh, nein, nein, da bin ich raus. Mach das mal schön selber. Immerhin bezahlen wir dich dafür.«

Schneller, als ich gucken konnte, hatte er sich umgedreht und war durch die Tür verschwunden. Ratlos ließ ich die Arme fallen und starrte ihm hinterher. Und beinahe hätte ich geglaubt, der wäre gar nicht so schnöselig, wie er tat.

»Wir treffen uns morgen um fünf beim Strandaufgang am Ende der Promenade«, hatte Jannis gestern Abend am Telefon gesagt. »Dann machen wir mit dem Intervalltraining weiter. Du kannst Liv ja vorher schon mal aufwärmen, fünf Minuten fleißigen Schritt, danach fünf Minuten locker traben, okay?«

Nach dem abschließenden »Und pass auf, dass du sie noch nicht zu sehr anstrengst« hatte er schnell aufgelegt, und ich war nach draußen gestapft, um die Wallachkoppel abzuäpfeln, weil körperliche Arbeit ja bekanntlich beruhigte.

Jetzt war es zwei vor fünf, Liv und ich waren schön warm und trabten in einer großen Acht weich vor uns hin. Liv drehte das linke Ohr und brummelte, als Jannis auf uns zukam. Ich ließ sie zu ihm laufen.

»Sieht gut aus«, begrüßte er uns, nachdem wir neben ihm gehalten hatten. »Sollen wir loslegen?«

Der verlor ja heute auch kein Wort zu viel. Ich nickte.

»Also, von hier bis da, wo der Wald beginnt, ist es in vollem Galopp knapp eine Minute. Ihr reitet hin, wendet so eng wie möglich und kommt zurück. Ich nehme die Zeit. Hier bei mir parierst du sie zum Schritt durch und gehst mit ihr wie gehabt bis zum Hundestrand.« Während er sein Handy aus der Tasche kramte, ordnete er an: »Sieh zu, dass der Schritt fleißig bleibt, damit ihr in vier Minuten wieder hier seid. Kapiert?«

Der scharfe Blick, den ich ihm zuwarf, ließ ihn kalt, also antwortete ich mit Nachdruck: »Kapiert.«

Jannis machte ein paar Schritte von uns weg, ich drehte Liv Richtung Osten, und dann sagte Jannis: »Los.«

Liv wusste schon, was gefragt war. Wir ließen es ruhig angehen, erst als wir unseren Rhythmus gefunden hatten, lehnte ich mich noch ein Stück vor und gab in der Hand nach.

Innerhalb von fünf Sprüngen war Liv im Renngalopp. In meinen Ohren rauschte der Wind, unter uns glitzerte der nasse Sand und viel zu schnell flogen die Bäume auf uns zu.

Ich setzte mich schwerer in den Sattel, verlagerte mein Gewicht ein wenig nach links und Liv lief einen Bogen durch das seichte Wasser. Sekunden später waren wir wieder auf unserer Bahn und jetzt legte Liv erst richtig los. Ihr Atem war laut, aber gleichmäßig und in Einklang mit ihren Sprüngen.

Wir schossen an Jannis vorbei, und erst da dachte ich wieder daran, dass ich Liv ja eine Pause geben sollte. Ich fing sie vorsichtig ein, und auch wenn ihr das nicht besonders gefiel, wechselte sie folgsam in Trab und dann in Schritt.

Es dauerte nicht lang, dann streckte sie den Hals und schnaubte ab. Als die Schilder den Hundestrand ankündigten, kehrten wir um. Schon beim Näherkommen bemerkte ich Jannis' miesepetrige Miene.

»Was sollte das?«, fragte er mit ätzendem Ton. »Seid ihr spazieren gegangen, oder was? Ich hab gesagt, volles Tempo. Und hast du beim Derby auch vor, im Wasser zu wenden? Da lässt du so viele Sekunden liegen, dass die anderen ihre Pferde tragen könnten und immer noch schneller wären.«

Ich war so überrumpelt, dass mir einfach mal gar nichts zu sagen einfiel, aber er wartete sowieso nicht auf Antwort, sondern deutete mit dem Kinn Richtung Wald.

»Noch mal. Und diesmal mit ein bisschen mehr Ernsthaftigkeit.«

Meine Verblüffung machte der Wut Platz. Was war denn bitte in den gefahren? Weil ich nicht wusste, was ich sonst tun sollte, nahm ich die Zügel auf und galoppierte auf Jannis' »Los!« hin an.

Einen Moment zögerte ich noch, aber dann packte mich der Ehrgeiz.

Wenn der meinte, er musste hier den Diktator raushängen lassen, würde er gleich sehen, was wir draufhatten. Und zwar auch ohne ihn.

Livs Ohren, die sie fragend nach hinten gerichtet hatte, drehten sich wieder nach vorn, und sie zischte los, als wäre ihr bisher langweilig gewesen. Ihre schwarz-weiße Mähne flatterte mir ins Gesicht – warum vergaß ich bloß immer wieder, sie zu flechten?

Für die Wendung lenkte ich Liv ein kleines Stück nach rechts, damit wir auf keinen Fall mehr durchs Wasser ritten. Sie machte es großartig, nahm viel Gewicht auf die Hinterhand und lief eine winzige Volte. So sollte der Klugscheißer es erst mal mit einem seiner Pferde hinbekommen.

Sekunden später hatten wir wieder unsere Spitzengeschwindigkeit erreicht. Die Strecke schien für Liv viel zu kurz zu sein. Wir bretterten an Jannis vorbei, dass ihm der Sand hoffentlich in den Augen brannte, dann verringerte ich das Tempo und ließ Liv sanft austraben. Sie schnaubte und prustete, was das Zeug hielt.

Wenigstens eine von uns hatte heute also ihren Spaß gehabt. Ich steuerte jedenfalls ziemlich angepisst auf Jannis zu und ignorierte sein anerkennendes Nicken.

»Das war dreiundzwanzig Sekunden schneller als vorhin. Wenn ihr beim Derby so drauf seid, kann das was werden.«

»Schön.« Ich ließ ihn stehen und lenkte Liv Richtung Strandaufgang. »Ich reite sie im Schritt nach Hause. Bis morgen.«

Kurz war es still, dann kam ein zögerliches »Frida?«. Ich reagierte nicht. Er joggte uns nach und ging neben Liv her. »Das war super. Ist alles in Ordnung?«

Bei der Frage explodierte etwas in meinem Kopf. »In Ordnung? Du benimmst dich wie eine Dampfwalze und blaffst mir Befehle entgegen und das soll ich in Ordnung finden? Lass deine schlechte Laune an jemand anders aus.« Ich beschleunigte Livs Schritt ein bisschen.

Jannis blieb zurück. Ein paar Sekunden später hörte ich, wie er anfing zu laufen. Als er uns eingeholt hatte, sagte er: »Bitte warte mal.« Und als ich nicht anhielt: »Es tut mir leid.«

Ich machte den Fehler, ihn anzusehen. Seine Augen hatten diese Tiefe, wie immer, wenn ihm etwas naheging. Genervt schnaufte ich, parierte Liv aber zum Stehen durch und stieg ab.

»Hol dein Rad und erzähl, was los ist.«

Er lächelte schmal und zischte ab.

Sein Vater war los. Mal wieder. Er hatte Jannis vorhin am Telefon damit genervt, dass Dari kein Spielzeug wäre und gefälligst Erfolge einzufahren hätte.

Jannis fuhr sich durch die Haare. »Weißt du, was mich besonders ärgert? Im Oktober hatte er sie schon aufgegeben. Und klar, so wie er Pferde trainiert, hätte er Dari auch nicht wieder hinbekommen.«

Obwohl es traurig war, musste ich ein bisschen lächeln. Vor einem halben Jahr hätte Jannis den Unterschied selbst nicht erkannt.

»Aber jetzt, wo es bergauf geht, mault er rum, dass ich endlich wieder mit ihr arbeiten soll.«

»Was glaubt er, was du beinahe jeden Tag machst?«

Jannis schnaufte. »Wenn er arbeiten sagt, meint er reiten. Für Turniere trainieren.«

Ah ja. Wie konnte ich von was anderem ausgehen?

Er atmete hörbar ein. »Ich weiß einfach nicht, wie ich ihm klarmachen soll, dass es noch dauert und es besser ist, jetzt Geduld zu haben, statt sie zu überfordern und sie dann ganz abschreiben zu müssen. Vor allem, weil ich sie ja selber so bald wie möglich reiten will«, gab er reumütig zu.

Ich hakte mich bei ihm unter. Erst zuckte er zusammen, aber dann schien es ihm nicht unangenehm zu sein, mit einem Mädchen Arm in Arm durch die Gegend zu latschen. Es war einfach schwierig für mich, Abstand zu halten, wenn er so ehrlich war. Und selbstkritisch. Das kam ja selten genug vor.

Und weil das immer etwas mit mir anstellte, was ich schlecht kontrollieren konnte, sagte ich: »Wir kriegen das hin. Du hast gesagt, du hilfst mir, Liv zu trainieren. Was spricht dagegen, dass wir Dari bis zum Derby auch wieder fit bekommen?« Ich sah ihn an.

»Du meinst, Dari soll beim Training für Liv mitmachen?« Er runzelte die Stirn. »Wie soll das gehen, wenn ich sie nicht reiten kann?«

Ich zuckte mit den Schultern. »Wir lassen sie nebenherlaufen. Anfangs kann ich sie als Handpferd nehmen, und wenn das klappt, geht es vielleicht auch ohne Strick.«

»Hm.« Jannis warf Liv einen Blick zu, die friedlich neben mir hertrottete. »Wahrscheinlich fände sie das sogar gut. Mit Liv versteht sie sich ja super.«

»Also abgemacht. Du gewöhnst dir einen anständigen Ton an und ich kriege dein Pferd wieder flott.«

Es war kaum zu glauben: Jannis wurde rot. Dabei war das nur Spaß gewesen. Betreten starrte er auf seine Füße, dann raffte er sich doch auf, mich anzusehen.

»Tut mir echt leid, Frida. Das … das vorhin war nicht ich.« Er wurde immer roter. »Also, nicht der, der ich sein will. So war das bei uns in Berlin. Das Training, meine ich. Viel Gebrülle und Gemaule. Ich will das nicht mehr.« Und dann guckte er wieder weg und sagte ganz leise: »Ich will nicht so sein wie er.«

Ach du Schande.

Es half nichts. Jannis' Coolness musste jetzt einfach dran glauben. Ich zog meine Hand unter seinem Arm hervor, schlang ihm die Arme um den Hals und blieb stehen. Es folgte ein leicht peinliches Gestolper und Gewackel, bis das Rad ebenfalls stand und Jannis sich von seinem Schock erholt hatte, aber dann legte er mir seinen freien Arm um die Taille.

»Du bist nicht wie er«, flüsterte ich.

Einmal drückte ich ihn noch, dann ließ ich los. Als ich ihn ansah, hätte ich mit einem schönen, leuchtenden Signalrot gerechnet, aber stattdessen war Jannis bleich geworden. Er kämpfte mit den Tränen.

Ich drehte mich weg und ging weiter. Zwei Sekunden später folgte er mir.

»Weißt du«, quasselte ich vor mich hin, »bei mir ist es andersherum. Ich wäre gern mehr wie mein Vater. Oder meine Mutter.

Ich kriege nie den Mund auf, wenn etwas wichtig ist, aber wenn es dann zu viel wird, explodiere ich.« Was, bitte, redete ich da? »Jedenfalls hätte ich gern mehr von der Souveränität meiner Eltern«, brachte ich meinen Monolog schwach zu Ende.

»Du bist genau richtig so, wie du bist.« Er murmelte es, aber ich hörte es trotzdem.

Ein paarmal holte ich Luft, weil ich etwas antworten wollte, aber nichts, was mir durch den Kopf ging, ergab irgendwie Sinn. So verstrichen die Minuten und irgendwann war der Moment vorbei und ich musste gar nichts mehr sagen. Wir liefen einfach nebeneinanderher, im Gleichschritt mit Liv, und fingen die letzten Sonnenstrahlen auf. Nur das Fahrrad rumpelte hin und wieder durch ein Schlagloch.

»Ich kann es noch nicht fassen, dass du mir helfen willst, Dari auf Turniere vorzubereiten«, meinte Jannis irgendwann, als schon die Dächer des Carlshofs zu sehen waren.

»Ich auch nicht.« Ich seufzte. »Eines musst du mir versprechen: Zwing mich bloß nicht, zu einem Springen mitzukommen.«

# Jannis

Während ich mir mit Tino zwischen den Hängern und Transportern einen Weg bahnte, tauchten immer mal wieder bekannte Gesichter auf.

»Glückwunsch, Jannis!«, rief ein Mädchen, das ungefähr ein Jahr älter war als ich und einem feingliedrigen Schimmel ein paar lose Strähnen einflocht. Wenn ich mich richtig erinnerte, hieß sie Tessa und war die Tochter einer Bekannten von Mama. »Das war vorhin ein Megaritt!«

»Danke!« Ich grinste und winkte ihr zu, lief aber weiter. Tino sollte heute nicht den ganzen Tag stehen, ich hatte gerade noch Zeit, eine halbe Stunde mit ihm spazieren zu gehen, bevor ich Botti für das M-Springen satteln musste.

Schon hinter dem nächsten Hänger stolperte ich fast in Claus Maaßberg hinein. Er war in ein Gespräch mit einer Frau und einem Mann vertieft, fing aber an zu lächeln, als er mich erkannte, und kam auf mich zu.

»Jannis! Zwei Siege in zwei Springen, habe ich gehört. Gute Arbeit! Solltet ihr beide euch nicht langsam höhere Ziele setzen, damit die anderen auch eine Chance haben?« Er grinste und musterte Tino wohlwollend.

»Danke.« Ich schüttelte die Hand, die er mir hinhielt. »Aber ich glaube, Tino und ich lassen es bald gut sein. Ich bin eigentlich jetzt schon zu groß für ihn.«

Claus guckte mich von oben bis unten an. »Da kannst du recht haben. Warum verkaufst du ihn mir dann nicht? Er wäre ein tolles Lehrpferd.«

Für seinen riesigen Ausbildungsstall in Brandenburg war Claus sicher ständig auf der Suche nach zuverlässigen, erfahrenen Pferden, doch ich schüttelte den Kopf. »Geht nicht. Tino brauchen wir noch. Der Lehrbetrieb läuft gut, der heimst jetzt bald mit anderen Reitern Preise ein.«

»Das freut mich zu hören. Was ist mit deiner jungen Rappstute? Darina, oder? Hast du sie gemeldet?«

Ich wusste nicht genau, was ich sagen sollte. »Dari … also, sie ist noch nicht wieder so weit.«

»Immer noch wegen der Sache mit eurem Bereiter?« Claus wirkte betroffen. Als ich nickte, fragte er: »Wird sie wieder?«

Komischerweise fiel mir die Antwort darauf leicht: »Ja. Ja, sie wird wieder.«

Prüfend sah er mich an. Dann klopfte er mir auf die Schulter. »Viel Erfolg. Ich freue mich, wenn ich euch wieder bei einem Springen sehe. Gib mir Bescheid, wenn ich irgendwas für dich tun kann, ja?« Als ich verblüfft nickte, trat er zur Seite. »Bis bald und grüß Eva von mir.«

Wir nahmen einen Feldweg, der hinter den Koppeln begann und unter Pappeln dahinführte. Der Wind rauschte in den Blättern und nach und nach wurde der Lärm vom Turniergelände leiser. Selbst von der Stadionsprecherin hörte man nur noch ein fernes Brabbeln. Tino streckte den Hals und prustete immer wieder.

Warum hatte ich das früher nicht gemacht? Warum war ich nie auf die Idee gekommen, mit unseren Pferden auf Turnieren spazieren zu gehen? Tino war wirklich ein Profi, doch selbst er schien froh zu sein, dem Trubel zu entkommen.

Die Antwort musste ich nicht denken, die kannte ich sowieso: Früher hatte ich Frida noch nicht getroffen.

An einer Weggabelung ließ ich Tino ein paar Minuten grasen, während ich grinsend ein halbes Dutzend von Linhs Nachrichten beantwortete. Sie hatte sich anscheinend in den Kopf gesetzt, dass Fridas Geburtstagsfeier heute Abend die Party des Jahres werden sollte. So wie sie sich bei ihrem Vierzehnten ins Zeug legte, fragte ich mich, wie sie das toppen wollte, wenn Frida volljährig wurde.

Nach einer Weile führte ich Tino zurück zum Hänger. Wir waren beide noch so chillig drauf, dass die Stimme viel zu spät in mein Bewusstsein drang. Als ich kapierte, wer da bei Mama stand, hatte Björn mich schon entdeckt.

»Hallo, Jannis. Schön, dich zu sehen.«

Das nahm ich ihm nicht ganz ab, denn sein Blick hing an Tino, den er stirnrunzelnd taxierte. Wahrscheinlich überlegte er, wie viel er wert war und ob er ihn Mama bei der Trennung nicht zu bereitwillig überlassen hatte, wenn er an einem Tag zwei Springen gewann. Ich brummte eine Begrüßung.

Das schien Mamas Anstandsgefühl nach nicht auszureichen, denn sie guckte mich scharf an. Himmel, der Typ hatte sie jahrelang betrogen, und sie legte Wert darauf, dass ich höflich zu ihm war?

»Hallo, Björn«, würgte ich hervor.

Komischerweise brachte mir das seine Aufmerksamkeit ein. »Jannis, muss das sein? Ich kann mich nicht daran gewöhnen, dass du mich mit dem Vornamen anredest.«

»Ja, schade, oder? Aber stell dir vor, ich kann mich nicht daran gewöhnen, dass du dich entschieden hast, nicht mehr Teil dieser Familie zu sein. Vor drei Jahren.«

Die Spannung stieg, hurra. Jede andere Mutter hätte jetzt wahrscheinlich eingegriffen, aber Machtkämpfe konnte Mama aushalten. Statt sich einzumischen, rückte sie nur ein Stück näher zu mir.

Wahrscheinlich fühlte Björn die geballte Maibach-Power, denn er schluckte die Provokation, wenn auch mühsam.

Er rang sich zu »Glückwunsch übrigens« durch. »Da hast du ja heute ein paar richtig gute Leistungen gezeigt. Die Zweifache im L hätte ich an deiner Stelle vielleicht etwas steiler angeritten, da hättest du die eine oder andere Sekunde gutmachen können.«

Hatte der noch alle Tassen im Schrank? »Soweit ich mich erinnere, hab ich das Springen gewonnen.«

Scheinbar beschwichtigend hob er die Hände. »Ich will dir nur Alternativen aufzeigen. Du möchtest ja schließlich besser werden als Reiter.«

»So gut wie du?«

Mama gluckste.

»Jannis, nicht in diesem Ton.« Björn überlegte anscheinend, ob er es auf einen Streit ankommen lassen sollte, entschied sich aber dagegen. »Mit diesem Dunkelbraunen gehst du also nachher noch das M?«

Ich nickte nur. Offensichtlich hatte Mama es ihm doch schon erzählt.

»Gut. Noch lieber wäre es mir aber, wenn du beim nächsten Mal Darina melden würdest.« Innerlich stöhnte ich auf und auch Mama neben mir spannte sich an. »Wenn sie nicht bald die Leistung bringt, die wir erwarten, ist es besser, sie gleich in die Zucht zu verkaufen.«

»Björn, nicht schon wieder …«, fing Mama an, während ich versuchte, die Lavaströme in meinem Hirn unter Kontrolle zu bringen.

Aber die erstarrten zischend im Eismeer, als plötzlich ein kleines Kind »Papa, Papa!« rief. Das kleine Kind steuerte nämlich in gerader Linie auf uns zu. Hinter ihm tauchte eine blonde Frau auf, die knallrot im Gesicht war und immer wieder »Nele, komm her!« zischte.

Ich hab's ja nicht so mit Kindern, aber selbst ich konnte sehen, dass dieses Mädchen höchstens zwei Jahre alt war und aussah wie ein Engel. Der ganze Kopf bestand aus nichts als blonden Locken, rosigen Bäckchen und riesigen blauen Augen. Es war mittlerweile bei uns angelangt und klammerte sich an Björns Bein. Wenn noch Zweifel bestanden hatten, um wen es sich handelte, in diesem Moment waren sie ausgeräumt.

Björn nahm das Mädchen hoch und es schlang die Arme um seinen Hals. Mein Blick fiel auf Mama. Sie war aschfahl im Gesicht, und am liebsten hätte ich sie fortgezerrt, damit sie sich dieses Schauspiel nicht antun musste, aber da stellte sich ganz vorsichtig die blonde Frau neben Björn. Sie war ein Stück jünger als Mama, was bedeutete, dass sie ein ziemlich großes Stück jünger war als Björn. Ihr Gesicht leuchtete immer noch rot und sie guckte Mama scheu an. Neben mir trippelte Tino von einem Bein aufs andere.

»Hallo.«

Ihre Stimme klang nett, freundlich, wenn auch verlegen, aber das musste ich ihr in dieser Situation fast zugutehalten. Mama war so geschockt, dass sie nichts antworten konnte. Selbst ihr Nicken wirkte mechanisch.

Björn schien nicht zu merken, wie grotesk dieses Treffen war, oder vielleicht genoss er auch, dass er uns so aus dem Konzept gebracht hatte. Jedenfalls wirkte er völlig mit sich im Reinen, als er sagte: »Das ist Laura. Laura, das sind Eva und mein Sohn Jannis. Jannis, das ist deine Schwester Nele.«

Bevor ich irgendetwas dagegen unternehmen konnte, hatte er mir das Kind auf den Arm gedrückt. Da saß es jetzt und sah mich aus seinen runden Augen an. Und als Tino sich dieses Menschlein genauer angucken wollte und an seinem Hals schnoberte, lachte es hell auf, streckte die Arme aus und tätschelte begeistert seine Nase.

»Ferd«, wisperte die Kleine immer wieder, »Ferd.«

Als Tino das Interesse verlor und sie selbst mit größter Mühe nicht mehr an seinen Kopf rankam, drehte sie sich zu mir und musterte mich wieder. Nach einem sehr langen Moment strich sie mir mit ihren Händchen übers Gesicht. Ich wusste nicht, ob ich sie schreiend fallen lassen oder an mich drücken sollte, aber der erstickte Laut, den Mama von sich gab, holte mich wieder in die Realität.

Bevor ich dieses Produkt von Björns Drecksackhaftigkeit an seinen Erzeuger zurückreichen konnte, nahm die Mutter es an sich. Sie griff nach Björns Arm und sagte: »Wir müssen los. War schön, euch kennenzulernen. Alles Gute.«

Björns Mitteilungsbedürfnis war noch nicht erschöpft, aber das musste man der Frau zugutehalten: Sie ließ nicht mit sich reden. Unerbittlich zog sie Björn mit sich und erlöste uns.

Als sie um die nächste Ecke verschwunden waren, fragte Mama, ohne mich anzusehen: »Kommst du allein klar? Ich brauche kurz einen Moment.«

»Stopp mal.« Ich hielt sie zurück und nahm sie in die Arme. Es fühlte sich anders an als sonst. War ich gewachsen? Sie wirkte so zart, aber vielleicht kam das nur daher, weil diesmal sie die war, die Trost brauchte.

Wir standen eine ganze Weile so, und dass sie das zuließ, schockierte mich ehrlich gesagt am meisten. Als sie sich wieder mehr wie meine Mutter anfühlte, musste ich an Frida und mein Training vorgestern denken.

Ich flüsterte: »Bitte sag mir, wenn ich anfange, so zu werden wie er.«

»Du wirst nie so werden wie er.« Mama machte sich von mir los und wischte sich über die Augen. »Aber ich wünschte, ich hätte gemerkt, als er anfing, so zu werden.« Nach einem Moment fragte sie: »Willst du das Springen noch gehen?«

Entschlossen nickte ich.

Langsam breitete sich ein Lächeln auf ihrem Gesicht aus. »Dann zeig ihm, dass du der bessere Reiter bist.«

# Frida

Hinter mir schlug die Kirchturmuhr zum zehnten Mal. Ich war ganz schön spät dran und trat in die Pedale, was das Zeug hielt. Wenn ich gewusst hätte, dass Theo heute nur Anfängerinnen in der Neun-Uhr-Stunde hatte, die Hilfe beim Putzen und Satteln brauchten, wäre ich vor unserer Malaktion gar nicht ins Dorf gefahren, sondern hätte Jannis geschickt. Max hatte sich überraschend fürs Wochenende angemeldet, was zwar bedeutete, dass wir beim Stangenlackieren Hilfe bekamen (Linh war jetzt natürlich auch an Bord), dafür aber auch mehr Pinsel brauchten. Außerdem hatte Eva vergessen, Kreppband zu besorgen, das lag jetzt neben einem Viererpack Pinsel und drei zusätzlichen Dosen Lack ebenfalls in meinem Fahrradkorb.

Seit ein paar Tagen war es ziemlich warm und angeblich sollte das gute Wetter auch noch anhalten. Nach dem langen Winter war ich misstrauisch, ob die Vorhersage stimmte, doch als ich in T-Shirt und aufgekrempelter Jeans dahinfuhr, fühlte es sich selbst hier im Schatten der Lindenallee eher an wie Mitte Juni als Anfang Mai. Meine Sommersprossen würden bis heute Abend aufploppen wie Popcorn, aber wenn ich mich in den kommenden Monaten nicht im Keller einmauern wollte, war das sowieso nicht zu vermeiden. Und wie Linh immer sagte: »Besser Sommersprossen als Pickel.« Auch wenn sie mit ihrer Pfirsichhaut nicht gerade aus Erfahrung sprach.

Mir kamen ein paar Motorradfahrer entgegen. Klar, das ging ja jetzt auch wieder los. Kaum gab es Ausflugwetter, waren sie unterwegs.

Moment … Das waren keine normalen Motorräder, das waren diese Geländedinger. Wie hatte Jannis gesagt? Enduros? Der Auftritt der Truppe aus dem Naturschutzgebiet war über zwei Wochen her. Dass ich von denen noch mal was hören würde, glaubte ich nicht, trotzdem wurde mir jetzt ein bisschen mulmig. Aber anscheinend waren das andere, weil sich keiner von ihnen nach mir umguckte.

Als sie hinter der Kurve verschwunden waren, atmete ich schon auf, doch dann hörte ich, dass sie die Motoren drosselten. Sekunden später wurden sie wieder lauter. Sie hatten umgedreht.

Am liebsten hätte ich gehalten und mich hinter einem Baumstamm versteckt, aber sie hatten mich ja gesehen, das war also albern. Deswegen zwang ich mich, stur geradeaus zu schauen und möglichst locker weiterzufahren. Das war doch wohl ein Witz, dass ich mir von so einer blöden Drohung Angst einjagen ließ!

Im nächsten Moment schoss einer der Biker so dicht an mir vorbei, dass er meinen linken Arm streifte, ganz leicht nur, aber es reichte, dass ich vor Schreck zusammenzuckte. Er gab Gas und jagte davon, gefolgt von einem zweiten, dann einem dritten, dessen Motorrad mir seinen Abgasschwall genau ins Gesicht blies. Ich musste husten und plötzlich wurde aus einer blöden Drohung ziemlich wirkliche Gefahr. Die Stämme der Linden wuchsen in die Breite, die Lücken dazwischen schmolzen auf Bleistiftlänge zusammen, und obwohl mir klar war, dass ich bremsen musste, strampelte ich wie eine Verrückte, nur um dem Lärm und dem Gestank zu entkommen.

Der nächste Biker fuhr vorüber. Diesmal ging ein Ruck durch

mein Fahrrad und hinter mir schepperte es. Ich brauchte einen Moment, um das Rad wieder unter Kontrolle zu kriegen, aber trotz meines Tunnelblicks sah ich, dass die ersten drei Fahrer umgekehrt waren und zurückkamen.

Schon in der nächsten Sekunde jagten drei oder vier im Pulk an mir vorbei, sie berührten mich nicht, doch der Lärm allein hätte ausgereicht, um meinen Puls zu verdoppeln. Mittlerweile sah ich Sternchen, also holte ich trotz der Abgaswolke tief Luft. Der Hustenreiz trieb mir die Tränen in die Augen, aber wenn ich den Lenker verriss, landete ich entweder an einem Baum oder in der Mitte der Straße, und wahrscheinlich war es weniger gefährlich, gegen einen Baum zu prallen, als mit einem der Biker zusammenzustoßen.

In einem kurzen klaren Moment überlegte ich, ob demnächst ein Feldweg abzweigte, auf den ich einbiegen konnte, aber so weit schaffte ich es gar nicht: Wieder heulte hinter mir ein Motor auf, ein erneuter Ruck ging durch mich hindurch, und diesmal konnte ich den Lenker nicht mehr gerade halten. Wie in Zeitlupe zog es mich nach rechts, genau auf eine dicke Linde zu, die plötzlich vor mir aufragte. Sie kam immer näher, dabei war ich es ja, die näher kam, unter mir rumpelten die Reifen über Gras, und dann meldete sich irgendein Instinkt, und meine Hände zwangen den Lenker noch ein Stück weiter nach rechts.

Mein Ellbogen schrammte an der rauen Rinde entlang, dass ich das Gefühl hatte, die Haut müsste in Fetzen daran hängen bleiben, aber Schmerz spürte ich keinen. Dafür fiel mir plötzlich der Boden entgegen, ich kippte nach vorn, dann war der Himmel unter mir, und ich hörte einen dumpfen Schlag, gefolgt von einem erstickten Ächzen. Das kam wohl von mir.

Still blieb ich liegen.

Als ich die Augen öffnete, Sekunden später oder Stunden, war der Himmel wieder über mir, ganz normal. Außerdem konnte ich meine Füße sehen, die aus irgendeinem Grund höher lagen als mein Kopf. Neben mir wuchs langes Gras, und unter meinen Handflächen fühlte ich Steine und noch mehr Gras, also saß ich wohl noch nicht auf einer Wolke.

Irgendwo über mir tuckerte etwas. War das … war das ein Motor im Leerlauf? Wollten mich diese Idioten auch noch auslachen?

Einen Moment gab ich meinem Herzen noch, um sich zu beruhigen, dann atmete ich tief ein und stemmte mich auf die Ellbogen. Scharf sog ich die Luft ein – das tat weh! Ich hatte vergessen, dass mein Arm gerade an einem Baumstamm entlanggeratscht war. Das Brennen kombiniert mit der Wut über diese Wahnsinnigen, die sich jetzt noch nicht mal zu schade waren zu gaffen, brachten mich schneller auf die Beine, als ich geglaubt hätte. Aber als ich mich aufrichtete, stand da nur noch einer der Biker, der sich im nächsten Moment abwandte und davonbrauste.

»Hey!«, rief ich ihm schwach hinterher, aber das interessierte ihn natürlich nicht. Ich versuchte, irgendeine Besonderheit an seiner Enduro zu entdecken, aber das Einzige, was mir auffiel, waren drei graue Streifen, die unter dem Sattel verliefen. Und auch diesmal war sein Nummernschild so verdreckt, dass ich nicht das Geringste lesen konnte.

So ganz sicher war Stehen doch noch nicht. Meine Beine zitterten, deswegen ließ ich mich vorsichtig auf den Rand des Grabens sinken, in dem ich gelandet war. Okay, Frida, kurze Bestandsaufnahme. Langsam drehte ich den Kopf. Keine Schmerzen, kein

Schwindel, das war schon mal gut. Die Arme konnte ich heben, die Beine auch. Gebrochen war anscheinend nichts. Wie es aussah, war ich noch mal glimpflich davongekommen.

Das galt sogar für mein Rad. Es grenzte an ein Wunder, dass das Vorderrad keine Acht hatte, und außer zwei Minischrammen entdeckte ich auch sonst keinen Schaden. Allerdings war mein Korb weg. Das war wahrscheinlich das Scheppern gewesen, das ich vorhin gehört hatte.

Mühsam wuchtete ich das Fahrrad aus dem Graben und wandte mich zurück Richtung Dorf, um meine Einkäufe aufzuklauben. Es half ja nichts. Wenn wir heute die Hindernisstangen lackieren wollten, brauchten wir mehr Pinsel.

»Wie siehst du denn aus?« Jannis' schreckgeweitete Augen gaben mir den Rest. Jetzt kamen mir doch noch die Tränen.

»Ziemlich mitgenommen, würde ich sagen«, steuerte Max bei, was ihm ein doppeltes scharfes »Max« einbrachte. Widersprechen wollte ihm aber keiner.

Linh legte den Arm um meine Schultern und Jannis zog mir den Fahrradlenker aus den verkrampften Händen. Als mir ein schwaches Wimmern entwischte, biss ich mir auf die Lippe. Jannis warf mir einen schockierten Blick zu, dann drehte er sich zu Max um.

»Mach dich nützlich, Alter, und hol Schokolade aus der Küche. Im Schrank, unterste Schublade. Und bring was zu trinken mit!«

Max lächelte mich im Gehen aufmunternd an, was ich durch die Tränen aber nur schemenhaft erkannte, dann zog mich Linh auch schon zum Wall neben dem Springplatz. Was Jannis mit meinem Rad machte, bekam ich gar nicht mit, ich merkte nur, dass er irgendwann neben mir saß. Linh hielt mich immer noch fest im Arm, aber langsam ebbte das Schluchzen ab. Schließlich hörte auch das Zittern auf.

Ich räusperte mich ein paarmal, dann brachte ich ein »Geht schon wieder« heraus.

Linh und Jannis machten gleichzeitig in einem so ungläubigen Ton »Mhm«, dass ich trotz allem auflachte.

Ziemlich aus der Puste ließ Max sich vor mir im Gras nieder und fragte: »Was ist so lustig?«

Dabei hielt er mir ein Päckchen Taschentücher, eine Flasche und eine Tafel Schokolade hin. Linh griff nach dem Wasser und Jannis nach der Schokolade. Ich nahm die Taschentücher.

Als meine Nase wieder frei und mein Gesicht trocken waren, deutete ich mit den Daumen nach links und rechts und sagte: »Die zwei.«

Max zog die Augenbrauen hoch. »Okay. Und was ist passiert?«

Linh hielt mir die aufgeschraubte Flasche unter die Nase. »Vorher trinkst du einen Schluck …«

»… und dann isst du erst mal was«, beendete Jannis den Satz.

Max und ich sahen uns an und grinsten, aber gegen eine Stärkung hatte ich wirklich nichts einzuwenden.

Während ich also trank, Schokolade in mich hineinstopfte und mich mit jedem Bissen besser fühlte, fragte Jannis mit finsterer Miene: »Wie kommt es eigentlich, dass wir ständig um dich rumsitzen und dich verarzten?«

Ich sparte mir den Einwand, dass ich mir diesmal immerhin nicht die Hand verstaucht hatte, sondern nuschelte mit einem Mundvoll Schokolade: »Das liegt vielleicht an den bösen Jungs.«

Er starrte mich an. Neben mir atmete Linh scharf ein, nur Max wirkte verwirrt.

»Was haben die denn mit dir gemacht?«, flüsterte Linh.

Ich schluckte und wollte Max die Geschichte mit dem Naturschutzgebiet erzählen, aber Jannis sprang auf und winkte ab. »Ja, das weiß er schon alles. Die Typen haben rausgefunden, dass sie ihre Strafen Frida zu verdanken haben, und ihr neulich aufgelauert. Und heute?« Die Aufforderung galt mir.

Ich deutete auf mein Fahrrad. »Vorhin war ich noch im Dorf, um Pinsel und Kreppband zu besorgen, und auf dem Weg hierher bin ich ihnen in die Arme gefahren. Sie sind umgekehrt und haben mich von der Straße gedrängt. Ich bin im Graben gelandet, aber getan habe ich mir nichts.«

Jannis betrachtete mich aus schmalen Augen, als ob ihm klar wäre, dass das nur eine sehr abgespeckte Version war. Doch ich wollte nicht mehr erzählen, allein die Erinnerung brachte das Herzklopfen zurück. Und Linhs grüner Gesichtsfarbe nach zu urteilen, brauchte sie gar nicht mehr Details.

»Ist das krank«, murmelte Max, und Linh lehnte sich zu mir und nahm mich wieder in die Arme.

Jannis hatte angefangen, sich die Haare zu raufen. »Du musst zur Polizei, das ist mal klar.«

»Das ist gar nicht klar«, antwortete ich nach einer kleinen Pause.

Die Blicke, die mir die drei zuwarfen, reichten von ungläubig bis entnervt. Linh ließ mich los.

Jannis ging neben Max in die Hocke und starrte mir ins Gesicht. Seine Augen hatten einen beinahe grasfroschgrünen Ton angenommen. Da stand mir ja was bevor.

»Geht das jetzt wieder los, Frida? Wenn sie eine Pferdeherde aufmischen, flippst du aus, aber wenn sie dich von der Straße drängen, willst du nichts unternehmen? Manchmal frage ich mich schon, ob du noch ganz normal tickst.«

Schneller, als er gucken konnte, war ich auf den Füßen, sodass er fast das Gleichgewicht verlor und hintenüberkippte. Eine Sekunde später stand er vor mir. Der brauchte gar nicht zu denken, dass mich sein Stirnrunzeln irgendwie beeindruckte.

»Ich glaube schon, dass bei mir noch alles normal ist. Wer hat mir denn vor ein paar Wochen erklärt, dass die Polizei nichts macht, wenn es keine Beweise gibt? Und jetzt gibt es gar nichts, nicht mal ein Video von irgendwas! Ich gehe nicht zur Polizei. Ende.«

Jannis gab noch nicht auf. »Einen aufgeschürften Ellbogen und eine zerrissene Jeans nennst du nichts? Was willst du denn deinen Eltern erzählen?«

»Das, was ich dir besser auch erzählt hätte! Dass ich einen Fahrradunfall hatte!«

Keine Ahnung, wo das plötzlich herkam. Ich war so wütend auf Jannis, aber irgendwie auch auf mich und am meisten natürlich auf die Biker. Trotzdem verstand ich Jannis ja auch. Am liebsten hätte ich die Typen angezeigt, aber so einfach war das nicht. Nicht seit letztem Herbst und der Sache mit Marcel.

»Warum?«

Linhs ruhige Stimme klang wie ein Windhauch nach unserem Gebrüll. Wir drehten uns trotzdem beide sofort zu ihr um. Sie kämpfte mit sich, das konnte ich genau sehen. Bestimmt hätte sie gern genauso getobt wie Jannis und ich, aber sie behielt einen kühlen Kopf. Wie immer.

»Warum ist das so ein Problem, Frida?«, fragte sie.

Für einen Moment schloss ich die Augen. Seufzend setzte ich

mich wieder. Auch bei Jannis war die Luft raus. Er hockte sich neben Max ins Gras, aber er vermied es, mich anzugucken.

»Ich will eben nicht, dass Mama und Papa sich noch mehr Sorgen machen.« Jannis öffnete schon den Mund, aber ich sah ihn scharf an, damit er die Klappe hielt. »Seit das … das mit Marcel passiert ist, sind sie irgendwie anders. Ständig fragen sie mich, wo ich herkomme und wo ich hingehe und wann ich wieder zu Hause bin. Ich will nicht, dass das noch schlimmer wird und sie anfangen, mir Sachen zu verbieten.«

»Wieso hast du das …«

»Das hast du nie …«

Linh und Jannis schauten sich an und mussten grinsen, aber sie wurden gleich wieder ernst. Ich ließ sie gar nicht ausreden.

»Ich hab euch das nie erzählt, weil ich gehofft habe, dass es sich wieder gibt. Aber das kann ich vergessen, wenn ich jetzt mit dieser Geschichte komme.«

»Trotzdem, Frida. Die Sache heute war –«

»Ich kann dich verstehen«, fiel Max Jannis ins Wort. Er sah mich an. »Es gab da mal diese Typen, die mich ständig abgezogen haben. Da war ich zehn oder elf. Als das rauskam, war meine Mam auch so. Das hat mich richtig kirre gemacht, weil ich dachte, wenn sie deswegen nervös ist, wer weiß, was denen noch einfällt.«

Linh hatte ihm die Hand auf den Arm gelegt. »Wie bist du da wieder rausgekommen?«

Max' Mund zuckte. Er zeigte auf Jannis. »Der da hat mich nach Hause begleitet. Ein halbes Jahr lang. Damals war er zwar fast einen Kopf kleiner als ich, und ich war auch schon nicht groß, aber ihr wisst ja, was für ein Rumpelstilzchen er werden kann, wenn er wütend ist.«

Wir versuchten es. Wir versuchten es wirklich, aber obwohl wir alle in verschiedene Richtungen guckten, um jeden Augenkontakt zu vermeiden, entwischte Linh ein Glucksen. Sie, Max und ich lachten los, und selbst Jannis hatte ziemlich Mühe, ernst zu bleiben.

»Rumpelstilzchen trifft es eigentlich nicht.« Kichernd griff ich nach einem Stück Schokolade. »Hulk. Das ist es. Ist euch schon mal aufgefallen, wie extrem grün seine Augen werden, wenn er sich aufregt?«

»Das stimmt!« Linh deutete auf Jannis und ließ sich prustend auf den Rücken fallen.

Ich lächelte Jannis an. Er konnte einem manchmal wirklich auf die Nerven gehen, aber dass er sich für Max mit einem Trupp Schläger angelegt hatte, das war … das war einfach Jannis. Er fing meinen Blick auf, und einen Moment guckten wir uns an, bis sich irgendwas in meinem Magen meldete. Es pikste und zwickte, aber da sah Jannis schon weg.

Linh hatte sich wieder aufgesetzt. »Jedenfalls danke, du grüner Giftzwerg, dass du meinen Freund beschützt hast. Das war sehr nobel von dir.«

»Danke. Dasselbe würde ich gern für deine Freundin tun, aber sie lässt mich ja nicht.«

Ich wartete, bis er mich ansah. »Das entscheide ich selber, okay?« Als er widerwillig nickte, sagte ich versöhnlich: »Aber wenn noch mal was passiert, gehe ich mit meinen Eltern zur Polizei.«

# Jannis

Max blieb stöhnend stehen und wischte sich mit dem T-Shirt-Ärmel über das Gesicht. »War nicht letzte Woche noch Winter? Wie kann das plötzlich so heiß sein?«

Ich stellte die Schubkarre ab, bückte mich und betrachtete prüfend eine Pflanze mit breiten, länglichen Blättern. Hundertprozentig konnte ich nicht sagen, was das war, sicher war also sicher. Ich griff nach dem Spaten, den Max in der Hand hielt, und stach sie mit einem großen Radius aus.

»Vielleicht liegt es auch daran, dass du körperlich arbeitest«, keuchte ich. »Kennst du ja nicht aus der Stadt.«

Max' Blick war unbeeindruckt. »Ja, und wenn das so weitergeht, überlege ich mir echt, ob ich auch in Zukunft alle paar Wochen bei dir aufschlage. Gestern Hindernisse lackieren, heute Morgen Koppeln abstecken, jetzt Unkraut jäten.«

Ich hielt ihm den Spaten hin und schüttelte die Erde von dem Wurzelgeflecht, das ich freigelegt hatte. Keine Knolle, also eher keine Herbstzeitlose. Gut.

Trotzdem landete das Teil auf der Schubkarre.

»Wir suchen Giftpflanzen. Ist halt so, wenn man neue Weideflächen in Betrieb nimmt. Bedank dich bei Frida, die hat uns den Floh ins Ohr gesetzt.«

»Werde ich.« Er tat nur so genervt, sonst hätte er mich nicht im nächsten Moment auf einen feuchten Fleck ein Stück von uns entfernt hingewiesen. Er lag in einer kleinen Senke und wurde von einem riesigen Ahorn beschattet. »Das Zeug da drüben, ist das Sumpfschachtelhalm?«

War es. Und zwar eine ganze Menge davon. Wir gingen hin und wechselten uns dabei ab, möglichst alles von dem giftigen Zeug auszustechen. Max hatte recht, die Arbeit war extrem mühsam, aber jetzt, wo unsere Pferde öfter auf die Koppel kamen, brauchten wir einfach mehr Platz. Und weil diese Wiese hier seit Jahren nicht mehr beweidet worden war, mussten wir erst mal alles aus dem Boden holen, was den Pferden gefährlich werden konnte.

Seit zwei Stunden liefen wir schon von Pflanze zu Pflanze und blieben immer wieder mit unserem Bestimmungsbuch vor einem Kraut stehen. Eine halbe Stunde noch, dann reichte es für heute. Mir tat genau wie Max, der gerade akrobatische Dehnübungen machte, längst der Rücken weh.

»Das mit Frida und diesen Bikern ist schon heftig, oder?«, wechselte er das Thema, als er die Schubkarre aufnahm und dann neben einer Pflanze abstellte, deren Blätter strahlenförmig angeordnet waren. Diesmal griff er nach dem Spaten.

»Hör bloß auf«, knurrte ich. Ich war immer noch nicht mit Fridas Entscheidung einverstanden und hatte nur deswegen Ruhe gegeben, weil ich hoffte, dass die Typen ihren Spaß gehabt hatten. Die mussten von Glück reden, dass Frida nichts passiert war, so blöd konnten sie gar nicht sein, jetzt noch mal was zu versuchen. Trotzdem war der Gedanke, dass sie einfach so davonkamen, wie ein Jucken an einer Stelle, an die ich nicht rankam, um mich zu kratzen.

»Was läuft da eigentlich zwischen dir und ihr?«

Ich zerrte gerade mit aller Kraft an dem Kraut, um die Wurzel aus dem Boden zu holen, sodass Max' Frage mit einiger Verspätung in meinem Hirn ankam. Aber dann traf sie mich mit einer solchen Wucht, dass ich das Grünzeug vor Schreck losließ und auf dem Hintern landete.

Max grinste, aber ich ignorierte ihn.

»Hast du sie noch alle? Da läuft gar nichts«, antwortete ich kurzatmig, während ich mich hochstemmte und meinen Vernichtungsfeldzug wieder aufnahm.

Max sagte nichts. Natürlich wusste er, dass er mich so am ehesten zum Reden brachte.

Die Taktik ging wie immer auf. »Ernsthaft. Wir sind Freunde, sonst nichts. Das wäre doch völlig hirnrissig. Ich meine, kannst du dir das vorstellen? Wir würden uns ständig an die Gurgel gehen.«

»Also so wie jetzt, nur mit ein paar netten zusätzlichen Features.« Max' Stimme troff vor Sarkasmus.

Leider setzte der Satz in meinem Kopf einen Film in Gang, den ich mir besser mal sofort aus den Gehirnwindungen kratzte, wenn ich Frida je wieder in die Augen sehen wollte.

»Sie ist ziemlich hübsch«, quälte Max mich weiter. »Und sie hat echt eine Hammerfigur.«

Hatte ich den Kerl je meinen besten Freund genannt?

»Wo guckst du denn bitte hin? Du hast eine Freundin!«, ging ich in Gegenangriff über. Es war ein jämmerlicher Versuch, den Max mit einem mitleidigen Blick quittierte.

»Und trotzdem hab ich Augen im Kopf.«

Ich leider auch. Und dass Frida megagut aussah, konnte einem wirklich nur entgehen, wenn man nicht nur blind, sondern auch doof war. Letztes Jahr war sie in der Klasse einfach mitgelaufen, aber über den Winter war irgendwas passiert, was den Fokus auf sie scharf gestellt hatte. Sie und Linh waren mehr in den Mittelpunkt gerückt, vielleicht wegen Linhs neu gewonnener Popularität durch ihren Berliner Freund, vielleicht aber auch, weil Frida mehr leuchtete.

Ähm. Wo kam das her?

Aber da hatte ich es gedacht: Frida leuchtete.

Jetzt war der Satz in meinem Kopf, und wenn ich nicht aufpasste, würde er dort Wurzeln schlagen und sich ausbreiten und jeden vernünftigen Gedanken überwuchern. Es fing schon an. Zeit, etwas dagegen zu unternehmen.

Endlich gab dieses Mistteil von Unkraut nach. Ich pfefferte es in die Schubkarre und richtete mich langsam auf.

Dabei sah ich Max fest in die Augen. »Frida und ich sind Freunde. Wenn wir die Pferde nicht hätten, wären wir noch nicht mal das. Ende der Durchsage.«

Max musterte mich einen Moment, dann zuckte sein linker Mundwinkel und er nickte. »Wie du meinst. Machen wir hier besser mal weiter.«

Er fuhr das nächste verdächtig wirkende Kraut an und begann, es mit dem Spaten zu bearbeiten. Obwohl ich bekommen hatte, was ich wollte, fühlte ich mich beschissen.

Deswegen fragte ich: »Wie läuft es bei dir und Linh?«

»Gut.«

Max-Sprech für: Leck mich.

»Ich finde das immer noch krass, dass sie jetzt dauernd die alten Jungs sieht, wenn sie dich in Berlin besucht, und ich hier rumsitze.«

»Mhm. So oft treffen wir uns gar nicht mit denen.«

Aha. Ich hatte schon den Eindruck gehabt, dass die Dinge in

Berlin seit einiger Zeit anders liefen. Hatte das was damit zu tun, dass Max an den Wochenenden ständig hier war?

Eine Weile arbeiteten wir schweigend vor uns hin. Es wurde sogar noch heißer. Was war das hier? Klimawandel im Zeitraffer? Irgendwann zogen wir die Shirts aus, auch wenn Mama aufgekreischt hätte, weil ich nicht eingecremt war.

»Wie ist das eigentlich, wenn Linh bei euch ist?«, nahm ich das Gespräch wieder auf. »Schläft sie auf der Couch?«

»Nee.«

Ich starrte ihn mit großen Augen an. »Deine Mutter lässt sie in deinem Zimmer übernachten?«

Max bekam tatsächlich rote Ohren. »Mhm.«

»Und Linhs Eltern haben nichts dagegen?«

Er zuckte nur mit den Schultern.

»Krass.« Ich brauchte einen Moment, um ein paar Gewissheiten in meinem Kopf zurechtzurücken. »Und … und ist schon was gelaufen?«

»Mhm.«

Jetzt hing mir der Mund offen.

Max winkte ab. »Nicht viel! Also, *das* nicht.«

»Aber du würdest gern?«

Er verzog das Gesicht. »Echt, du kannst Fragen stellen, Alter.«

»Würdest du?« Sein genervter Blick interessierte mich grad nicht die Bohne.

»Schon«, sagte er nach einem Moment. »Aber irgendwie … ist es auch okay zu warten.«

Max' Gesicht war ganz weich, als er nach der Schubkarre griff und sie ein paar Meter weiterschob. Ich hatte es natürlich gewusst, aber jetzt war es sonnenklar: So sah jemand aus, der verliebt war.

# Frida

»Frida?«, rief Mama aus der Küche, als ich die Haustür hinter mir zudrückte.

»Ja?« Ich ließ meinen Rucksack fallen und stürzte erst mal aufs Gästeklo, um mir kaltes Wasser ins Gesicht zu schaufeln. Draußen hatte es mindestens dreißig Grad.

Mama tauchte in der Tür auf und runzelte die Stirn, als sie mich ansah. »Hallo, Schatz. Alles in Ordnung? Du bist ganz rot.«

Ich nickte, ließ mir aber weiter Wasser über die Handgelenke laufen. »Im Bus war es nur irre heiß.« Seufzend drehte ich den Hahn zu und trocknete meine Hände ab.

Lächelnd strich Mama mir eine feuchte Strähne aus der Stirn. »Magst du was essen? Hilda hat Suppe gemacht.«

»Bitte?« Ungläubig riss ich die Augen auf. »Suppe?« Ich schüttelte den Kopf. »Ich glaube, ich nehme ein Butterbrot.«

Während wir in die Küche gingen, meinte Mama: »Deine Stunden sind komplett ausgebucht. Soll ich dir nachher helfen?«

Ich ließ mich auf die Bank fallen. »Hast du heute nicht die beiden Therapiestunden? Da kannst du doch nicht gleichzeitig beim Unterricht sein.«

Sie zuckte mit den Schultern und der nächste Satz ging fast im Dröhnen der Brotmaschine unter. »Schon, aber ich könnte die Stunden absagen. Ich will nicht, dass es für dich so anstrengend wird, vor allem bei diesem Wetter. Papa ist mit Heinrich unterwegs, der kann leider nicht.«

Sie stellte zwei gebutterte Scheiben Brot mit Schnittlauch und ein Glas Wasser vor mich hin und setzte sich mit einem Becher Kaffee zu mir.

»Danke.« Mein Magen knurrte, und ich musste zwei Bissen essen, bevor ich den Kopf schüttelte. »Nein, lass mal, ich schaffe das schon. Es ist wichtiger, dass Basti seine Therapie bekommt.«

Mama lächelte mich an. »Der ist heute gar nicht dabei. Das sind zwei Neue.«

Hektisch schluckte ich runter. »Echt? Wow, das ist mega!«

Mama versuchte schon eine ganze Weile, das Therapiereiten auszubauen, aber es war eben teuer, und viele Leute konnten sich das nicht leisten.

Sie nickte. »Das liegt an der Stiftung, die Frau Grevenhorst gegründet hat. Bastis Oma, weißt du noch? Die beiden Kinder, die heute kommen, werden auch durch sie gefördert.«

Das Telefon klingelte und sie griff nach dem Handteil. »Gut Eldenau, hallo? … Heute um fünf? Einen Moment bitte.« Sie hielt den Hörer zu und sah mich an. »Das ist Valentinas Mutter. Sie hatten die Stunde eigentlich abgesagt, aber jetzt will Valentina doch kommen. Nimmst du sie noch mit rein?«

Valentina ritt schon eine Weile und brauchte beim Putzen und Satteln kaum mehr Hilfe, also nickte ich.

»Das geht in Ordnung«, wandte sich Mama wieder an Frau Stubenrauch. »Genau. Sie soll gegen halb fünf da sein, um ihr Pony herzurichten. … Prima. Danke!«

Mama ließ sich noch ihren üblichen »Wie war's in der Schule?«-Bericht geben, und dann war es auch schon Zeit, in den Stall zu verschwinden.

Es war doch anstrengender, als ich gedacht hatte. Wegen der Hitze waren die Ponys lustlos und schlugen ständig mit dem Schweif nach den Fliegen und die Kinder zankten sich um Bürsten und Hufkratzer. Immerhin waren Marit und Dotty ein Lichtblick, die beiden lebten in ihrer eigenen kleinen Blase und schmachteten sich nur gegenseitig an. Dass ich dafür den großen Bruder in Kauf nehmen musste, war in Ordnung.

Ich lief bestimmt zwanzigmal zwischen Putzplatz und Sattelkammer hin und her, weil alles so lang dauerte und ich mehr helfen musste als sonst.

»Torben-Emanuel, der Sattel ist zu weit hinten. Nimm ihn noch mal ab. Alina, du sollst doch die Hufe nicht auskratzen, wenn ich nicht dabei bin!«

Ich warf Domino einen scharfen Blick zu, weil er einfach nicht ruhig stehen bleiben wollte, und stapfte los, weil Alina Nessies Schabracke in der Sattelkammer gelassen hatte. Als ich auf das Nebengebäude zuging, kam Nils aus dem Büro und guckte sich um. Er sah mich und straffte die Schultern.

»Suchst du was?«, fragte ich, als ich bei ihm war.

Er zeigte auf die nächste Tür. »Ja. Die Sattelkammer. Sieht ja alles so gleich aus hier.«

Ich kniff die Augen zusammen. »Was willst du denn in der Sattelkammer?«

»Dottys Sattel holen.« Nach einer kurzen Pause, in der sein Gesicht ein bisschen von seiner Überheblichkeit verlor, meinte er: »Du hast ja heute genug zu tun.«

Nicht dass ihn das sonst gekümmert hätte. Aber ich nickte und deutete mit dem Kinn auf die Tür gegenüber. »Hier lang.«

Am Ende sattelte ich Dotty trotzdem selbst, weil Nils es nicht hinbekam. Er stellte sich so dämlich an, dass sich Marit vor Lachen fast auf dem Boden wälzte und die anderen Ponys nervös wurden. Ob er das absichtlich machte, um weiteren Arbeitsaufträgen zu entgehen, konnte ich nicht sagen, aber falls ja, hatte er Erfolg.

Wenigstens war es in der Reithalle einigermaßen kühl. Wir übten korrektes Anhalten, da mussten sie sich zwar konzentrieren, kamen aber nicht ins Schwitzen.

»Schon jetzt schwer in den Sattel setzen, Alina. Genau. Und … haaalt. Sehr schön. Fühl mal, wie geschlossen Nessie dasteht. Super. Merkst du das? Aber nicht die Zügel wegwerfen! Aufrichten … und anreiten. Klasse!«

Zufrieden sah ich mich um. Die Gruppe war gut und sie machten alle schnell Fortschritte. Ich wäre fast so weit gegangen zu sagen, dass ich langsam Spaß hatte am Unterrichten. Aber dann fiel mein Blick wieder auf Nils, der auf der Tribüne saß und über seinem Handy die Stirn gerunzelt hatte, und meine gute Laune bekam eins auf den Deckel. Da war der Moment des aufkeimenden Interesses fürs Reiten ja schnell vorüber gewesen.

Am Donnerstag durfte Linh bei mir übernachten, weil wir am nächsten Tag keine Schule hatten. Wir machten Max-Spezial-Pizza (Linh hatte mit Kochen sonst nichts am Hut, aber sein Rezept hatte sie sich selbstverständlich zeigen lassen), telefonierten mit Omi, die uns in den Sommerferien für ein paar Tage nach Hamburg einladen wollte (Linh war natürlich völlig aus dem Häuschen), und verzogen uns irgendwann von der Terrasse in mein Zimmer, um ungestört zu quatschen. In Hörweite meiner Familie konnte man nie sicher sein, ob sich nicht jemand an den unpassendsten Stellen ins Gespräch einschaltete.

»Meinst du, das geht noch lang gut?«, fragte Linh, während wir auf dem Rücken lagen und die Decke anstarrten.

»Was meinst du?« Ich drehte den Kopf zu ihr.

»Na, das mit Max.« Schockiert riss ich die Augen auf, aber Linh redete weiter. »Die Entfernung ist schon hart. Und meistens kommt ja er am Wochenende. Würdest du für einen Jungen so viel Zug fahren wollen?«

Langsam setzte ich mich auf und schaute Linh streng an. »Für einen Jungen nicht. Aber für dich.«

Sie lächelte ein bisschen schief, sah aber immer noch ganz traurig aus.

»Hat sich Max denn beschwert?«

Nach einem Moment schüttelte sie den Kopf.

»Eben.«

Jetzt setzte sie sich auch hin. »Aber das heißt doch nichts! Stell dir mal vor, er lernt in Berlin eine andere kennen. So schnell kann ich gar nicht gucken, wie der mit mir Schluss macht!«

Aus schmalen Augen betrachtete ich sie. Was war denn in meine selbstbewusste, unerschütterliche, grandiose Linh gefahren?

»Siehst du! Du machst auch schon ein ganz zweifelndes Gesicht! Oh Gott! Hat Jannis was erzählt? Die reden da doch bestimmt drüber! Ich hab's gewusst.« Sie ließ den Kopf in ihre Hände sinken. »Was mach ich denn jetzt bloß?«

»Wie wär's mit Luftanhalten und Nachdenken?«

Überrascht blickte sie auf. Mein Ton war unerwartet scharf gewesen.

Etwas einfühlsamer sagte ich: »Jannis hat nichts erzählt. Du steigerst dich da in was rein. Jeder Blinde erkennt, wie verliebt Max in dich ist. Der macht nicht Schluss.«

Linh brauchte einen Augenblick, um meine Aussagen auf ihren Wahrheitsgehalt zu prüfen. Das meiste schien sie zu überzeugen, aber es kam dann doch ein Einwand: »Selbst wenn er in mich verliebt ist, kann es doch sein, dass er Schluss macht. Fernbeziehungen sind scheiße.«

Ich biss mir auf die Lippe, dann zuckte ich mit den Schultern. »Was man so hört, ja.«

Wir sahen uns einen Moment in die Augen, dann blähten sich Linhs Nasenflügel und wir lachten los.

»Meinst du wirklich, dass er in mich verliebt ist?«, fragte sie nach einer Weile. »Genug, um immer wiederzukommen?«

Mit aller gebotenen Ernsthaftigkeit nickte ich. »Genug, um jedes zweite Wochenende in die Einöde zu fahren, dich nicht aus den Augen zu lassen und seine Finger nicht bei sich behalten zu können.«

Linhs Ohren wurden ein klitzekleines bisschen rosa. »Okay.« Sie starrte zwei, drei Minuten vor sich hin, dann fokussierten sich ihre Augen, und mit dem unmöglichsten aller Themenwechsel der Menschheitsgeschichte fragte sie mich: »Hast du dir jetzt eigentlich schon ein Projekt für den Berufsorientierungstag überlegt?«

Stöhnend ließ ich mich nach hinten fallen und legte einen Arm übers Gesicht. »Linh!«

»Hast du?«

Blind fuchtelte ich mit meiner linken Hand durch die Luft. »Fahr meinen Rechner hoch. Wir gucken ›Gilmore Girls‹!«

# Jannis

Am Freitag wollten wir mit unserem Dari-Liv-Kombiprogramm weitermachen. Das erste Intervalltraining mit Dari als Handpferd am Strand hatte gut geklappt, auch wenn Dari bisher die Puste fehlte, um mit Liv mitzuhalten.

Bis zu Fridas Derby waren es noch sieben Wochen, für Liv wurde es also Zeit, die Anforderungen zu erhöhen, damit sie rechtzeitig zum Rennen topfit war. Gleichzeitig suchte ich eine Übung, die Dari auch bewältigen konnte.

Als ich Florian bei uns auf dem Hof abfing und ihm von dem Problem erzählte, meinte er: »Steigungen. Das ist das Beste. Da könnt ihr genauso mit hoher und niedriger Belastung arbeiten wie in der Ebene, nur macht Liv eben mehr als Dari. Für die Fitness ist das super, außerdem stärkt ihr die Hinterhand und trainiert das Gleichgewicht.«

Das war bestimmt alles richtig, aber Florian kam ja ursprünglich aus Bayern, da gab es wahrscheinlich an allen Ecken und Enden Steigungen. Hier an der Küste fiel mir auf Anhieb nichts ein, was die Bezeichnung »Hügel« verdient hätte.

Auch Frida lachte erst mal, als ich ihr von seinem Vorschlag erzählte, doch dann meinte sie nachdenklich: »Hm, wie wäre es mit der Landspitze? Das letzte Stück ist ganz schön steil, das könnte reichen.«

»Weiß nicht«, antwortete ich langsam. »Ist das optimal? Im Winter ging's ja, aber hast du nicht erzählt, dass es da im Sommer richtig voll wird? Meinst du, das ist so gut, wenn uns die Touristen zwischen den Beinen rumwuseln?«

»Tja«, sagte Frida trocken. »Das heißt dann wohl früh aufstehen.«

Und hier waren wir. Es war sieben Uhr morgens, und unsere Chancen standen gut, dass wir die Landspitze bis halb neun für uns hatten.

Wir trafen uns an der Abzweigung, wo der Wirtschaftsweg zum Westwald führte. Die Stuten waren voller Tatendrang, und wieder mal versetzte es mir einen Stich, dass ich mich jetzt nicht einfach auf Daris Rücken ziehen und lostraben konnte.

Fünf Minuten später war ich aber wieder versöhnt. Bis vor ein paar Tagen war hier im Wald noch alles ganz grau und kahl gewesen, doch seit es so warm geworden war, hatten die Bäume und die Blumen aufgeholt. Die Vögel zwitscherten wie verrückt, weiße Teppiche aus, äh, Buschwindröschen, wie Frida mir erklärte, breiteten sich zwischen den Stämmen bis fast auf den Pfad aus, und die Buchen und Eichen hatten hellgrüne Blätter ausgetrieben. Es war zwar noch kühl, aber die Sonnenstrahlen, die schräg auf meinen Rücken fielen, wärmten schon. So hartnäckig der Winter gewesen war, jetzt ging die Natur in die Vollen.

Oben an der Landspitze waren wir tatsächlich für uns. Es war bombastisch: der Himmel ganz klar und weit über uns, das Meer blau mit weißen Schaumkronen und das frische Gras, das so grün leuchtete, als hätte es die Farbe zuvor noch nie gegeben.

Während sie die Pferde aufwärmte, zeigte Frida Dari auch schon, was sie machen sollte: Sie führte sie neben Liv her, ließ sie bergauf traben, parierte sie beide durch und ging den Weg zurück im Schritt. Ich hatte eigentlich nichts zu tun, außer oben stehen zu bleiben, damit die Stuten in ihrem Eifer nicht zu weit liefen und zu nah an den Steilhang gerieten. Vor allem bei Liv, diesem Galoppmonster, wusste man nie.

Und los ging es. Dari machte super mit, nur Liv wirkte ein bisschen frustriert, dass sie nach einer so kurzen Strecke im Galopp immer wieder Schritt gehen sollte. Fünf Durchgänge reichten Dari, Liv bekam das doppelte Pensum. Gegen Ende merkte man aber auch ihr die Belastung an. Lustigerweise stachelte das ihren Ehrgeiz sogar noch an, so als könnte sie gar nicht verstehen, was dieses Müdewerden zu bedeuten hatte.

Nach der zehnten Runde ließ Frida Liv ein bisschen im Schritt gehen, dann saß sie ab und kam grinsend zu mir. Ihr war auch warm geworden, eine Strähne klebte an ihrer Wange.

»Das war gar nicht schlecht, Trainer«, meinte sie. »Ich hätte ja ehrlich gesagt nicht gedacht, dass das so anstrengend wird.«

»Ja, und jetzt stell dir mal vor, du würdest das an einem richtigen Berg machen.«

Sie lachte. »Man muss nehmen, was man kriegen kann.«

Die Stuten kriegten erst mal frisches Gras als Belohnung, aber zu lang wollten wir sie noch nicht fressen lassen, deswegen machten wir uns nach ein paar Minuten wieder auf den Rückweg.

Als wir fast schon wieder aus dem Wald raus waren, zeigte Frida nach rechts. »Siehst du die Buche da?«

»Die mit den Ästen bis untenhin?«

Sie nickte. »Das war früher unser Kletterbaum. Also, meistens war es meiner allein, weil Luise und Theo irgendwann zu groß waren und nicht mehr mit mir gespielt haben. Aber wir sind oft hierher in den Wald verschwunden, wenn uns der Trubel auf dem Gut im Sommer zu viel wurde.«

»Wie ist das inzwischen?« Ich fand es immer total interessant, wenn Frida von dem Ferienbetrieb auf Eldenau erzählte. Aber sobald ich nachfragte, meinte sie meistens nur, ich würde es ja bald selbst erleben.

Jetzt zuckte sie mit den Schultern. »Es gehört eben dazu. Je nachdem, wie alt die Kinder sind, ist es ja auch lustig. Die meisten Leute sind supernett, aber es gibt immer schwarze Schafe, die den anderen Gästen den Aufenthalt vermiesen wollen.« Sie grinste. »Mittlerweile hat Mama ganz gute Mittel gefunden, die einzufangen. Das klappt eigentlich immer.«

Ich warf noch mal einen Blick zurück zu dem Kletterbaum. Das konnte ich mir ziemlich gut vorstellen, wie Frida da im Sommer an den Stamm gelehnt auf einem Ast saß und las und sich weigerte runterzukommen, bevor die Feriengäste in ihren Zimmern und Apartments verschwunden waren. Dann hatte sie ihr Pferdereich endlich wieder für sich allein.

»Warum grinst du so?« Fragend sah Frida mich an, aber ich schüttelte den Kopf.

»Ich habe nur dran gedacht, wie anders jetzt alles ist, seit wir hergezogen sind. In Berlin gibt's keine Kletterbäume. Ich glaube, ich habe noch nie auf einem Baum gesessen.«

Sie fing an zu lächeln und guckte wieder auf den Weg vor uns. »Tja, dann müssen wir eben mal ohne Pferde herkommen und dafür sorgen, dass du weißt, wie das ist.«

# Frida

»Dooooottyyyyy!«

Eine fröhliche Stimme wehte vom Parkplatz herüber und neben mir flog Dottys Kopf hoch. Sie brummelte, dann, beim nächsten Ruf, wieherte sie leise als Antwort und zischte los. Ein paar Sekunden später kamen ein strahlendes kleines Mädchen, ein zufriedenes kleines Pony und ein hübscher, nicht ganz so kleiner Nils um die Ecke.

Äh, was? Ganz falscher Text, Frida. Mürrisch! Und schnöselig! Genau.

Nur dass er heute nicht ganz so mürrisch wirkte wie sonst. Marit verzog sich mit Dotty an den Anbindebalken und Nils blieb neben mir stehen.

»Hi.«

»Hi.«

Pause.

»Alles klar?«

»Klar.«

Er nickte und wusste anscheinend nichts mehr zu sagen.

»Kannst du mal …«, begann ich und deutete auf Walter.

Ratlos sah er zwischen ihm und mir hin und her, dann bemerkte er den Hufkratzer in meiner Hand und ihm schien ein Licht aufzugehen. »Oh, klar … natürlich.«

Er trat einen Schritt zurück und beobachtete, wie ich Walters Hufe sauber machte.

»Kann ich …« Er räusperte sich. »Kann ich dir irgendwie helfen?«

»Lass mal.« Langsam richtete ich mich auf. »Das geht schon. Immerhin bezahlt ihr mich ja dafür.«

Er kniff die Lippen zusammen, trollte sich aber zu Marit.

Keine Ahnung, wann der sein Interesse an Pferdepflege entdeckt hatte, doch so schnell ließ ich mich nicht mehr einwickeln. Der Spruch neulich war ja noch nicht mal das Schlimmste gewesen. Letzte Woche hatte er noch so nett getan, aber in den vergangenen Tagen waren wir uns zweimal in der Schule über den Weg gerannt, und zweimal hatte er mich ignoriert.

Arroganter Idiot.

Die Stunde lief ziemlich gut. Lucinda traute sich zum ersten Mal, ohne Steigbügel zu reiten, was Walter dann auch gleich mit einem wohligen Schnauben quittierte. Torben-Emanuel (den ich im Stillen nur noch TE nannte) hielt sich wacker auf Dominos Rücken, obwohl der in seinem Eifer statt einem Trabschritt einen kleinen Hüpfer über das letzte Cavaletti machte. Und Marit fetzte mit Dotty durch die Slalomhütchen hindurch, als hätte sie in ihrem Leben noch nie etwas anderes gemacht. Die zwei waren echt eine Schau.

Wann immer ich einen Blick zu Nils auf der Tribüne hinüberwarf (was ich nicht oft tat), war er voll bei der Sache. Normalerweise starrte er ja auf sein Handy oder verschwand sogar immer mal wieder, um wer weiß was zu tun, aber heute schien ihn der Unterricht richtig zu faszinieren. Vielleicht wollte er es ja doch noch mal mit Reiten versuchen.

Ich kicherte in mich hinein, aber die kleine Unaufmerksamkeit wurde sofort bestraft. Nessie blieb vor der Stange stehen.

»Kein Problem, Alina, einfach noch mal probieren. Beim nächsten Mal energischer anreiten.«

Der Rest der Stunde verlief ohne Zwischenfälle, und am Ende stellten sich die vier mit ihren Ponys so mustergültig zwischen den Pylonen auf, dass es quadrillenreif war.

Während sie die Ponys noch ein paar Runden führten, schnappte ich mir die erste Stange und räumte sie hinter die Bande. Als ich mich umdrehte, hielt mir Nils die gestapelten Hütchen hin.

»Bitte.«

Reflexartig griff ich danach und sagte: »Danke.«

Das schien er als Ausdruck der Versöhnung misszuverstehen, denn er lächelte mich mit so viel Begeisterung an, dass ich schon Angst hatte, seine Mundwinkel würden sich an seinen Ohren verhaken. Er wartete, bis ich die Pylonen verstaut hatte, dann begleitete er mich zum nächsten Cavaletti und packte am anderen Ende mit an.

Was war denn mit dem los? Während wir arbeiteten, betrachtete ich ihn verstohlen von der Seite, aber er wirkte einfach nur konzentriert. War ja auch spannend, so eine Reithalle aufzuräumen.

Noch abstruser wurde es, als die Kinder die Ponys aus der Halle führten. Er ging neben ihnen her und lobte Torben-Emanuel dafür, dass er die Steigbügel nach oben geschoben hatte, und ermahnte Marit, Dotty nicht im Maul zu ziehen. Ich schaute ihn immer wieder an, aber er blieb ganz ernst. Anscheinend wollte er mich nicht auf den Arm nehmen, sondern hatte einfach gut aufgepasst.

»Dann bis nächste Woche«, verabschiedete er sich, als ich Marit vor der Halle Dottys Zügel aus der Hand nahm.

Ich nickte. »Bis dann.«

Er hatte sich schon weggedreht, aber dann wandte er sich noch mal um. »Äh, Frida … Hast du eigentlich schon ein Projekt für den Orientierungstag?«

Der wollte doch jetzt wohl nicht fragen, ob wir was gemeinsam machten, oder? Nein, der Gedanke war lächerlich! Trotzdem sagte ich vorsichtig: »Noch nicht. Du?«

Nils schüttelte den Kopf. »Nein.«

Er holte Luft, um weiterzureden, aber bevor er jetzt wirklich noch mit einem blöden Vorschlag kam, setzte ich ein breites Grinsen auf. »Na, dann viel Erfolg. Ich sag Bescheid, wenn ich was mit Jura machen will.«

Verdutzt antwortete er: »Okay …«, aber da war glücklicherweise schon Dottys nächstes Reitkind, dem ich die Steigbügel einstellen musste. Er nahm Marit, die das andere Mädchen ziemlich misstrauisch beäugte, an die Hand und zog sie zum Tor.

Ich winkte den beiden und rief ihnen hinterher: »Bis zum nächsten Mal!«

# Jannis

Wie jeden Freitagmittag herrschte vor der Schule Chaos. Scheinbar gelangweilte Oberstufler drängten sich zwischen den Jüngeren durch, Freundinnen verabschiedeten sich mit Küsschen, obwohl sie in einer halben Stunde wahrscheinlich schon wieder chatteten, Pärchen knutschten, als ob's kein Morgen gäbe, Eltern hupten, um ihre Sprösslinge auf sich aufmerksam zu machen. Und über allem lag der Geruch nach Freiheit, auch wenn sie nur ein Wochenende lang andauerte.

Irgendwas in die Richtung musste ich laut gesagt haben, denn Linh sah mich spöttisch an und meinte: »Das, was du riechst, Cowboy, ist der Schweiß von ungeduschten Siebtklässlern. Die hatten bis eben Sport.«

Frida grinste, aber ich warf Linh nur einen kühlen Blick zu. »Müsstest du nicht eigentlich besser drauf sein? Ich dachte, du fährst nach Rostock.«

Linhs Gesicht verlor alle Häme und leuchtete auf. »Das wird so cool! Erst gehen wir chic essen und danach ins Theater. Mama und Papa holen mich ab und dann fahren wir gleich los.« Sie legte Frida einen Arm um den Hals. »Und beim nächsten Mal musst du auf jeden Fall dabei sein.«

Frida kam nicht dazu, etwas zu sagen, weil Paul sich zwischen uns drängte. Er klopfte mir im Vorbeigehen auf die Schulter. »Viel Glück morgen!«

Ich hob grüßend die Hand und nickte.

»Hast du morgen ein Turnier?«, fragte Linh, doch die Antwort blieb mir im Hals stecken, weil mein Blick auf einen Typen fiel. Er war ein bisschen älter als wir, blond, groß (aber bestimmt nicht größer als ich), und er winkte Frida zu.

»Schönes Wochenende«, rief er.

Von Frida kam ein gurgelndes Geräusch, irgendwo zwischen »Danke« und »Tschüs«, aber da hatte die Menge den Typen schon verschluckt. Ihre Wangen waren ziemlich rosa angelaufen. Als sie merkte, dass ich sie ansah, ließ sie schnell die Hand sinken, mit der sie ihm hinterhergewunken hatte.

»Wer …«, setzte ich an, doch dann hörte ich jemanden meinen Namen rufen. Widerwillig drehte ich mich um und entdeckte nach einer Weile Mama, die irgendwo in dritter Reihe geparkt hatte und wild mit den Armen fuchtelte.

»Du musst los«, stellte Frida fest, als ich mich wieder umwandte.

Sie klang so normal, dass mir Zweifel kamen, ob ich mir ihre Verlegenheit nicht nur eingebildet hatte. Deswegen fragte ich einfach: »Um vier bei mir?«

Frida nickte, und dann war ich eigentlich ganz dankbar, dass Mama mich als Gepäckträger für ihren Besuch im Baumarkt brauchte.

Ein paar Stunden später ließ Frida den Kopf auf unseren Terrassentisch sinken und stöhnte. »Noch ein unregelmäßiges Verb und ich dreh durch.«

Ich dehnte meine Schultern. »Du wolltest doch unbedingt an einem Freitagnachmittag Französisch büffeln.«

Sie schnaubte hinter ihrem Lockenvorhang. »Doch nur deswegen, weil du am Wochenende schon wieder auf so einer Tierquälerveranstaltung bist. Irgendwann muss ich eben für den Test lernen.«

Ich antwortete nicht, weil das ja zu nichts führte.

Nach ein paar Sekunden drehte sie den Kopf ein Stück zu mir und hob eine Strähne, damit sie mich ansehen konnte. »Wenn du schon dahin musst, dann hau bitte jedem eine rein, der seinem Pferd wehtut.«

Überrascht lachte ich auf. »Wird gemacht.«

Ich glaube, uns gingen dieselben Bilder durch den Kopf, wie ich mich über das Turniergelände prügelte, denn wir grinsten uns an. Dann kapierten wir, dass das eigentlich gar nicht lustig war, und das Grinsen verging uns. Frida setzte sich auf.

»Sollen wir uns was zu essen besorgen?«, wechselte sie das Thema. »Papa macht heute Abend Lasagne, aber ich glaube, es ist auch noch was von Hildas Rhabarberstreusel da.«

Mein Magen knurrte so laut, dass es beinahe peinlich war.

Frida stand auf und packte ihren Kram zusammen. »Klingt, als wäre das entschieden.«

Ich legte Mama einen Zettel hin, dass ich bei den Benekes war. Falls sie rechtzeitig zu Hause aufkreuzte, konnte sie ja nachkommen, aber ich bezweifelte das. Wenn sie in der letzten Zeit abends etwas vorhatte, ging das meistens ziemlich lang.

Mit dem Fahrrad dauerte es kaum fünf Minuten bis zum Gut, deswegen blieb mir nicht viel Zeit, um mir darüber klar zu werden, ob ich Frida nach dem Typen von heute Mittag fragen sollte. Neugierig war ich natürlich, andererseits wollte ich nicht, dass Frida sich irgendwas einbildete. Und im Grunde ging es mich auch nichts an. Trotzdem …

Mittlerweile waren wir auf der Allee, die zum Haupttor des Guts führte. Wenn ich noch was rausfinden wollte, musste ich loslegen. Gerade hatte ich mich durchgerungen, das Gespräch vorsichtig auf den Typen zu lenken, als sich Fridas Körperhaltung änderte. Irgendwie angespannt saß sie auf dem Rad und lauschte Richtung Gut.

Jetzt hörte ich es auch: Pferde wieherten unruhig und Leute redeten durcheinander. Wir horchten so angestrengt, dass wir beide zusammenzuckten, als hinter uns ein Martinshorn aufheulte. Im nächsten Moment fuhr ein Notarztwagen an uns vorbei.

»Ach du …«, begann ich, aber Frida trat schon wie eine Irre in die Pedale. Ich kam kaum hinterher.

Knapp vor dem Tor hatte ich sie eingeholt. Doch das lag wahrscheinlich nur daran, dass sie vor Schock das Treten vergessen hatte. Was uns auf dem Hof erwartete, war nämlich Chaos pur: Am Gutshaus parkten zwei Streifenwagen, mindestens vier Polizisten standen mit verschreckten Kindern und den zugehörigen Erwachsenen in Grüppchen zusammen und nahmen Aussagen auf, Hildas Laufenten watschelten schnatternd durch die Gegend, und zwischendrin staksten nervöse Ponys herum, die von aufgeregten Reiterinnen mal hierhin, mal dorthin gezogen wurden. Die Notärztin hatte neben Theo gehalten, der wild gestikulierte und Richtung Wallachkoppel zeigte.

Frida warf ihr Fahrrad in eine Ecke. Ihr Kopf flog hin und her, als wollte sie sich einen Überblick verschaffen. Mein Rad landete ebenfalls auf dem Boden. Im nächsten Moment griff ich mir die Zügel eines weißen Ponys, das hinter einem Blumentrog hervortrottete. Mit ein paar Schritten waren wir neben Frida. Sie war stehen geblieben.

»Theo!«

Ihre Stimme war gar nicht mal laut, aber trotz des Lärmpegels im Hof hob Theo den Kopf und sah sich nach ihr um. Er war kalkweiß.

Frida winkte einmal, dann hatte Theo sie entdeckt. Sie tauschten einen Blick, er machte eine Handbewegung, die den ganzen Hof umfasste, und eine Kopfbewegung Richtung Stall. Mit einem kurzen Nicken drehte sie sich zu mir um.

»Hilf mir.« Sie packte meinen Arm und zog mich mit sich. Ich bekam noch mit, wie Theo die hintere Tür des Notarztwagens aufzog und hineinsprang.

Frida und ich steuerten die große Reithalle an.

»Was brauchst du?«, fragte ich.

»Drei Stangen und zwei Cavaletti. Und in der Mitte einen Hütchenslalom.«

Sie nahm mir die Zügel des Ponys aus der Hand und begann, die versprengten Reitschülerinnen einzusammeln. »Samantha, Emily! Kommt ihr mal bitte? Ja, du auch, Vicky! Klara, lass dich von Duncan nicht so mitziehen … So ist es gut, prima …«

Während ich einen kleinen Geschicklichkeitsparcours aufbaute, hörte ich, wie die Mädchen auf Frida einredeten. Ihre Stimmen überschlugen sich, und sie quatschten dermaßen durcheinander, dass ich trotz ihrer Lautstärke kaum was verstand. »… so schlimm … runtergefallen und ist einfach liegen geblieben! Meinst du …«

Frida unterbrach den Wortschwall irgendwann und sagte etwas in einem ruhigen, bestimmten Tonfall. Dann war es eine Weile ganz still, und als die Mädchen schließlich nacheinander ihre Ponys in die Halle führten, hatten fast alle ihren ängstlichen Gesichtsausdruck verloren. Nur eines war noch ganz aufgelöst. Frida hatte ihr den Arm um die Schultern gelegt, jetzt winkte sie mir zu.

Als ich bei ihnen war, schob sie dem Mädchen die Zügel des weißen Ponys, die sie bisher gehalten hatte, zwischen die Finger und sagte: »Jule, das ist Jannis. Der hilft dir ein bisschen mit Samson, bis deine Mama dich abholt. Okay?«

Jule sah mich mit schreckgeweiteten Augen an, deswegen lächelte ich, so aufmunternd ich konnte. Wir wollten uns schon der Reihe der anderen anschließen, die sich fein säuberlich in der Mitte der Halle zwischen den Pylonen aufgestellt hatten, als Frida meine Hand festhielt.

»Jule ist mit Olivia befreundet. Das ist das Mädchen, das auf dem Ausritt gerade den Unfall hatte«, flüsterte sie mir ins Ohr. »Bring sie auf andere Gedanken, ja?«

Ihr Gesicht war so nah vor meinem, als sie mich fragend ansah, dass ich nur nicken konnte. Ihr Atem strich über meine Wange. Er roch nach dem Apfelsaft, den wir vorhin getrunken hatten. Einen Augenblick lang kam es mir so vor, als würde sie sich an mich lehnen, aber das war Quatsch, sie bewegte sich gar nicht. Sie senkte nur den Kopf und atmete tief durch. Dann wisperte sie: »Danke«, so leise, dass ich sie kaum hören konnte.

Sie drehte sich von mir weg und ging Richtung Hallenmitte. Ich konnte richtig sehen, wie sie ihre Kräfte sammelte. Einen Moment später stand sie der Gruppe gegenüber und strahlte so viel Energie aus, dass die Ponys die Ohren spitzten und die Mädchen die Schultern strafften.

»Leute, wir haben heute leider eine Programmänderung, und damit die funktioniert, brauche ich eure Hilfe. Seid ihr dabei?« Aufmunternd blickte sie in die Runde. Ein Mädchen nach dem anderen nickte. »Super. Das dachte ich mir, dass ich mich auf euch verlassen kann.«

Es war völlig verrückt. Frida, die sich in der Schule immer im Hintergrund hielt und tausend Tode starb, wenn sie mal vor der Klasse sprechen musste, stellte sich hier vor eine Truppe aufgelöster Mädels und beruhigte sie mit ein paar Sätzen.

»Jule.«

Das Mädchen neben mir zuckte zusammen, doch es sah Frida aufmerksam an.

»Du führst mit Samson den Parcours vor, okay? Jannis hilft dir.«

Jule warf mir einen scheuen Seitenblick zu. In ihren Wimpern glitzerten immer noch Tränen, aber dann schluckte sie einmal trocken und nickte. Ich lächelte sie an.

»Cool. Ihr fangt dort drüben bei den Stangen an, geht über die Cavaletti und kommt dann von der kurzen Seite hier hoch durch den Slalom. Verstanden?«

Jule runzelte die Stirn und folgte dem Weg, den Frida beschrieben hatte, mit den Augen, dann nickte sie noch einmal. Unsicher sah sie mich an.

Ich trat um Samson herum auf seine rechte Seite und fragte: »Soll ich dir helfen, ihn zu führen?«

Wieder nickte sie stumm. Gemeinsam drehten wir uns zu Frida und warteten auf unser Kommando.

»Gut. Der Rest von euch nimmt bitte Aufstellung bei A, und zwar in der Reihenfolge Klara, Vicky, Emily und Samantha. Auf geht's.«

Als die Bahn frei war, legten Jule, Samson und ich los, aber die beiden hätten mich gar nicht gebraucht. Entweder waren sie richtig gut aufeinander eingespielt, oder Fridas Nähe gab ihnen Sicherheit, jedenfalls meisterten sie den Durchgang fehlerfrei. Dass ich zwischendurch den Zügel losließ, bekam Jule gar nicht mit. Mit einem breiten Grinsen führte sie Samson an Frida vorbei und schloss sich der Gruppe am gegenüberliegenden Hallenende an.

»Großartig, Jule. Loben.« Frida lächelte Jule strahlend zu, und dann guckte sie mich mit einem Blick an, der mich fast von den Füßen holte.

Stopp mal. So ging das nicht! Frida konnte doch nicht mein Kumpel sein, der Mensch, mit dem ich abgesehen von Max am meisten bequatschte, und dann immer mal wieder zum Mädchen mutieren. Das lief nicht!

Irgendwas war in meinem Gesicht los, denn Frida runzelte die Stirn und wandte sich dem ersten Mädchen in der Reihe zu. »Jetzt bist du dran, Klara. Jule hat's vorgemacht. Ihr kriegt das hin.«

Nach der ersten Runde steigerte Frida den Schwierigkeitsgrad. Die Mädchen mussten ihre Ponys durch ein Stangen-L führen und über den Cavaletti anhalten. Das forderte von Menschen wie Pferden so viel Konzentration, dass alle Gedanken an den Unfall vergessen waren. Die Gesichter der Mädchen glühten vor Eifer und am Ende schickte Frida fünf glückliche Mädchen samt ihren entspannten Ponys aus der Halle.

Drei Stunden später hatten die Erwachsenen wieder das Kommando übernommen. Robert war schon da gewesen, als wir aus der Reithalle kamen, und hatte die Eltern beruhigt, die eingetrudelt waren, um die Mädchen abzuholen. Dann tauchte Simon auf, der uns half, die Ponys abzusatteln und zurück in den Offenstall zu bringen. Währenddessen hatten sich Kristin und Theo auf den Weg ins Krankenhaus gemacht, um mit Olivias Eltern das Ergebnis ihrer Untersuchungen zu erfahren.

Jetzt warteten wir zu sechst in der großen Küche der Benekes auf Neuigkeiten. Aus Roberts Lasagne war nichts geworden, stattdessen brodelte Hildas Bolognese auf dem Herd. Sie rührte in einem riesigen Topf voller Spaghetti und sah dabei von einem zum anderen.

Heinrich machte sich nützlich, er räumte Zwiebelschalen, benutzte Schneidebretter und Messer weg und hobelte Parmesan. Robert lehnte am Fensterbrett und rieb sich immer wieder mit beiden Händen über das Gesicht. Vor der offenen Tür lief Simon im Flur auf und ab und erzählte Luise am Telefon, was passiert war. Anscheinend wollte er sie überreden, wie geplant übers Wochenende an der Uni zu bleiben, denn er erklärte ihr immer wieder, warum sie gerade niemandem helfen konnte.

Frida saß neben mir auf der Bank und stierte einfach vor sich hin. Von ihrer Energie vorhin in der Halle war nichts mehr übrig, seit sie gehört hatte, dass Olivia wohl schlimmer verletzt war, als wir gedacht hatten. Immer wieder lief ein Beben durch sie, als wäre ihr kalt, und am liebsten hätte ich den Arm um sie gelegt, aber ich wusste nicht, ob ihr das komisch vorgekommen wäre.

Irgendwann fuhr ein Auto auf den Hof und hielt. Ein paar Sekunden später klickte die Haustür.

Simon sagte: »Warte mal, Kristin und Theo sind gerade gekommen«, dann war auch er still.

Die Anspannung in der Küche fühlte sich an, als würde man in eine Steckdose fassen. Es hätte mich nicht gewundert, wenn ich ein Brizzeln gehört hätte. Kristin und Theo redeten nicht, während sie die Schuhe auszogen. Sie wuschen sich sogar noch auf dem Gästeklo die Hände.

Schließlich standen sie in der Tür. Wir hatten immer noch kein Wort gewechselt, seit sie nach Hause gekommen waren. Theo war ganz grau im Gesicht, als er sich mit an den Tisch setzte, Kristin ging auf Robert zu, der sie in die Arme nahm und drückte. Ich sah Frida an, aber die hatte für nichts Augen außer Theo und ihrer Mutter.

Auch Simon schien Theos ungesunde Gesichtsfarbe zu bemerken, denn er legte das Handy auf den Tisch, ging zum Kühlschrank und nahm zwei Flaschen Bier heraus. Er machte sie auf und stellte eine vor Theo, die andere hielt er Kristin hin. Als sie den Kopf schüttelte, trank er selber einen Schluck und setzte sich neben Theo.

Der drehte seine Flasche nur zwischen den Händen. »Sie wacht vielleicht nie wieder auf«, sagte er irgendwann so tonlos, dass ich ihn angucken musste, um wirklich zu glauben, dass er geredet hatte. Seine Stimme hätte ich nicht erkannt.

In die Schockstarre hinein, die diesem Satz folgte, stellte Hilda ihre Nudelsoße. Einen Moment lang glotzten wir alle den Topf nur an, dann kam Bewegung in die Sache. Heinrich holte Teller, Robert das Besteck, Frida sprang auf und suchte Gläser zusammen und ich schenkte Wasser ein. Simon griff nach seinem Handy, tauschte ein paar Sätze mit Luise und verabschiedete sich mit: »Okay. Fahr vorsichtig.«

Am Spülbecken zischte und dampfte es, als Hilda die Pasta abgoss, und nach ein paar Minuten saßen alle vor einem Berg Spaghetti. Es sprach für Hildas Kochkünste, dass wir nach den ersten zögerlichen Bissen reinhauten, als hätten wir seit einer Woche nichts gegessen. Ich glaube, so fühlte sich der Tag für die meisten von uns auch an.

Als nach dem Essen endlich alle Utensilien im Geschirrspüler gelandet oder abgewaschen waren, ließ sich Kristin von Robert doch ein Glas Wein einschenken. Mit einem Seufzen begann sie zu erzählen.

»Also, die Sache ist die: Olivia hat sich bei ihrem Sturz nicht nur den Arm gebrochen, sondern auch ein Schädel-Hirn-Trauma zugezogen, bei dem sie nicht wissen, wie es sich mittel- und langfristig auswirken wird. Im Moment haben sie sie ins künstliche Koma versetzt, damit sie den Hirndruck überwachen können. Es kann aber noch niemand sagen, wie lang das nötig ist und wie es danach für Olivia weitergeht.«

Theo sog scharf die Luft ein und stand auf. Ich dachte schon, er würde verschwinden, aber er blieb an die Anrichte gelehnt stehen. Unter dem Tisch tastete Frida nach meiner Hand und hielt sie fest.

»Ich …« Robert räusperte sich. »Ich begreife immer noch nicht, wie das passieren konnte. Sie hatte Campari, oder? Der ist in seinem ganzen Leben noch nicht ausgetickt. Der weiß nicht mal, wie das geht.«

Einer nach dem anderen richteten wir unseren Blick auf Theo.

Er zuckte mit den Schultern. »Es war einfach … es war blödes Timing. Wir waren auf dem Rückweg von der Wiek und am Kiefernbruch schießt plötzlich dieses Motorrad vor uns auf den Pfad. Es war komisch, ich habe vorher nichts gehört, ich glaube, die Pferde auch nicht, jedenfalls sind alle total erschrocken. Olivia war mit Campari die Letzte in der Abteilung, deswegen sind sie ein bisschen hinterhergezockelt und in die Lücke vor ihnen ist dieser Motorradfahrer rein. Der hat nicht mal geguckt, ob was passiert ist, er ist einfach weitergefahren und verschwunden. Deswegen war ja auch die Polizei … Was ist denn mit euch los?«

Theo schaute zwischen mir und Frida hin und her. Wir hatten uns bei dem Wort »Motorrad« beide kerzengerade aufgerichtet. Ein schneller Seitenblick sagte mir, dass Frida knallrot angelaufen war. Und dank der Anstrengung, die es mich kostete, ihr meine Hand nicht zu entziehen, konnte ich auch nicht viel besser aussehen. Mittlerweile drückte sie so fest zu, dass die Knochen aneinanderrieben.

»Du kannst nichts dafür, Theo«, krächzte sie. »Das hätte eigentlich mir passieren sollen.«

Ein paar Sekunden lang war das Ticken der Uhr über der Tür das einzige Geräusch in der Küche. Alle starrten Frida an und schienen nicht recht zu wissen, was sie denken sollten.

»Ich verstehe nicht, was du meinst«, sagte Theo schließlich.

Frida schloss kurz die Augen. »Das war kein Unfall. Das war ein Anschlag.«

Möglicherweise war das nicht die Formulierung, die in dieser Situation dazu beitrug, irgendwas zu erklären, jedenfalls redeten plötzlich alle durcheinander.

»Frida, bitte …«

»Was meinst du?«

»Jetzt übertreib doch nicht immer so.«

»Was soll das denn heißen?«

Schließlich setzte sich Heinrich durch, wahrscheinlich weil er sonst kaum jemals was sagte. »Lasst das Mädchen doch einfach erzählen.«

Einen Moment war Ruhe, dann lehnte sich Kristin in ihrem Stuhl zurück und nickte Frida zu.

Frida sah zu mir und ich lächelte sie so aufmunternd wie möglich an. Jetzt musste sie einfach raus mit der Sprache.

Sie suchte Theos Blick. »Ich hab euch doch erzählt, dass Jannis und ich kurz nach Ostern bei den Koniks waren. Wir wollten Fohlen gucken, aber dann haben diese Motorradtypen die Herde aufgemischt.«

»Im Naturschutzgebiet?«, warf Simon ein, der von der Sache anscheinend noch nichts gehört hatte, doch er wurde durch ein allgemeines »Schhhh« zum Schweigen gebracht.

Frida nickte. »Ja. Wir haben sie gefilmt, wie sie die Pferde eingekesselt haben, aber wir waren so weit weg, dass wir nichts unternehmen konnten. Also bin ich mit dem Film zur Gemeindeverwaltung.«

Mit ein paar dürren Sätzen erzählte sie, wie es weiterging, dass die Biker sie bedroht und ihr aufgelauert hatten. Die Details ließ sie weg, trotzdem wurden die Gesichter der anderen immer finsterer. Theo klammerte sich so fest an die Kante der Anrichte, dass ich das Holz schon splittern sah.

»Die haben das heute Nachmittag mit Absicht gemacht. Ich war für den Ausritt eingetragen. Das müssen sie irgendwie erfahren haben. Und dann wollten sie mir eins auswischen.«

Als Frida schwieg, schloss Kristin die Augen und rieb sich die Stirn.

Robert setzte sich auf den leeren Stuhl neben ihr und sah Frida fest an. »Und warum hast du uns nichts davon erzählt? Spätestens als sie dich von der Straße gedrängt haben, hätten wir Anzeige erstatten müssen.«

Ich fuhr zusammen, weil Frida aufschluchzte. »Aber ihr macht euch doch sowieso schon so viele Sorgen um mich.«

Für einen Moment stand die Zeit still. Nur Fridas hektisches Atmen war zu hören. Dann sprang Robert auf, zog Frida von der Bank hoch und drückte sie an sich. Ich konnte sehen, wie sie zitterte.

Ich war so ein Vollidiot. Die ganze Zeit hatte ich Bescheid gewusst, ich als Einziger, und bloß weil sie ein tapferes Gesicht aufgesetzt hatte, hatte ich mich wieder von ihr einwickeln lassen. Dabei war doch klar, dass Frida Angst hatte.

Theos Blick lag auf mir, das fühlte ich so deutlich wie einen Sonnenstrahl durch ein Brennglas. Gleich würde er auf mich losgehen und mir eine reinhauen, so wie ich es verdiente. Aber als ich aufsah, kapierte ich, dass sein Ärger gar nicht mir galt. Er war wütend auf diese Mistkerle, die nicht nur Frida in ein Häuflein Elend verwandelt, sondern heute ein Mädchen ins Krankenhaus befördert hatten. Er hatte recht. Das musste aufhören. Wir mussten diese Typen finden und sie fertigmachen.

»Geht's wieder?« Robert schob Frida sanft von sich und sah ihr ins Gesicht.

Sie nickte und rieb sich verstohlen über die Augen. »'tschuldigung.«

»Oooaah, Frida!« Theo drehte sich schnaubend weg. So dramatisch die Situation war, irgendwie war es beruhigend, dass ihre Familie sich aus denselben Gründen über sie aufregte wie ich.

Sie streckte ihm die Zunge heraus und das brachte Kristin zum Glucksen und im nächsten Moment fing auch Hilda an zu kichern. Von jetzt auf gleich fiel die Spannung von uns ab und einer nach dem anderen brach in Gelächter aus. Frida machte eine Grimasse, aber Kristin griff nach ihrer Hand, zog sie auf ihren Schoß und legte die Arme um sie.

»Darüber reden wir noch, okay?«, sagte sie so leise zu ihr, dass sie wahrscheinlich niemand außer mir verstand.

Frida nickte leicht und lehnte für einen Moment ihre Stirn an Kristins. Ich sah weg.

Robert ließ sich wieder auf seinen Stuhl fallen und wies Theo mit einem Nicken an, sich ebenfalls zu setzen. Dann blickte er in die Runde. »Das Ganze hat vielleicht als Dummejungenstreich angefangen, aber das ist nicht mehr lustig. Hoffen wir, dass für Olivia alles gut ausgeht. Noch mal darf so was nicht passieren. Was tun wir jetzt?«

»Ihr müsst zur Polizei, ganz klar«, meinte Simon.

»Und was willst du denen sagen?«, hielt Theo dagegen. »Frida und Jannis haben schon recht, dass wir nichts in der Hand haben. Wir können noch nicht mal nachweisen, dass das heute kein Unfall, sondern Absicht war.«

Kristin legte ihm eine Hand auf die Schulter. »Dann lasst uns nachdenken. Vielleicht haben wir was übersehen.«

Wir saßen noch Stunden da und diskutierten, aber nur weil man wie verrückt nach einer Lösung sucht, heißt das nicht, dass man sie findet.

# Frida

Das Frühstück am nächsten Tag war eine deprimierende Angelegenheit. Wir waren alle schon im Stall gewesen und hatten gefüttert oder die Pferde auf die großen Koppeln gelassen, jetzt saßen wir zu fünft um den Küchentisch und brüteten vor uns hin. Nicht einmal Luises frische Schokobrötchen munterten uns auf.

Als es an der Scheibe klopfte, fuhren wir zusammen.

»Hallo«, sagte Jannis durchs offene Fenster. »Ich wollte mal hören, ob es was Neues von Olivia gibt.«

Trotz meiner Müdigkeit nach der viel zu kurzen Nacht war ich plötzlich hellwach. »Solltest du nicht schon längst auf deinem Turnier sein?«

Er machte eine wegwerfende Handbewegung. »Mama übernimmt meine Ritte. Um den Rest kümmert sich Annika, sie wollte sowieso mitfahren.«

Plötzlich sah der Morgen nicht mehr ganz so düster aus. Dass er wegen uns sogar ein Turnier sausen ließ …

»Komm rein, Jannis«, sagte Mama, und als er sich über das Fensterbrett schwingen wollte, fügte sie an: »Aber nimm doch bitte die Haustür.«

Ich grinste in meinen Tee, während er brav umdrehte und ums Haus lief. Auf dem Weg las er offensichtlich Linh auf, die keine Minute später neben ihm in der Küchentür stand.

»Wie geht's Olivia?«, fragte sie etwas außer Atem. »Ich bin so schnell hergefahren, wie ich konnte.«

Luise warf mir einen Blick zu und lächelte. »Tolle Freunde hast du«, flüsterte sie.

Ich lächelte zurück.

»Mein Handyakku hat den Geist aufgegeben. Papa hat mir eben erst erzählt, was passiert ist«, plapperte Linh und nickte Theo zu, der ihr und Jannis einen Teller hinstellte. »Ich bin noch völlig durch den Wind. Wer macht denn so was? Die müssen total verrückt sein.«

Jannis kaute schon auf seinem ersten Brötchen herum, dann griff Linh nach dem Brotkorb, und das war irgendwie Normalität genug, dass auch wir anfingen zu essen. Die beiden waren ein paar Minuten beschäftigt, sodass Mama erzählen konnte, was wir von Olivias Mutter gehört hatten.

»Ihr Zustand ist stabil, aber so ernst, dass sie nicht sagen können, wie es weitergeht. Sie müssen die Ergebnisse der Untersuchungen abwarten. Im Moment ist es wohl besser, wenn sie sie noch nicht aufwecken.«

Das Telefon im Flur klingelte, und Luise stand seufzend auf, um ranzugehen.

Linh nippte an ihrem Milchkaffee und hielt mir die offene Hand hin. »Kann ich mal dein Handy haben, Frida? Danke. Ich wollte zu Hause noch recherchieren, was in einem Fall wie Olivias gemacht werden kann, aber dann bin ich gleich hergekommen. Bei Sportunfällen …« Sie stutzte.

»… nein, nein, das verstehe ich«, hörten wir Luise in der folgenden Pause aus dem Gang. Sie stand halb von uns abgewandt vor der Tür und wirkte angespannt. »Das tut mir leid, aber wenn … Dafür ist es noch … Wir können sicherlich … Wie kommen Sie …? Selbstverständlich. In Ordnung. Auf Wiederhören.«

Mein Blick flog zwischen Linh und Luise hin und her. Linh wischte hektisch auf dem Display herum und bekam immer größere Augen und Luise drehte sich langsam zu uns um und schüttelte den Kopf.

»Die Frau spinnt«, sagte sie. »Da hat gerade eine den Reiturlaub für ihre beiden Töchter Anfang Juli storniert. Die Hussbergs aus Frankfurt, erinnert ihr euch? Die waren letztes Jahr schon hier.« Sie setzte sich wieder an den Tisch und nahm sich ein paar Erdbeeren. »Sie meint, sie würde ihre Kinder gern gesund aus den Ferien zurückbekommen und bei den Zuständen bei uns sei das nicht gewährleistet.«

»Bitte?« Mama sah sie stirnrunzelnd an, aber bevor Luise erklären konnte, was das bedeutete, läutete das Telefon wieder. Unsere Blicke schnellten zu dem Handteil, und Luise zögerte, bevor sie dranging.

»Gut Eldenau, Luise Beneke, guten Morgen.« Ihr Gesicht wurde finster, und wieder stand sie auf, um im Flur weiterzureden. »Aha … Nein, das wusste ich nicht. Woher haben Sie …? Verstehe … Ja, Ihnen auch. Tschüs.«

Als sie wieder in die Küche kam, konnte man an ihren roten Wangen sehen, wie das Telefonat gelaufen war. »Das kann doch nicht sein! Schon wieder eine Stornierung! Woher wissen die das von Olivia?«

»Was?«, kam dreistimmig von Mama, Papa und Theo, aber Linh hob mein Handy und sagte: »Daher.«

»Was ist passiert?«, fragte ich.

»Eure Facebook-Seite explodiert gerade. Irgendjemand behauptet, eure Pferde wären unzuverlässig und eine Gefahr für eure Reitschüler. Keine –«

»Wie bitte?«, fiel ich ihr ins Wort. »Das ist ein Scherz, oder?«

Linh schüttelte den Kopf und sah mich mitfühlend an.

Jannis nahm ihr das Smartphone ab und überflog die Einträge. »Irre. So was nennt man wohl Shitstorm.«

Ich funkelte ihn an. »Sag mal, geht's noch? Spar dir deine Witze, das ist –«

»Das ist kein Witz, Frida«, warf Theo ein, der Jannis über die Schulter guckte. Nacheinander standen die anderen auf und stellten sich zu Jannis, bis wir schließlich alle um mein Handy versammelt waren und lasen, was sich da über Nacht an Kommentaren angehäuft hatte. »Gemeingefährlich … unverantwortlich … Unfall soll vertuscht werden … angeblich schon früher Zwischenfälle … Mädchen schwer verletzt … niemand zur Stellungnahme bereit … kritische Nachfragen werden abgewiegelt … das durchgeknallte Pferd wird schon wieder zum Unterricht eingesetzt …«

Bei »durchgeknallt« sog ich scharf die Luft ein und drehte mich weg. Campari war echt alles, aber nicht durchgeknallt.

Mama setzte sich schwer auf die Bank. »Das darf nicht wahr sein«, flüsterte sie.

Theo lehnte sich über den Tisch, schenkte eine Tasse Kaffee ein und schob sie Mama hin. »Keine Sorge, das geht vorbei. Wir denken uns einen guten Text aus und posten den und dann legt sich die Aufregung auch ganz schnell wieder.«

Jannis, der jetzt über seinem eigenen Smartphone hing, machte ein komisches Geräusch.

Ich sah ihn an. »Was ist?«

Er blickte auf und wirkte ungewohnt ernst. »Ob das wirklich so schnell vorbeigeht, weiß ich nicht. Schaut euch mal dieses Urlaubsportal an. Seit gestern Abend habt ihr euch siebzehn Ein-Stern-Bewertungen eingehandelt.«

Mama hatte ihr kurzes Tief überwunden, denn sie schnappte sich Jannis' Handy und ging kopfschüttelnd die Einträge durch.

»Lass mich mal mit reinschauen.« Luise zwängte sich neben Mama auf die Bank. »Wo kommen denn auf einmal so viele Menschen her, die das Gut schlechtmachen?«

Linh warf mir einen Blick zu. »Das frage ich mich auch.« Sie guckte sich die Webadresse in Jannis' Browser an und rief die Seite auf meinem Handy auf. Nach einer kleinen Pause sagte sie: »Ich muss mir das mal genauer ansehen.«

Bevor einer von uns nachfragen konnte, was ihr durch den Kopf ging, klingelte wieder das Telefon. Diesmal griff Mama danach.

»Gut Eldenau, Beneke am Apparat. Wie kann ich Ihnen helfen?« Nach einem Moment holte Mama tief Luft und nickte. »Einen Augenblick bitte, dazu brauche ich meine Unterlagen.« Sie stand auf und ging aus der Küche Richtung Büro.

Papa sah ihr nach, dann drehte er sich zu Theo um. »Hoffen wir, dass das so schnell vorbeigeht, wie du sagst.«

Das ganze Wochenende über hatte es Absagen für die Ferien gehagelt. Vom Unterricht hatten sich drei Mädchen abgemeldet, und das Schlimme war, dass zwei davon seit mehr als vier Jahren bei uns ritten. Wie konnten die glauben, was im Netz stand?

Die Stimmung im Internet hatte sich seit Samstagmorgen noch mal richtig aufgeheizt. Immer wenn wir dachten, es würde endlich etwas ruhiger werden, kamen dieselben Vorwürfe aus einer neuen Richtung. Ein Reisebüro, das sich auf Reiterreisen spezialisiert hatte, musste uns am Montag von der Website nehmen, weil es so viele Beschwerden gegeben hatte, dass sie noch immer mit uns zusammenarbeiteten. Mama regte sich beim Mittagessen über die Feigheit dieser Leute auf, auch wenn Papa immer wieder versuchte, ihr Verständnis für deren Standpunkt zu wecken.

»Mir reicht das jetzt«, sagte sie, nachdem sie noch einen Anruf entgegengenommen hatte, bei dem ein Ferienkind abgesprungen war. »Nach Buddenwalde schaffe ich es heute nicht mehr, die Anzeige müssen wir morgen erstatten. Am besten hole ich dich von der Schule ab, Frida, und du kommst mit zur Polizei, okay? Aber bei der Gemeindeverwaltung kann ich mich gleich noch über diese Motorradfahrer beschweren. Die sollen was unternehmen, sonst …«

… sonst passiert noch mal was Schlimmes, wollte sie wahrscheinlich sagen, aber das war ja schon passiert. Olivia lag noch immer im Koma.

Mama schloss einen Moment die Augen. Dann sah sie mich an. »Willst du mitkommen? Dich geht das schließlich als Erste an. Außerdem können wir bei der Gelegenheit endlich die Genehmigung fürs Strandderby abholen.«

Dafür wäre ich gern mitgefahren, aber ich hatte keine Zeit. Also schüttelte ich den Kopf. »Geht nicht. Ich muss noch Englisch für morgen lernen.«

Davor verschonte einen ja nicht mal ein Shitstorm.

So richtig zum Lernen kam ich dann aber nicht. Linh rief nämlich an und hatte Neuigkeiten.

»Setz dich mal hin«, sagte sie ohne Einleitung, als ich ihren Anruf angenommen hatte und schon fragen wollte, wie sie sich diese elenden Präpositionen merkte.

»Ich sitze sowieso.«

»Okay. Dann hör zu.«

»Auch das mache –«

»Jaaa, Frida, ist ja gut. Also, pass auf. Ich hab mir mal diese Trolle angeguckt, die auf Facebook so über euch hergefallen sind. Du hast ja selber gesehen, wie viele Leute entsetzt getan haben, aber ein paar haben nicht nur einmal gepostet, sondern immer dann, wenn sich jemand für euch ausgesprochen hat oder erst mal abwarten wollte, was sich in den folgenden Tagen noch ergibt. Die haben also gezielt alle mundtot gemacht, die versucht haben, die Wogen zu glätten. Auf den ersten Blick war da nicht groß was auffällig, einfach eine Menge Idioten, die ihren Senf zu einem Thema dazugeben, von dem sie keine Ahnung haben. Aber dann habe ich mir die Hetzer rausgesucht. Es waren dreiundzwanzig.«

»Dreiundzwanzig? Das ist ja schon viel. Wieso interessieren sich plötzlich alle so fürs Gut? Kanntest du jemanden von den Leuten?«

»Frida! Zuhören!«

Ich lehnte mich wieder in meinem Stuhl zurück und seufzte. »Okay.«

»Also. Dreiundzwanzig Profile. Die hab ich mir angeguckt. Und jetzt kommt's.«

Ich wartete.

»Bist du noch da?«

»Ich dachte, ich soll zuhören!«

»Ja, aber an den richtigen Stellen sollst du … ach, ist egal. Alle diese dreiundzwanzig Profile sind am Freitag oder Samstag angelegt worden.«

»Was?« Jetzt konnte ich nicht mehr sitzen bleiben. »Du meinst, diese Profile existieren nur, um Stimmung gegen das Gut zu machen?«

»Exakt.«

»Die haben nur auf unserer Seite gepostet? Auf ihrer eigenen nicht?«

»Nein. Und sie haben auch keine Freunde. Ich würde mal behaupten, dahinter stecken keine dreiundzwanzig Personen, sondern vielleicht drei.«

In meinem Kopf drehte sich alles. Wie passte das zusammen?

»Linh, wann sind die ersten negativen Bewertungen geschrieben worden?«

»Am Freitag? Warte mal … Gegen halb sieben.«

»Da waren Mama und Theo noch nicht mal vom Krankenhaus zurück! Zu der Zeit wusste niemand, dass Olivia schwer verletzt ist. Die meisten Eltern hatten da gerade mal ihre Kinder abgeholt.«

»Das heißt, dass diese Leute euch vor allem schaden wollen. Alles andere ist denen egal.«

»Sie wollen uns schaden und sie wussten von Olivias Unfall.«

Jetzt fehlten Linh die Worte. »Du meinst … du meinst, dahinter stecken die Biker?«

»Welche Erklärung gibt es sonst?«

Sie schluckte. »Was hast du denen nur getan, Frida? Das ist doch nicht normal. Diese Sache an der Bushalte, okay, so was macht man, wenn man doof ist und sich über jemanden geärgert hat. Die Aktion, als sie dich von der Straße gedrängt haben, war schon kriminell, da hätten sie eigentlich aufwachen müssen. Aber jetzt? Bringen jemand Unbeteiligtes ins Krankenhaus und tun alles, um euren Namen in den Schmutz zu ziehen? Weil du sie im Naturschutzgebiet gefilmt hast?«

»Klingt extrem, stimmt.«

Linh schnaubte. »Extrem? Das sind Psychopathen! Wer weiß, was denen noch einfällt.«

Meine Knie gaben nach, als ich kapierte, was Linh da andeutete. Ich setzte mich lieber wieder. »Du meinst, die hören immer noch nicht auf?«

»Keine Ahnung, Frida! Aber eins sage ich dir: Solange wir nicht rausgefunden haben, was die vorhaben, lasse ich dich nicht mehr aus den Augen.«

Nach diesem Gespräch erschienen mir die Englisch-Präpositionen plötzlich nicht mehr so bedeutsam. Wenn das alles stimmte, mit wem hatte ich mich da angelegt? Es war so frustrierend, ihre Stimmen im Ohr zu haben, aber ihre Gesichter nicht zu kennen. Auf eine widerliche Art passte ihr Vorgehen zusammen: In der echten Welt nahmen sie nie den Helm ab und im Internet versteckten sie sich hinter falschen Identitäten.

Was konnte man gegen so jemanden unternehmen? Viel mehr als Vermutungen hatten wir ja nicht. Selbst wenn wir zur Polizei gingen, reichte unser Verdacht aus, damit sie diese Endurofahrer ins Visier nahm?

Ich war so in meine Gedanken vertieft, dass ich gar nicht hörte, wie Papa mich zum Abendbrot rief. Erst sein ungeduldiges »Frida, wenn du nicht sofort kommst, essen wir ohne dich« kriegte ich mit.

»Entschuldigung«, sagte ich deswegen, als ich auf meinen Platz auf der Bank rutschte. Mama und Papa sahen extrem ernst aus, deswegen setzte ich schon zu einer ausführlichen Erklärung an, aber Mama bat mich nur, ihr den Brotkorb zu reichen. Ihre Stimme klang komisch.

Jetzt erst fiel mir wieder ein, dass sie ja im Dorf gewesen war und sich beschweren wollte. »Ist alles in Ordnung? Was haben sie im Rathaus gesagt?«

Mama und Papa tauschten einen Blick, der mir gar nicht gefiel. So einen, bei dem sie in irgendeiner geheimen Elternsprache ausdiskutierten, wie viel Wahrheit sie mir zumuten konnten.

Mein Magen klumpte sich zusammen. Ich setzte mich kerzengerade hin. »Ist was mit Olivia? Ist sie … Geht's ihr schlechter?«

Mamas Kopf fuhr zu mir herum. »Was? Nein!« Sie griff nach meiner Hand und drückte sie. »Nein, von Olivia wissen wir nichts Neues. Da ist alles wie gehabt. Immerhin.«

Puh. Ich atmete aus. Trotzdem stimmte hier was nicht. »Was ist es dann? Irgendwas ist passiert, oder?«

»Schatz, ich habe vorhin mit dem Bürgermeister gesprochen. Eigentlich wollte ich nur unsere Genehmigung für das Derby, aber …« Sie sah mich bedauernd an. »Das Derby kann dieses Jahr leider nicht stattfinden.«

»Was?« Was war denn heute nur los? Meine Hand mit dem Käsebrot erstarrte auf halbem Weg zu meinem Mund. »Aber ich trainiere doch seit Wochen dafür!«

Gut, der Satz war jetzt nicht der schlauste, aber es hatte immer ein Derby gegeben, solange ich denken konnte. Wieso dieses Jahr nicht?

»Ich weiß, Schatz. Es tut mir auch leid für dich.«

»Es tut dir leid für *mich*? Aber das ist unser Derby! Willst du denn nicht, dass es stattfindet?«

»Doch, natürlich. Aber … du als Titelverteidigerin …«

»Ach, das ist doch egal! Ich will das Derby gewinnen, klar, aber vor allem will ich es reiten! Unser Derby! Was ist denn los?«

Papa sah mich fest an. »Wir haben die Genehmigung nicht bekommen.«

Ich legte das Brot auf meinen Teller, griff nach meinem Saftglas, schenkte es voll und leerte es in einem Zug. Wie viel verrückter konnte der Tag noch werden?

Als sich meine Gedanken nicht mehr wie ein aufgescheuchter Schwarm Heringe benahmen, guckte ich zu Mama. »Okay. Erzähl. Die ganze Geschichte.«

Nach einem schnellen Blickwechsel mit Papa legte sie los. So wie jedes Jahr wollte Mama das Derby bei der Gemeindeverwaltung fix machen – das Datum stand längst, es war immer der erste Samstag der Sommerferien. Und so wie jedes Jahr dachte sie, die Genehmigung wäre nur Formsache. Das Strandderby war immerhin eine Tradition in Eldenau. Die alte Gutsfamilie hatte es jahrzehntelang veranstaltet, und seit wir auf dem Gut lebten, war es eben unser Derby.

Aber heute hatte Mama die Genehmigung nicht bekommen. Stattdessen hatte der Bürgermeister sie in sein Büro gebeten.

»Er war freundlich, aber eben auch sehr deutlich: Die Genehmigung für dieses Jahr kann er uns nicht geben, weil er, und jetzt im Wortlaut, ›um die Sicherheit der Zuschauer und den Ruf des Dorfes‹ fürchtet. Wir sollen erst unsere Pferde unter Kontrolle bringen.« Ihre Stimme klang jetzt nicht mehr mitfühlend, sondern ärgerlich. Na endlich.

»Das ist ja wohl der größte Blödsinn, den ich je gehört habe.«

Mama und Papa mussten beide schmunzeln.

»Das heißt also, er hat von dem Unfall am Freitag gehört?«

Mama nickte. »Und nicht erst, als ich mich über das Verhalten der Motorradfahrer beschwert habe.«

»Was hat er dazu gesagt?«

Sie atmete tief durch. »Er meinte, er wolle das Ergebnis der polizeilichen Untersuchung abwarten.«

Ich stützte den Kopf in die Hände und seufzte. »Ich weiß, es ist falsch, das zu denken, aber gerade wäre es mir lieber, ich hätte Jannis nie überredet, mit mir zum Fohlengucken zu gehen.«

# Jannis

Als Frida wissen wollte, wann ich mit der Arbeit fertig war, dachte ich, sie würde mich für eine späte Trainingsrunde am Strand abholen. Aber dann tauchte sie im Hof auf und hatte statt einer gesattelten Liv Juniper am Halfter dabei. Der Bursche sah so verdammt gut aus. Wenn sie im Sommer mit seiner Ausbildung anfing, hatte sie bald ein megatolles Sportpferd. Bei dem war es eine echte Verschwendung, dass sie keine Turniere ging.

Ich seufzte. Das war eben Frida. Von Verschwendung fing ich bei ihr mal lieber nicht an. Aber Wilma, Junipers Mutter, hatte dieses Jahr ein Stutfohlen, das sich auch gut machte. Vielleicht konnte ich Frida ja überreden, mir Nima zu verkaufen. So in drei bis vier Jahren.

»Hast du Lust auf einen Spaziergang?«, fragte sie, als sie nahe genug heran waren.

»Klar. Dari ist schon in der Box. Ich hole sie.«

Auf dem Weg zum Strand fragte ich: »Ist mit Liv alles okay?«

Frida sah mich kurz an, dann nickte sie. »Alles gut.«

»Dann hattest du heute keinen Bock mehr auf Training?«

Sie brummte. Tonlos antwortete sie: »Mit dem Training können wir aufhören. Das Derby fällt aus.«

Einen Moment lang vergaß ich weiterzugehen, bis Dari mich vorwurfsvoll anschaute. »Was bitte? Wieso das denn? Ich dachte, das Derby wäre so wichtig fürs Gut.«

Frida zuckte mit den Schultern. »Für die Feriengäste ist es ein

Highlight. Und für unsere Reitschülerinnen auch. Turniere und Reiterspiele machen viele Ställe, aber die wenigsten haben einen Strand vor der Haustür.«

»Ja, genau. Und warum sagt ihr es dann ab?«

Frida sah mich an und schüttelte den Kopf. Während wir den Deich überquerten und zum Wasser hinunterliefen, erzählte sie mir die ganze Geschichte vom Bürgermeister. Ich kriegte mich kaum mehr ein.

»Und der entscheidet das allein? Was ist mit der Gemeindevertretung? Der müsste da doch auch mitzureden haben! Das Derby fällt mitten in die Hauptsaison. Es ist ja nicht so, als ob Eldenau unendlich viele Attraktionen hätte. Alles, was Touristen bringt, muss denen doch gelegen kommen.«

Fridas Mundwinkel zuckten. »Hast du dich mit Theo unterhalten?«

»Nee, wieso?«, fragte ich verwirrt.

»Der hat exakt dasselbe gesagt. Aber der studiert das. Wieso denkst du über so was nach?«

Ich machte eine wegwerfende Handbewegung. »Das stand alles in Mamas Businessplan letztes Jahr. Aber ist doch egal. Also, warum will er das Derby nicht?«

»Aus genau diesem Grund: weil er Angst hat, dass die Touristen wegbleiben, falls beim Derby was mit unseren Pferden ist.«

»Mit euren Pferden ist aber nichts.«

»Ich weiß das, und du weißt das, aber der Bürgermeister liest eben, was im Internet steht. Und da kann man ja den Eindruck gewinnen, dass wir mit dem Leben unserer Reitschülerinnen Lotto spielen. Solange es Olivia nicht besser geht, gibt's auch nicht viel, was wir dagegen einwenden können.«

Eine Weile schlappten wir durch die heranplätschernden Wellen. Irgendwann waren wir weit genug vom Badestrand entfernt, dass wir allein waren und die Pferde losmachen konnten.

Während wir im Sand saßen und ihnen beim Spielen zusahen, sagte Frida: »Erzähl Linh übrigens nicht, dass ich zu euch gekommen bin. Wenn's nach ihr geht, sollst du mich jetzt immer abholen.«

Als sie mir erklärte, was sie meinte, behielt ich lieber für mich, dass ich Linh vollkommen zustimmte. Diese Motorradfahrergeschichte wurde absurder, je länger ich darüber nachdachte. Denn das Schlimme war: Wahrscheinlich hatte Frida recht. Hinter all dem, was gerade rund um das Gut abging, steckten diese Biker, das war so gut wie sicher. So wie sie Frida attackiert hatten, hätte man ja glauben können, dass das doofe Schlägertypen waren, aber was sie da im Netz abzogen, war ja fast schon beeindruckend. Auf eine kranke Art.

»Jedenfalls können wir uns jetzt wieder mehr auf Dari konzentrieren. Vielleicht kannst du sie dann bald wieder reiten.«

Ich lehnte mich im warmen Sand auf die Ellbogen zurück und ließ meinen Blick über Daris schwarzes Fell gleiten, das in der tief stehenden Sonne schimmerte.

»Das wäre schön«, stimmte ich geistesabwesend zu, bis Fridas bedauernder Ton in meinem von goldenen Zukunftsfantasien durchwaberten Hirn ankam. Ich sah sie an. »Was meinst du damit, auf Dari konzentrieren?«

Sie zog ihren Pferdeschwanz straffer. »Na, wenn das Derby ausfällt, brauchst du mir nicht mehr beim Training zu helfen, und ich hab auch wieder mehr Zeit. Uns wird schon was einfallen, wie wir Dari wieder fit machen.«

»Du willst das Training abbrechen? Hast du sie noch alle?« Fassungslos starrte ich sie an.

Sie runzelte die Stirn. »Na, ich höre deswegen ja nicht mit dem Reiten auf. Aber wir können das Ganze wieder lockerer angehen.«

»Kommt nicht infrage!«

Irritiert musterte sie mich. »Was hast du denn jetzt?«

Mit einem Ruck setzte ich mich auf. Ich wusste gar nicht, wo ich anfangen sollte. »Wenn du mit dem Training aufhörst, dann haben diese Idioten gewonnen! Dann akzeptierst du, dass sie nicht nur euren Ruf ruiniert haben, sondern dir auch etwas verderben, auf das du dich seit Monaten freust.« Ich verschränkte die Arme. »Auf keinen Fall.«

Im Licht des Sonnenuntergangs sah ihre Haut ganz zart aus. In ihren Haaren tanzten Funken in Gold und Rot und Kupfer, und als sie sich eine Strähne aus dem Gesicht schob, hatte ich alles vergessen, worüber wir geredet hatten. Irgendwas war nicht normal mit diesem Mädchen. Meistens war sie einfach nur Frida, aber wenn man ein Mal nicht aufpasste, verwandelte sie sich in so ein schimmerndes Zauberwesen, dessen Blick einem die Gehirngänge blockierte. Lag das an der Dämmerung? Oder hatten wir Vollmond?

»Okay«, sagte sie mit einem Lächeln, das mir die Luft aus der Lunge quetschte, und ich brauchte bestimmt drei Sekunden, um mich daran zu erinnern, wobei sie mir zustimmte. »Dann finden wir raus, wer diese Typen sind, und sorgen dafür, dass das Derby stattfindet?«

»Genau das.« Ich hielt ihren Blick einen Moment länger, aber dann drehte ich mich weg und rief Dari zu mir, bevor ich noch etwas sehr, sehr Dummes tat.

Es war Donnerstagnachmittag und Linh und ich saßen mit Frida in ihrem Garten bei den Weiden am Bach. Eigentlich waren wir mit Max per Skype verabredet gewesen, aber in Fridas Zimmer knallte die Sonne rein und heizte es auf wie einen Backofen. Komplett im Dunkeln sitzen wollten wir auch nicht, deswegen wichen wir auf Handy und Bachufer aus.

»Wie lief es diese Woche, Frida?«, wollte Max wissen.

Ihre Grimasse konnte er nicht sehen, aber ihr lautes Schnaufen sicherlich hören. »Na ja, sagen wir es so: Wenn du Leute kennst, die diesen Sommer gern Reiturlaub an der Ostsee machen möchten – wir haben wieder Plätze frei.« Nach einer kleinen Pause erklärte sie: »Wir haben richtig, richtig Ärger. Jeden Tag stornieren Leute ihre Buchungen, und gestern war Mama bei meinen Reitstunden dabei und hat mit den Eltern diskutiert, während ich mit den Kindern in der Halle war. An Ausritte brauchen wir im Moment gar nicht zu denken, nicht mal auf den Platz wollen sie gehen. Nächste Woche müssen wir sogar Kurse zusammenlegen, weil wir die Gruppen nicht mehr vollkriegen.«

Auweia, so geballt klang das ja noch viel schlimmer als in den einzelnen Häppchen, die mir Frida die Woche über erzählt hatte. Linh strich ihr über den Arm.

»Und was sagen die Leute, wenn sie ihre Kinder nicht mehr reiten lassen wollen?«, kam Max' Stimme wieder aus dem Lautsprecher.

»Na ja, viele behaupten, sie wollen erst mal abwarten, wie es mit Olivia weitergeht. Das ist bestimmt vorgeschoben – was spielt das denn für eine Rolle, ob sie morgen aufwacht oder nächste Woche? Ich meine, außer für sie und ihre Familie … Es ist so und so schrecklich, dass das passiert ist, aber es war nicht Camparis oder

Theos Schuld. Bloß können wir eben nicht beweisen, dass es ein Hinterhalt war.« Frida seufzte.

»Im Gegenteil«, warf Linh ein. »Ich hab dir noch gar nicht erzählt, dass Fridas Familie nichts über den Motorradfahrer schreiben darf, Max, oder?«

»Wieso das denn?«

»Aus ermittlungstaktischen Gründen«, grollte Linh. »Die Aussagen der Mädchen, die bei dem Unfall dabei waren, haben sich anscheinend ganz schön widersprochen. Aber das ist ja kein Wunder, da wäre ich auch völlig von der Rolle gewesen.«

»Ja, und abgelenkt«, stimmte ich ihr zu. »Auf dem Hof ging es zu wie auf dem Jahrmarkt. Bei dem Chaos hätte ich mich nicht auf die Fragen von Polizisten konzentrieren können.«

Frida nickte. Sie sah so unglücklich aus, dass ich ihr ein Stück von dem Erdbeerkuchen hinschob, den Hilda uns nach draußen gebracht hatte. Ihr Mundwinkel kräuselte sich, als sie mich ansah. Wenigstens das.

»Für Olivia können wir nichts tun«, überlegte Max laut, »aber der Gedanke, der dahintersteckt, ist doch, dass eure Pferde unzuverlässig sind, oder?«

Frida hatte gerade den Mund voll Erdbeerkuchen, deswegen antwortete Linh: »Genau das behaupten diese Leute im Netz.«

»Also muss man beweisen, dass es nicht stimmt.«

Frida schluckte. »Das tun wir doch jeden Tag! Nicht erst seit dem Unfall. Ich mache mit jedem unserer Schulpferde Gelassenheitstraining, und Mama achtet immer darauf, dass sie fein auf die Hilfen reagieren und motiviert bleiben. Wenn jemand runterfällt, dann weil man beim Reiten erst das Gleichgewicht finden muss, aber nicht, weil ein Pferd durchgeht.«

»Frida«, unterbrach Max sie, »wir reden hier über das Internet. Da interessieren keinen die Fakten. Und die Arbeit im Kleinen bringt für euren Ruf nichts. Wir bräuchten eine spektakuläre Aktion. Damit könnten wir viele Leute erreichen!«

Linh, Frida und ich sahen uns skeptisch an.

»Aber eine einzelne Aktion beweist doch noch lange nicht, dass Pferde gut ausgebildet und nervenstark sind«, wandte ich ein.

»Hallo, Leute, hört ihr mir zu?« Max klang genervt. »Im Internet läuft es halt so. Diese Typen machen euch mit einer gezielten Attacke alles kaputt. Und zwar deswegen, weil sie jetzt sehr viel Aufmerksamkeit kriegen und keiner ihre Behauptungen hinterfragt. Wenn ihr das umdreht und euch für eure Ponys was überlegt, bei dem sie glänzen können, habt ihr die Leute wieder auf eurer Seite.«

»Tja«, sagte Frida, »so was gibt's schon. Es heißt Derby und darf dieses Jahr nicht stattfinden.«

Max schien es zu reichen. »Ich versuche nur zu helfen. Wenn ihr alles gleich niedermacht, was ich hier sage, kann ich meine Zeit gern auch anders nutzen.«

»Tut mir leid.« Frida klang zerknirscht. »Max, sorry. So war das nicht gemeint. Danke, dass du helfen willst. Es sieht nur alles gerade so düster aus. Ich mache mir echt Sorgen. Mama und Papa wollen sogar zwei Pferde verkaufen.«

»Was?« Der Aufschrei kam von Linh und mir.

Wieder nickte Frida. »Ich hab sie erst gestern drüber reden hören. Am Montag kommen schon die ersten Interessenten. Das ganze Jahr läuft miserabel. Papa meint, es müsste langsam mal wieder regnen, sonst sieht es mit der Heuernte schlecht aus. Und jetzt die ganzen Absagen für den Sommer …«

»Welche Pferde sollen denn verkauft werden?«, hakte ich nach.

Frida sah mich an. »Wanja und Flora.« Als ich mit den Schultern zuckte, erklärte sie: »Das sind zwei Dreijährige aus der Zucht.«

»Ja, aber dann ist es doch ganz normal, dass deine Eltern sie verkaufen. Ihr könnt doch nicht alle eure Jungpferde behalten.«

Sie schüttelte den Kopf. »Normalerweise geben wir unsere Mecklenburger erst mit vier her, wenn Theo oder Mama schon mit ihnen gearbeitet haben.«

Linh guckte ziemlich grimmig aus der Wäsche und zwirbelte eine Haarsträhne in ihrem Nacken. Sie schien nachzudenken. Jetzt sah sie auf. »Leute, es führt kein Weg dran vorbei – wir müssen diese Biker schnappen. Irgendwie müssen wir rausfinden, wer sie sind. So gut, wie das gerade für sie läuft, haben sie sicher Spaß und denken nicht daran, mit ihrem Mist aufzuhören.«

Frida schienen diese Aussichten ziemlich zu schockieren, aber ich war voll auf Linhs Seite. »Sehe ich auch so. Selbst wenn ihr den Weltrekord für die bravsten Ponys aufstellt, könnt ihr nie sicher sein, was denen als Nächstes einfällt.« Ich sah Frida an. »Das will ich nicht riskieren.«

Sie holte schon Luft, um zu antworten, aber Max mischte sich wieder ein: »Ich bleibe dabei. Ohne Gegenmaßnahmen kriegt ihr die Stimmung im Netz so schnell nicht in den Griff.«

»Okay, ich hab's kapiert. Abwarten hilft nichts.« Frida sah Linh und mich an. »Wenn ihr denkt, dass ihr was über diese Biker herausfindet, dann bleibt dran. Ich glaube nur nicht, dass ihr ohne eine neue Spur irgendwas erreicht. Mit den Onlineprofilen bist du doch nicht weitergekommen, oder, Linh?«

Linh schüttelte den Kopf. »Mit dem Video aus dem Naturschutzgebiet auch nicht. Aber wenn Jannis mithilft, finden wir bestimmt noch was.« Sie guckte mich auffordernd an und ich nickte.

Frida verzog nachdenklich den Mund. »Max, ich werde mir was überlegen. Vielleicht kann ich mit den Mädchen irgendeine Aktion für Olivia machen … mit den Ponys … hm.«

Zwischen den Zweigen der Weide raschelte es. Wir drehten uns zu dem Baum um, unter dem plötzlich Emma auftauchte. Sie hatte einen knallroten Kopf auf.

»Ähm, hallo, also … ich wollte nicht lauschen, aber … kann ich dabei sein, wenn du was für Olivia machst?« Sie schaute Frida bittend an.

Frida erholte sich schnell von ihrer Überraschung und lächelte. »Klar kannst du das. Ich bin froh, dass du Campari nicht die Schuld gibst.«

Emma war ganz empört. »Natürlich nicht! Er ist Olivias Lieblingspony, der hätte ihr nie was getan. Dieser blöde Motorradfahrer ist schuld!« Mit blitzenden Augen wandte sie sich an Linh. »Ich kenne mich voll gut mit Detektivarbeit aus. Wenn du Hilfe brauchst, sag Bescheid, ja?«

Linh presste kurz die Lippen zusammen, aber dann sagte sie: »Mach ich. Danke, Emma.«

Das ging jetzt echt ein bisschen weit. Ich stand auf und fasste Emma an der Schulter. »Hör mal, wir haben hier was zu bereden, und da geht's einfach nicht, dass du dich anschleichst und uns ausspionierst, nur weil du das aus deinen Krimis so kennst. Zisch ab.«

»Aber ich …«, fing Emma an und versuchte, sich in meinem Griff zu drehen.

»Jannis!«, ermahnten mich Frida und Linh gleichzeitig.

Schnaufend ließ ich Emma los. Sie warf mir einen finsteren Blick zu und sagte zu Frida: »Papa wollte, dass ich dir das hier bringe.«

Sie hielt Frida ein Buch hin, das mir noch gar nicht aufgefallen war. Irgendwas zur Physiologie des Pferdes.

Frida nahm es lächelnd an. »Danke. Und sag Florian auch Danke, ja?« Als Emma nickte, schob sie hinterher: »Wir geben dir Bescheid, wenn du uns helfen kannst, okay?«

Das kam bei Emma wohl endlich an, denn sie brachte ein schiefes Grinsen zustande und winkte in die Runde. Dann machte sie kehrt und stapfte über die Wiese davon, nicht ohne mir noch mal einen fiesen Blick zuzuwerfen.

Frida sah mich vorwurfsvoll an, als ich mich wieder ins Gras fallen ließ. »Das war echt keine Glanzleistung. Jannis, sie ist elf und ihre Freundin liegt im Koma.«

Ich zuckte mit den Schultern. »Das tut mir auch leid. Aber deswegen muss sie hier nicht rumschnüffeln wie so ein Miss-Marple-Verschnitt.«

Fridas Augenbrauen wanderten nach oben. »Sagt einer, der keine Hemmungen hatte, in die Wohnung seines Bereiters einzubrechen.«

Mein Stöhnen ging in Linhs und Max' Gelächter unter. Nach einem kurzen Blickduell mit Frida entschied ich, dass es keinen Sinn hatte, ihr zu erklären, wie sehr der Vergleich hinkte, und konzentrierte mich lieber auf den Erdbeerkuchen.

# Frida

Als ich in den Spiegel über dem Waschbecken guckte, stierte mir Medusa entgegen. Ich konnte gerade noch einen Aufschrei unterdrücken. Was hatte ich mit meinen Haaren gemacht? Die kriegte ich nie wieder gekämmt, so verworren, wie die aussahen.

Beim nächsten Brainstorming würde ich mir einen Zopf flechten, so viel war klar, dann kam ich wenigstens nicht in die Versuchung, mir die Haare zu raufen. Trotz der zwanzig Broschüren vom Arbeitsamt, drei sinnlosen Stunden im Internet und einer Tafel Schokolade war mir immer noch kein sinnvolles Projekt für den Berufsorientierungstag eingefallen. Dafür hatte ich jetzt Haare aus Filz. Und schlecht war mir auch.

Ich trocknete meine Hände ab und ging zurück zu meinem Zimmer, blieb aber an der Tür stehen. Wie spät war es jetzt? Viertel nach elf? Heute wurde das sowieso nichts mehr. Seufzend wandte ich mich zur Treppe, um mir aus der Küche eine Flasche Wasser zu holen. Morgen würde ich also wieder beim Gruppentreffen auftauchen und Dr. Quadflieg sagen müssen, dass ich noch keine Idee für ein Projekt hatte. Jette hatte schon gefragt, was mein Problem wäre und warum ich mir nicht einfach irgendeinen Beruf aussuchte, aber es fiel mir eben schwer, mir etwas vorzustellen, was nichts mit Pferden zu tun hatte.

Auf der Hälfte der Treppe blieb ich stehen.

»… gar keine Hilfe. Und so was nennt sich Bürgermeister«, hörte ich Mamas Stimme aus dem Wohnzimmer. Sie klang gereizt und müde. War sie wegen des Derbys noch mal im Rathaus gewesen? »Ich hatte wirklich gehofft, dass sich die Dinge normalisieren, jetzt, wo Olivia aufgewacht ist, aber Wolberg meinte, dass der Unfallhergang ohne ihre Aussage noch immer nicht zweifelsfrei geklärt wäre.«

Ich merkte, dass ich trotz meines Frusts zu lächeln anfing. Das war die beste Nachricht seit Wochen gewesen: Olivia war wach. Nicht so gut war, dass sie wohl noch eine längere Zeit im Krankenhaus vor sich hatte.

»Erinnert sie sich noch immer nicht daran, was passiert ist?«, fragte Papa.

Klar, man sollte nicht lauschen, aber wenn ich mich bemerkbar machte, gingen bestimmt die Fragen los, was ich so spät noch vorhatte, und dann gab es Ärger. Außerdem wollte ich das unbedingt hören.

»Es kann sein, dass das auch so bleibt, meint Caro.« Mama atmete scharf ein. »Wenn ich mir vorstelle, dass Frida …«

Etwas raschelte, und dann klang Papas Stimme irgendwie gedämpft, so als würde er in Mamas Haare reden. »Wir hatten Glück.«

Eine Weile sagten beide nichts. Mein schlechtes Gewissen meldete sich vehement, und ich wollte schon umdrehen und mich nach oben verziehen – zur Not half ja auch Leitungswasser gegen Durst –, als Mama noch mal zu reden anfing: »Heute kam immerhin eine Buchung für August rein. Vier Personen. Ich hoffe bloß, denen fällt nicht ein, im Internet zu recherchieren, sonst stornieren sie auch gleich wieder.«

Ich war überrascht, als Papa leise lachte. »Das ist der Preis für eine Tochter mit Rückgrat und Sinn für Gerechtigkeit. Andere Kinder hätten die Biker Biker sein lassen.«

Beinahe wäre ich die Treppe runtergefallen. Dachte Papa das? Dass ich schuld war an der ganzen Sache? Plötzlich sah ich Sternchen. Mit pochendem Herzen griff ich nach dem Geländer und wartete, bis ich mein Gleichgewicht wiedergefunden hatte. So leise ich konnte, schlich ich nach oben.

Mitten im Zimmer blieb ich stehen und fuhr mir durch die Haare, bis meine Finger in den verknoteten Strähnen hängen blieben. Ja, klar, Papa hatte schon recht. Wenn ich nicht auf schnellstem Weg zur Gemeindeverwaltung gerannt wäre, wäre nichts von alldem passiert.

Ich kickte den Stapel Arbeitsamtbroschüren unters Bett, dass die Seiten nur so flatterten. Was interessierte mich dieses bescheuerte Schulprojekt? Ich brauchte eine Idee, um den Schaden wiedergutzumachen, den ich angerichtet hatte.

»Guten Morgen!« Strahlend kam Linh auf uns zu und ließ sich in den Sitz neben mir fallen.

Das zweistimmig gebrummte »Morgen«, zu dem Jannis und ich uns durchrangen, brachte sie zum Lachen.

»Leute, echt, ihr müsst früher schlafen gehen. Ihr seht fertig aus. Dabei ist Freitag! Wochenende!«, fügte sie an, falls wir es noch nicht begriffen hatten.

»So gern ich deinen Freund mag, Linh, es ist kein Grund, mich auf einen Schultag zu freuen, nur weil Max kommt.«

Sie grinste mich an. »Dann freust du dich vielleicht gleich aus einem anderen Grund.«

Jannis neben mir rekelte sich. »Braucht ihr mich? Wenn nicht, würde ich bis zur Schule noch mal ’ne Runde pennen.«

Linh erlaubte es ihm huldvoll und der Kerl klappte doch tatsächlich die Augen zu. Mit offenem Mund starrte ich ihn an. Ließ der mich einfach allein Linhs gute Laune ausbaden.

Linh schnippte mit den Fingern vor meinem Gesicht herum. »Hallo! Hier spielt die Musik!« Als ich sie ansah, fragte sie fröhlich: »Hast du dir jetzt schon was für den Projekttag überlegt?«

Ich konnte fast spüren, wie sich Jannis' Mundwinkel hoben. »Linh, wieso glaubst du, dass diese Frage meine Stimmung bessert?«

Jannis' Grinsen brannte sich in meinen Rücken.

»Also nicht«, antwortete Linh ungerührt. »Aber, siehst du, ich hatte heute Morgen eine Idee.«

»Aha.«

»Willst du wissen, wie diese Idee lautet?«

Jannis kicherte leise. Blitzschnell drehte ich mich zu ihm um und zwickte ihn in die Seite. Er riss die Augen auf, lachte aber.

»Du sollst schlafen!«

Abwehrend hob er die Hände und drehte sich weg, aber natürlich grinste er noch immer.

Ich sammelte mich. »Linh, deine Ideen haben es an sich, dass du sie mir auch dann erzählst, wenn ich sie nicht hören will.«

»Mhm.« Linhs Blick glitt zwischen Jannis und mir hin und her, dann erinnerte sie sich wieder an unser Gespräch. »Also, pass auf. Du hast gerade zwei Baustellen. Du brauchst endlich ein Projekt für den Berufsorientierungstag, und du willst beweisen, dass eure Pferde zuverlässig sind, richtig?«

Ich nickte. Die eine oder andere zusätzliche Baustelle gab es zwar auch noch, aber ja, die beiden waren im Moment die größten.

»Also ist es sinnvoll, das eine mit dem anderen zu verbinden.«

»Ich soll auf dem Projekttag beweisen, dass unsere Pferde brav sind?«

»Genau.« Linh wirkte sehr überzeugt von der Sache.

»Und inwiefern ist das ein anerkanntes Berufsbild? Was soll ich denn mit den Ponys machen? Einen Gelassenheitsparcours?«

Linh verdrehte die Augen. »Soweit ich weiß, verdienen deine Eltern euren Lebensunterhalt mit Pferden.«

»Ich soll eine Reitstunde geben?«

Hinter mir setzte sich Jannis auf. »Ja. Ja, du kannst das, Frida. Du könntest mit deinen Ponys sogar Leuten Unterricht geben, die keine Ahnung haben.« Er klang euphorisch. »Nach Olivias Unfall, was du da mit den Mädels gemacht hast, das … das war großartig.«

Überrascht sah ich ihn an. Was war denn daran großartig gewesen? Ich hatte sie die Pferde über Stangen führen lassen, na und? Sie waren aufgeregt, da war das eben die bessere Lösung, als noch mal zu reiten. Aber wer würde das als sozialen Beruf sehen?

»Organisatorisch wird's vielleicht ein bisschen schwierig, denn drei Ponys wirst du schon brauchen«, schmiedete Linh Pläne. »Aber ein besseres Publikum kriegst du gar nicht. Die Oberbürgermeisterin wird da sein, Journalisten, du könntest sogar unseren Bürgermeister einladen, damit der sich beruhigt.«

Langsam schüttelte ich den Kopf. »Nein. Dr. Quadflieg wird mir das gar nicht erst erlauben. Für die meisten Leute ist Reiten nur Sport. Wie soll ich denen denn erklären, dass das was Soziales ist?«

»Aber –«, fingen Linh und Jannis gleichzeitig an, doch ich hob die Hand.

»Ich weiß was Besseres. Da brauche ich aber Hilfe.«

»Klar, wir sind dabei«, bekräftigte Jannis.

»Nicht eure. Ich brauche Basti. Wenn er mir hilft, dann beweise ich ihnen, dass unsere Ponys sogar super Therapiepferde sind.«

# Jannis

Linh wollte nach der Schule noch was mit ihrer Mutter erledigen und dann Max vom Bahnhof abholen, also verdonnerte Frida mich dazu, mit ihr zu Basti zu gehen. Wir waren eine ganze Weile unterwegs, und während die Häuser immer nobler wurden, erzählte mir Frida, dass Bastis Großmutter Stadträtin in Buddenwalde war.

»Frau Grevenhorst ist ziemlich cool, die kommt bestimmt, wenn Basti beim Projekttag mitmacht. Vielleicht kann die auch noch mal mit unserem Bürgermeister reden.« Frida seufzte leise.

Ich versuchte, nicht zu grinsen. Das Derby war ihr wirklich wichtig, denn unter normalen Umständen hätte ihr das Vorhaben Albträume bereitet: die vielen Leute, mit denen sie dafür reden und die sie um einen Gefallen bitten musste, die fremden Menschen, die ihr am Projekttag zusehen würden. Das war alles gar nicht nach ihrem Geschmack. Lieber hätte sie eine Schautafel gestaltet und sich dahinter versteckt.

Aber wahrscheinlich ging es ihr nicht allein ums Derby, dachte ich dann. Oder um das Wohl des Guts. Sie wollte es nicht auf ihren Ponys sitzen lassen, was im Netz über sie stand.

Wir waren mittlerweile in einem sehr ruhigen Vorort mit alten Villen und riesigen Bäumen gelandet. Ein paar Straßen weiter war Buddenwalde vermutlich auch schon zu Ende.

»Und hier hat Florian seine Praxis?« Irgendwie konnte ich das gar nicht glauben. So reiche Leute, wie hier leben mussten, hatten mit Tieren doch bestimmt nichts am Hut. Abgesehen von ihren Handtaschen-Chihuahuas und den Perserkatzen.

»Er und Annelie, ja. Sie führen die Praxis gemeinsam, auch wenn Florian meistens wegen der Großtiere unterwegs ist.«

»Und mit den Nachbarn gibt das keinen Ärger?«

Frida blieb stehen und schüttelte den Kopf. »Ich glaube nicht. Die Praxis gibt es schon ewig, die hat Annelies Vater eröffnet. Und die Tiere, die sie hier pflegen, haben hinter dem Haus genug Platz. Der Garten ist riesig.« Sie zeigte auf eine Fachwerkvilla mit vier Stockwerken und lauter Türmchen, Erkern und Giebeln. »Da sind wir.«

»Hier wohnen Emma und Basti?« Ich musste ziemlich große Augen machen, denn Frida grinste.

»Und Annelie und Florian und die Großeltern. Außerdem zwei Esel, vier Hunde, sieben Katzen, viele Meerschweinchen und ein Hängebauchschwein. Aber das ist der Stand vom Januar.« Weil ich immer noch glotzte, sagte sie ungeduldig: »Jetzt mach schon. Theo hat uns für nachher nach Hause beordert. Der braucht uns für irgendwas. Vorher will ich aber noch reiten.«

Ich horchte auf. »Was hat Theo denn vor?«

Während sie den mit großen Steinplatten gepflasterten Weg zur Haustür entlangmarschierte, zuckte sie mit den Schultern. »Keine Ahnung. Irgendein Projekt für die Uni oder so. Linh und Max sollen auch kommen.«

Ich lachte. »Da werden sich die beiden aber freuen, dass er ihnen was von ihrem Wochenende abknapst.«

»Mhm«, machte Frida gedankenverloren. Wir waren vor der Haustür angekommen. Sie holte tief Luft und klingelte.

Es dauerte ein paar Sekunden, dann polterte jemand eine Treppe herunter und riss die Tür auf. Uns wehte eine Wolke aus Zucker-, Butter- und Zitronenduft entgegen und Emmas Gesicht erschien. Sie guckte ziemlich überrascht.

»Oh, hi! Wollt ihr zu Papa? Der ist drüben … glaub ich jedenfalls.«

Frida schüttelte den Kopf. »Hallo, Emma. Nein, wir würden gern mit Basti sprechen. Geht das?«

Das überraschte Emma noch ein bisschen mehr, aber sie sagte: »Klar«, dann drehte sie den Kopf und brüllte die Treppe hinauf: »Basti! Frida ist da und will mit dir reden!«

Mir entging nicht, dass sie nichts von mir gesagt hatte. Aus dem bösen Blick, den sie mir zuwarf, als ich hinter Frida durch die Haustür trat, schlussfolgerte ich, dass sie immer noch sauer war wegen der Abfuhr neulich.

An der Treppe hielt Frida sie am Ärmel fest und fragte leise: »Wisst ihr was Neues von Olivia?«

Emmas Gesichtsausdruck wurde düster, als sie den Kopf schüttelte. »Nein, wir dürfen sie immer noch nicht besuchen.«

Frida seufzte und strich ihr über den Arm, aber Emma drehte sich schon weg. Vor uns rannte sie die Stufen hoch, vorbei an einem Treppenlift, den ich aus der Werbung kannte. Alte Leute brauchten so was ja manchmal, aber wahrscheinlich war der hier für Basti.

Oben streckte Annelie den Kopf aus einer Tür. Ich hatte sie schon ein paarmal bei den Benekes getroffen, aber mir fiel auch diesmal wieder auf, dass sie echt total hübsch war. »Die schöne Annelie« hätte viel besser gepasst als »der schöne Florian«, aber Pferdemädchen halt. Kaum verirrte sich mal ein Kerl in einen Stall, flippten sie aus.

Annelie fing an zu lächeln und kam uns entgegen. »Hallo, Frida, Jannis, das ist ja eine Überraschung. Ihr wollt zu Basti?«

»Bin schon da!«

Wir drehten uns zu einem Flur um, von dem mehrere Türen abgingen. Im Gegenlicht eines großen Fensters am Ende hangelte sich Basti schwankend an der Wand entlang. Ich versuchte, mir meine Überraschung nicht anmerken zu lassen – außerhalb eines Rollstuhls hatte ich Basti noch nie gesehen.

Frida anscheinend auch noch nicht. »Basti! Das ist ja mega! Seit wann geht das so gut mit dem Laufen?«

Er war bei uns angelangt und grinste über beide Ohren. »Genial, oder? Ich trainiere das seit Weihnachten und von meinem Zimmer in die Küche schaffe ich es immer besser.«

»Das ist super, Alter«, sagte ich ehrlich beeindruckt.

Emma klopfte ihrem Bruder auf die Schulter und grinste ebenfalls.

Annelie deutete hinter sich. »Wir haben gerade Muffins aus dem Ofen geholt. Wollt ihr mitessen?«

Das erklärte den Duft nach frischem Gebäck. Auch wenn Frida und ich, was Kuchen anging, ziemlich verwöhnt waren, wollten wir. Wer sagt schon Nein zu warmen Muffins?

In der großen hellen Küche saßen drei Mädchen in Emmas Alter, eine blond, zwei dunkelhaarig, um den runden Tisch in der Fensternische und guckten uns neugierig entgegen.

»Jule kennst du ja«, sagte Emma zu Frida, und Frida winkte dem Reitermädchen zu, »die anderen beiden sind Zofia und Zeynep. Das ist Frida. Und Jannis«, schob sie hinterher, was mir dreimal Stirnrunzeln einbrachte. Okay, Emma hatte gequatscht.

Ich nickte in die Runde und zwängte mich neben Frida auf die

Bank, Annelie und Basti nahmen die Stühle. Wir ließen uns Saft einschenken und griffen bei den Zitronenmuffins zu.

»Warum wir hier sind, Basti …«, fing Frida an, als wir alle schon beim zweiten Stück waren. »Wir, also, ich wollte dich fragen, ob du mir bei einem Projekt in der Schule helfen möchtest. Ich will vorführen, was der Vorteil von Hippotherapie ist, und, na ja, darin bist du ja wohl der Profi.«

Basti nickte geschäftsmäßig. »Das stimmt.«

Fridas Mundwinkel zuckten. »Eben. Und deswegen dachte ich, wir zeigen ein paar Übungen, die du auch mit Mama machst. Ich erkläre ein bisschen was Theoretisches, und wenn du willst, kannst du erzählen, warum dir die Übung hilft.«

Ich schüttelte leicht den Kopf. Das war doch jetzt wohl nicht ihr Ernst, das Reden auf Basti abzuwälzen! Sie fing meinen Blick auf, wirkte aber eher genervt als ertappt.

Trotzdem sagte sie: »Das musst du natürlich nicht. Ich brauche einfach jemanden, auf den ich mich verlassen kann.«

Basti lehnte sich zurück und legte seinen gekrümmten rechten Arm auf den Schoß. Er setzte ein Pokerface auf. »Unter einer Bedingung.«

Schau an. Frida war genauso verblüfft wie ich, das konnte ich sehen. Dass der Kerl anfangen würde zu handeln, damit hatten wir nicht gerechnet.

Aber in manchen Momenten packte Frida eine unerwartete Coolness aus. Sie stützte sich auf die Tischplatte und fragte: »Und die wäre?«

»Wir arbeiten mit dem Pferd, das ich bestimme. Ich will Iona reiten.«

Ich konnte gerade noch verhindern, laut loszulachen, und auch

Fridas Lippen spannten sich an. Die Mädels dagegen hatten kein Problem damit zu kichern.

Frida atmete langsam und hörbar aus. Dann streckte sie die Hand aus und hielt sie Basti hin. »Deal.«

Grinsend schlug er ein. »Deal.«

»Du machst das aber nicht allein, Frida, oder?«, mischte sich Annelie mit ihren Erwachsenenbedenken ein.

Frida sah sie an. »Na ja, die Vorführung schon. Aber ich muss Iona mit dem Hänger erst mal in die Schule kriegen und dafür brauche ich Mama oder Papa.«

»Also darf ich, Mama?« Basti sah sie bittend an.

Nach kurzem Zögern nickte sie. »In Ordnung. Vorher möchte ich aber mit Kristin telefonieren, okay? Außerdem müssen wir das mit deiner Klassenlehrerin klären.«

Frida und Basti nickten eifrig.

Annelie lachte. »Schön, dass ihr euch so einig seid.« Ihr Blick fiel auf die Uhr am Backofen. »Ich muss los, ich habe gleich noch Patienten.« Sie schaute zwischen Frida und mir hin und her. »Wenn ihr wollt, bleibt doch noch. Ich habe mit den Mädchen gerade gespielt, die können Ersatz gebrauchen.«

Emma guckte, als hätte sie in eine Zitrone statt einen Muffin gebissen, aber Frida fragte schon: »Was spielt ihr denn?«

Das war Emmas Thema, denn sie begann, uns lang und breit die Regeln zu erklären.

»Ein Detektivspiel also«, fasste ich zusammen. »Cool.«

Misstrauisch beäugte Emma mich, aber da ich anscheinend nicht den Eindruck erweckte, mich über sie lustig zu machen, nickte sie.

Frida sah mich an. Wir hatten beide vorgehabt, noch zu reiten, bevor wir uns mit Theo, Linh und Max trafen. Aber ein bisschen länger konnten wir schon bleiben. Es schadete bestimmt nichts, wenn ich mich mit Emma wieder gut stellte.

»Eine halbe Stunde haben wir«, sagte ich deswegen, und Frida lächelte.

Annelie winkte uns zu, und Emma ließ sich dazu herab, mich als Ersten eine Spielfigur auswählen zu lassen.

# Frida

Es wurde dann doch ganz schön spät, weil es so lustig war mit Basti und den Mädels und weil irgendwann Annelie und Florian aus der Praxis kamen und uns auch noch zum Abendessen einluden.

Damit wir es noch rechtzeitig nach Hause schafften, fuhr Florian uns schließlich zum Gut. Wir hatten uns kaum von ihm verabschiedet und waren durch den Torbogen gelaufen, als Linh mit ausgestrecktem Zeigefinger auf mich zukam. »Du bist schuld! Wieso hast du mich nicht gewarnt?«

»Hä?«, war alles, was ich von mir geben konnte, denn hinter ihr tauchte Theo auf und meinte: »Brauchst nicht gleich eure Freundschaft aufzukündigen, Linh, sie weiß noch gar nichts davon.«

Jetzt waren sie beide übergeschnappt. Fragend sah ich Max an, doch der war auch keine Hilfe.

»Wir machen eine Fledermauswanderung«, sagte er in einem Ton, als wäre das das Selbstverständlichste von der Welt.

Ich drehte mich zu Jannis um. »Hast du eine Ahnung, wovon die reden?«

Er zuckte mit den Schultern, verkniff sich aber eindeutig ein Grinsen.

»Ins Moor!«, präzisierte Linh verzweifelt. »Abends im Sommer! Die Mücken fressen uns auf!«

»Fledermäuse fressen Mücken, dir passiert also nichts«, versuchte Theo, die Wogen zu glätten.

Er kannte Linh schlecht. »Wer sagt mir, dass du Fledermäuse findest? Das Moor ist groß.«

Theo winkte ab. »Die deutschen Mücken sind harmlos.«

»Schon mal was von Klimawandel gehört? Die sind doch jetzt alle mit dem Malariaerreger infiziert!« Linh stand ihm mit in die Hüften gestemmten Armen gegenüber.

Doch Theo ließ nicht locker. »Ich spendier dir einen Gin Tonic.«

Das empörte Linh noch mehr. »Ich bin vierzehn!«

Theo verdrehte die Augen, als hätte er das vergessen. »Dann eben ein Bitter Lemon. Echt, ich weiß gar nicht, was du hast. Mit vierzehn denkt man doch an nichts anderes als Knutschen. Im Moor ist es dunkel. Das ist perfekt zum Knutschen.«

Max brummte zustimmend und streckte schon die Arme nach Linh aus, aber sie machte einen Schritt von ihm weg.

»Klar. Und dann sind wir abgelenkt und kommen vom Weg ab und in fünfhundert Jahren graben sie uns wieder aus. Und dann kommen wir ins Museum als ›Die knutschenden Moorleichen‹.« Sie machte seltsame schmatzende Geräusche und verhakte die Fingerspitzen ineinander.

Die Jungs warfen sich noch verstohlene Blicke zu, aber dann gab es kein Halten mehr, und sie lachten alle drei brüllend los. Ich bewies mich als gute Freundin und blieb ernst, aber nur so lange, bis Linhs Mundwinkel zu zucken begannen. Sie machte den Fehler und sah mich an und da war es vorbei mit der Zurückhaltung.

Linh musste sich vor Lachen gegen mich lehnen. Irgendwann richtete sie sich wieder auf, wischte sich die Tränen aus den Augen und sagte: »Ihr seid so blöd.«

Und als das völlig überraschend das Gelächter nicht verstummen ließ, verkündete sie: »Ich geh jetzt zu Kristin und besorg mir ein Mückenspray. Ihr könnt ja sehen, wo ihr bleibt.« Dann drehte sie sich noch mal um und zeigte auf Jannis und mich: »Und ihr solltet euch vielleicht was anderes anziehen. Sonst sehen eure Beine morgen aus wie Streuselkuchen.«

Nachdem ich mein Standard-Schuloutfit der letzten Tage – bestehend aus Top und Shorts – gegen ein Langarmshirt, Jeans und feste Schuhe getauscht und Jannis sich Klamotten von Theo geliehen hatte, fragte ich meinen unter die Expeditionsleiter gegangenen Bruder: »Was soll der Quatsch eigentlich?«

»Das ist kein Quatsch, Meckerküken, sondern eine wissenschaftliche Arbeit.«

Als ich schnaubte, schob er hinterher: »Also, der Anfang davon. Das Seminar heißt ›Tourismus und Ökologie im Einklang‹, und da dachte ich, ich überlege mir eine Tour durchs Moor. Liegt doch nahe. Meer macht jeder.«

Aus gutem Grund. Am Strand war die Gefahr, als Moorleiche zu enden, deutlich kleiner. Und Mücken gab es auch nicht so viele. Aber wenn Theo glaubte, es würde ihm zu einer guten Note verhelfen, das Leben seiner Schwester und ihrer Freunde aufs Spiel zu setzen, interessierten ihn solche Kleinigkeiten wenig.

Trotzdem hatte ich noch eine Frage. »Was fällt eigentlich für mich ab?«

Theo sah mich verständnislos an.

»Na, Max geht mit, weil er mit Linh knutschen will. Der da«, ich deutete mit dem Daumen auf Jannis, »macht sowieso jeden Unsinn mit, wenn er verrückt genug ist.« Es kam kein Protest, weswegen ich mich kurz fragte, warum ich ständig mit diesem Kerl abhing. »Aber was springt für mich raus?«

Theo tat empört. »Also echt, Frida, da bitte ich dich ein Mal um einen Gefallen. Das könntest du schon mal für mich tun. Deine Freunde sind immerhin auch dabei und jammern … kaum.«

»Genau. Meine Freunde. Was darauf hindeutet, dass deine Freunde auch keinen Bock hatten. Außerdem«, ich guckte ihn scharf an, »hab ich dir in der letzten Zeit so viele Gefallen getan, für die kannst du dich in einem Jahr nicht revanchieren.«

Theo sah ein, dass er so billig aus der Nummer nicht rauskam. »Also gut. Was willst du?« Jannis' und Max' Protestgejaule wiegelte er ab. »Nichts da, ihr habt schon Ja gesagt. Das Raffküken hat einfach besser verhandeln gelernt. Von mir«, schob er nicht ohne Stolz hinterher.

»Du könntest Iona am Projekttag in die Schule fahren und aufpassen, dass keiner sie mit Süßigkeiten füttert und so.«

Wahrscheinlich hatte Theo damit gerechnet, dass er meinen Stalldienst übernehmen sollte, denn er wirkte ziemlich verblüfft. »Iona? Was willst du denn mit der in der Schule?«

»Sie soll mir helfen, den Ruf der Ponys zu retten«, fing ich an, aber da kam Linh endlich mit ihrem Mückenspray um die Ecke, und ich verschob die Erklärung auf später.

Überraschenderweise war Theos Vortrag auf dem Weg zum Moor gar nicht so langweilig, obwohl wir anfangs nicht mal die allerwinzigste Fledermaus sahen.

Er erzählte, dass es das Hochstätter Moor noch nicht lange in der Größe gab wie jetzt. Vor dreißig Jahren war wohl ein Deich gebrochen und das zuvor trockengelegte Gebiet wieder voll Wasser gelaufen. Nach einigem Hin und Her hatte man beschlossen, den Deich nicht wieder zu schließen.

»Für die Bauern war das auf den ersten Blick blöd, weil viel Wirtschaftsfläche verloren ging«, erklärte Theo, »aber für die Umwelt war es super. Durch die Renaturierung, also die Zurücksetzung in den ursprünglichen Zustand, haben sich Arten angesiedelt, die es in der Gegend so gut wie nicht mehr gab. Und zwar nicht nur Fledermäuse, sondern auch Orchideen, viele Vogelarten und sogar Biber.«

»Und den Bauern haben sie Entschädigungen gezahlt, oder wie?«, wollte Jannis wissen.

»Das war gar nicht nötig«, antwortete Theo. »So große Verluste haben die nämlich nicht gemacht. Ihr beide«, er deutete auf Jannis und mich, »müsstet das eigentlich wissen, ihr seid hier im Moor doch ständig unterwegs.«

»Ständig« war vielleicht übertrieben, aber es stimmte schon, wenn wir nicht Richtung Strand ritten, waren wir gerade im Winter oft hier ausgeritten.

»Und dabei habt ihr ja wahrscheinlich gesehen, dass auf den Wiesen immer noch Kühe und Schafe weiden, oder? Nur bei Sturmflut oder an ein paar Stellen, die immer überschwemmt sind, geht das nicht.«

»Aber wenn die Weiden mit Salzwasser überschwemmt werden, macht das das Gras nicht kaputt?« Max wirkte skeptisch.

Linh nickte. »Ja. Bei uns in der Einfahrt ist das im Winter passiert, als alles so vereist war und Papa Salz gestreut hat. Er hat nicht aufgepasst, wo er das Zeug hinwirft, und jetzt sind zwei kleine Bäumchen eingegangen.«

Theo grinste und warf mir einen anerkennenden Blick zu. »Deine Freunde sind gar nicht doof.«

Er meinte es ja nett, deswegen verdrehte ich nur die Augen und ließ ihn weiterreden.

»Auf den Salzwiesen ist das egal, da wachsen dann eben andere Pflanzen. Die fressen die Kühe auch.«

Wir waren nach einem kleinen Schlenker von Osten her aufs Moor zugegangen. Schwarze Baumgerippe ragten in den Himmel und wurden von der untergehenden Sonne beleuchtet. Sie spiegelten sich im roten Wasser. Es wirkte düster und trostlos und plötzlich fröstelte ich. Mir kam es vor, als würden wir ein bisschen enger zusammenrücken. Theo blieb stehen und deutete auf die Überreste des Waldes vor uns.

»Wir sind hier auf dem alten Bahndamm Richtung Kroslitz. Das war mal ein ganz normaler Wald, aber seit er überflutet ist, sind manche Baumarten abgestorben. Die modern jetzt vor sich hin. Dieser Teil des Moores heißt Totholz, aber eigentlich ist das Quatsch, weil statt der Eichen neue Bäume wachsen. Erlen und Birken zum Beispiel.«

Wir fuhren alle zusammen, als es rechts von uns platschte und dann rhythmisch rauschte. Ein Schwan schlug mit den Flügeln und erhob sich in die Luft, bis er über den Baumwipfeln verschwand.

Theo räusperte sich. »Zusätzlich zur landwirtschaftlichen Nutzung soll das Moor natürlich auch Touristen anlocken. Die Gemeinde versucht seit ein paar Jahren, es besser in ihr Tourismusangebot einzubinden, aber so nah am Strand hat es ein Moor eben schwer. Vor zwei Jahren haben sie immerhin das Wanderwegenetz um die Teufelssteine erweitert und neue Wegweiser angebracht.«

Er deutete auf ein kleines gelbes Plastikschildchen, das an einem Baumstamm hing.

Wir bogen rechts ab, und nach ein paar Metern wurde der Pfad so schmal, dass wir hintereinandergehen mussten. Theos Erläuterungen beschränkten sich jetzt auf ein paar Hinweise auf eine seltene Pflanze hier oder einen besonderen Vogel da, ansonsten mussten wir trotz unserer Handytaschenlampen zusehen, dass wir nicht in einen Tümpel tappten.

Und dann schlugen die Mücken doch noch zu und fielen auf dem breiteren, sandigen Weg, den wir erreicht hatten, in Schwärmen über uns her. Linh nebelte uns so mit ihrem Spray ein, dass mir ganz schwummrig wurde und ich nicht mehr sicher war, ob ich lückenlos alles mitbekam, was Theo zum eigentlichen Thema unseres Ausflugs zu sagen hatte.

»… den Großen Abendsegler sollten wir auf jeden Fall sehen, vielleicht auch eine Große Bartfledermaus. Teichfledermäuse gibt's hier … vor ein paar Jahren entdeckt, das war eine Sensation damals. Mit viel Glück kommt sogar ein Kleinabendsegler …«

Wie man all diese Arten im Dämmerlicht auseinanderhalten sollte, war mir nicht ganz klar. Eine hatte wohl sehr große Füße und einen weißen Bauch, da leuchtete mir immerhin ein, dass man die auch in der Dunkelheit erkennen konnte.

Irgendwann verließen wir das Totholz und kamen zu einer baumlosen Kuppe, von der aus wir einen weiten Blick nach Westen und Norden hatten. Ein gutes Stück entfernt schimmerte das letzte Tageslicht auf den Wellen der Ostsee, aber rechts von uns war es schon stockdunkel.

Jetzt kannte ich mich wieder aus. Auf der höchsten Erhebung standen fünf große Steine aufrecht in einem Kreis. Hier an den

Teufelssteinen kamen wir oft vorbei, wenn wir durch das Moor ausritten, weil fast alle Wege daran entlangführten.

Der Wind frischte auf, und entweder wehte er die Mücken fort, oder Linhs Spray hatte geholfen, jedenfalls hatten wir plötzlich Ruhe vor den Viechern. Aus dem Augenwinkel bekam ich mit, dass Max Linh anlächelte und sie einen Schritt auf ihn zu machte. Nach und nach schalteten wir unsere Taschenlampen aus.

Und dann war es Nacht. Die Sonne war komplett hinter dem Horizont verschwunden und über uns funkelten tausend Sterne. Es war so still. Außer dem Wind, der durch das Gras fuhr, war nur unser Atem zu hören. Neben mir blitzte Theos Grinsen im Sternenlicht auf und ich schob meinen Arm unter seinen und lächelte ihn an. Und dann hakte ich auch Jannis unter und zog ihn zu uns, und mitten im Moor kam ich mir plötzlich sehr zu Hause vor, warm und kuschlig und aufgehoben.

Wie seltsam das Leben doch war. Wenn Jannis' Vater seine Mutter nicht betrogen hätte, wäre Eva nie mit Jannis zu uns an die Küste gezogen. Ich hätte nie meinen besten Freund getroffen und Linh hätte Max nicht kennengelernt und dann hätten wir nicht hier mit Theo gestanden und in die Sterne geguckt. Es waren so viele schlimme Dinge passiert, seit Jannis' Eltern sich getrennt hatten, aber trotz allem war ich für diesen Moment dankbar. Ich lehnte meinen Kopf an Theos Schulter und musste lächeln, als er meinen Arm drückte und mir einen Kuss auf den Scheitel gab – Theo! Und ganz ohne doofen Spruch! –, dann sah ich Jannis an. So nah neben ihm merkte ich erst, wie viel er in den letzten Wochen gewachsen war. Wieso war mir das nicht aufgefallen? Er war fast einen halben Kopf größer als ich, und als er mir das Gesicht zuwandte, glänzte irgendwas in seinen Augen. Was war nur –

Neben uns raschelte es, ich hörte einen dumpfen Schlag und ein Ächzen und dann kam von Linh ein deftiges »Scheiße!«. Wir drehten uns alle drei zu ihr um, und immerhin Theo hatte die Geistesgegenwart, seine Taschenlampe einzuschalten.

Max beugte sich über Linh, die auf dem Boden lag und sich gerade aufrappelte. Er griff nach ihrem Arm. »Alles okay?«

»Klar, mir ist nichts passiert. Bin nur irgendwo mit dem Fuß hängen geblieben.«

»Kannst du auftreten?« Mit fünf Schritten war ich auf ihrer anderen Seite.

Sie verlagerte ihr Gewicht auf das rechte Bein. Nach ein paar Sekunden nickte sie. »Ich glaube, es ist alles in Ordnung. Hat sich nur im ersten Moment komisch angefühlt. Das war ein richtiges Loch.«

»Vielleicht ein Kaninchenbau.« Max legte sich Linhs Arm um den Hals.

Mittlerweile brannten vier Taschenlampen. Theo und Jannis beleuchteten den Boden rund um Linhs Füße. Wenn da Kaninchen am Werk gewesen waren, hatten sie ganze Arbeit geleistet. Schmale, tiefe Furchen zogen sich wie ein Spinnennetz durch die harte Erde rund um die Steine. Nur weil wir anderen auf dem Weg geblieben waren, war keiner von uns hineingestolpert.

»Frida.«

Ich sah zu Jannis, der auf dem Boden kniete, und ließ Linh bei Max.

»Was ist?«, fragte ich, während ich neben ihm in die Hocke ging.

»Guck dir das an.« Jannis hielt sein Handy so, dass der Lichtstrahl genau in die Furche fiel.

Vorsichtig beugte ich mich vor. »Das sind Profilabdrücke von

Reifen.« Ich blickte auf. »Von Motorradreifen? Denkst du, das waren schon wieder diese Endurofahrer?«

Jannis zuckte mit den Schultern. »Die Spuren sind so tief, ich glaube, Mountainbiker waren das nicht. Und so wie es hier aussieht, müssen das eine ganze Menge Motorräder gewesen sein.« Er machte eine kleine Pause. »Ja, wahrscheinlich waren es dieselben Typen.«

Ich atmete tief ein, aber bevor ich antworten konnte, stellte sich Theo neben uns. »Da drüben ist eine Feuerstelle. So viel Verstand haben die Typen noch, dass sie sie mit Steinen begrenzt haben. Das ist echt eine Sauerei, erst treiben sie sich bei den Koniks rum, jetzt hier im Moor. Und trotzdem interessiert es niemanden.« Er klang richtig sauer.

Bevor Jannis oder ich etwas antworten konnten, kamen Linh und Max auf uns zu.

»Alles okay mit dir?«, fragte Theo und strich Linh über den Arm. Ich kannte ihn gut genug, um zu kapieren, dass er längst nicht so ruhig war, wie er tat.

Sie lächelte ihn an und nickte. »Ich kann normal auftreten. Noch mal Glück gehabt, würde ich sagen.«

Theo erinnerte sich anscheinend wieder an seine Aufsichtspflicht, denn er scheuchte uns auf den breiten Wanderweg Richtung Wegkreuz. »Lasst die Taschenlampen an, okay? Nicht dass mir noch einer von euch in ein Loch fällt.«

Linh schnaubte und ich schüttelte den Kopf. Mein Bruder hatte echt ein Talent, Kredit zu verspielen.

Fledermäuse sahen wir doch noch. Theo führte uns zu einem kleinen Tümpel, an dessen Ufer drei Baumstämme als Bänke aufgestellt worden waren. Die Bäume standen hier in einiger Entfernung und waren nicht so hoch, sodass wir auch ohne unsere Taschenlampen etwas erkennen konnten.

Wir teilten uns die Schokolade, die Theo mitgebracht hatte, aber irgendwann wurden wir still. Und dann waren sie da, pfeilschnell im Mondlicht, Dutzende von ihnen. Sie jagten über die Wasseroberfläche, und auch wenn ich keine Ahnung hatte, ob es nun Große oder Kleine Abendsegler waren, kam ich mir vor wie im Ballett. In Kreisen, Spiralen und Sturzflügen führten sie ihre Manöver aus, manche überraschend groß, andere winzig wie Libellen.

Nach einer Weile sah Theo in die Runde und nickte uns zu. Langsam standen wir auf und wandten uns zum Gehen. Es war eine fast andächtige Stimmung, während wir im Gänsemarsch den Schildern zurück zum Hauptweg folgten.

Die Jungs konnten das anscheinend schlecht aushalten, denn Max sagte irgendwann: »Wusstet ihr, dass in Brasilien Rinder von Fledermäusen angefallen werden?«

Linh schnaufte genervt. »Na, dann sei froh, dass wir nicht in Brasilien sind.«

Es musste an der Uhrzeit liegen, denn Jannis hatte echt den Nerv zu sagen: »Du kannst natürlich auch froh sein, dass du kein Rind bist.«

Das darauffolgende Gerangel zwischen ihm und Max betrachteten Linh und ich kopfschüttelnd.

Theo grinste sich eins, kramte in seinem Rucksack und hielt uns zwei Riegel hin. »Schokolade?«

Linh rümpfte die Nase. »Vielleicht, wenn du Popcorn gehabt hättest.«

Einen Moment lang sah sie sich das Schauspiel noch an, dann drehte sie sich um und überließ die Jungs ihrem Schicksal.

# Jannis

Am Samstagmorgen machte es keinen großen Spaß, für die drei Einzelstunden aufzustehen, die ich zu geben hatte. Max, der Verräter, hatte sich tatsächlich noch mal auf seiner Matratze umgedreht und war erst aufgetaucht, als ich um halb elf mit Mama am Frühstückstisch saß.

Gegen eins fanden wir die Mädchen an unserem neuen Stammplatz am Bach unter der Weide. Ich hatte den Eindruck, dass bei ihnen der Vormittag nicht viel anders abgelaufen war. Frida hatte sich auf einer Picknickdecke ausgestreckt und den Arm über die Augen gelegt, Linh saß daneben und las ein Buch.

Mit einem Strahlen im Gesicht ließ sich Max neben ihr ins trockene Gras fallen und sagte: »Na, du?«

Linh antwortete lächelnd: »Na, du?«, und dann war es definitiv Zeit wegzugucken.

Ich ging ein paar Schritte weiter zum Ufer und hockte mich dorthin.

Nach ein paar Minuten voll unterdrücktem Kichern, Flüstern und Kussgeräuschen stöhnte Frida, setzte sich auf und sagte: »Boah, Leute! Muss das hier sein?«

Linh lachte, und Max fragte unschuldig: »Wieso? Bietest du uns dein Zimmer an?«

Frida lehnte sich vor und schlug nach ihm, aber sie musste sich ein Grinsen verkneifen. Sie sah sich nach mir um. »Hilf mir mal.«

Ich hob die Hände. »Da bin ich raus.«

Sie schüttelte den Kopf, dann meinte sie: »Vielleicht schaffst du es wenigstens, mich in die Küche zu begleiten. Ich glaube, es ist noch was von dem Kirschgugelhupf da.«

Das klang schon anders. Innerhalb einer Sekunde war ich auf den Beinen. Im Gehen drehte ich mich zu Frida um und breitete die Arme aus. »Na los, worauf wartest du?«

Wir packten Saft, Wasser, den Kuchen und einen Cappuccino für Linh auf ein Tablett. Während ich Gläser zusammensuchte, merkte ich, dass Frida aus dem Fenster guckte und immer breiter grinste.

Auf Zehenspitzen versuchte ich, hinaus in den Hof zu linsen. »Was ist?«

»Emma und Jule sind auf geheimer Mission.«

Ich ließ die Gläser Gläser sein und stellte mich neben sie. Im nächsten Moment packte sie meinen Arm und zog mich zurück. »Vorsicht, sonst entdecken sie uns.«

Langsam lehnten wir uns wieder nach vorn. Frida deutete zum Torbogen, wo Max und ich unsere Räder abgestellt hatten. Ihre andere Hand lag noch immer um meinen Arm.

Jetzt sah ich die beiden auch. Sie tuschelten miteinander und Emma zeigte immer wieder Richtung Garten.

»Was haben die denn vor?«

Frida zuckte mit den Schultern. »Keine Ahnung. Aber wenn ich raten müsste, würde ich sagen, sie haben vor, uns auszuspionieren.«

Ich sah sie an. »Da hast du's. Deswegen hättest du mich neulich mit der kleinen Schnüfflerin lieber mal machen lassen sollen.«

Sie lachte leise. »Ich glaube, ich weiß was Besseres.«

Als wir unseren Proviant auf der Picknickdecke ausgebreitet und Linh und Max gewaltsam getrennt hatten, raunte Frida ihnen zu: »Wir haben wieder Publikum. Spielt mit, okay?«

Max guckte sie erst verständnislos an, aber als sich Linh albern kichernd zu ihm lehnte und ihm etwas ins Ohr flüsterte, schien es auch ihm zu dämmern.

»Du glaubst also, dass die Biker ihr Hauptquartier bei den Teufelssteinen haben?«, fragte ihn Frida lauter als nötig.

Ich versuchte, nicht allzu verblüfft auszusehen, aber Max reagierte souverän. »Muss so sein. Überleg doch mal, was wir gestern alles dort gefunden haben: die vielen Reifenspuren, das Lagerfeuer. Und dann die Abgeschiedenheit. Dahin verirrt sich doch abends niemand. Wenn ich einer von denen wäre, könnte ich mir keinen besseren Treffpunkt vorstellen.«

»Genau«, pflichtete ihm Linh mit einem Unterton bei, der hart an der Grenze zum Sarkasmus war. »Da würde bestimmt niemand vorbeikommen und sie belauschen, wie sie ihre nächsten Schandtaten aushecken.«

Frida warf ihr einen scharfen Blick zu und sagte schnell: »Auf keinen Fall. Es traut sich ja nachts auch keiner ins Moor. Und erst recht nicht zu den Teufelssteinen.«

»Wieso? Soll's da spuken?«, steuerte ich bei, aber dafür erntete ich nur ein mitleidiges Lächeln.

»Teufel, hallo? Kann schon sein, dass es im Totholz spukt, immerhin ist ja angeblich damals bei der Sturmflut ein alter Mann ertrunken.« Frida senkte ihre Stimme bedeutungsvoll. »Aber es heißt, auf der Kuppe bei den Steinen geht in Vollmondnächten der Teufel um.«

Bildete ich es mir ein oder raschelte auf einmal der Wind in den Weidenblättern? Eine plötzliche Bö schob eine Wolke vor die Sonne und ich fröstelte.

»Super«, meinte Max trocken. »Dann haben die Biker die Stelle ja an den anderen siebenundzwanzig Tagen für sich.«

»Man müsste schon verrückt sein, denen da nachts aufzulauern«, plapperte Linh vor sich hin, während sie sich ein Glas Wasser einschenkte. »Man hat von dort so einen guten Blick, da sieht man jede Taschenlampe, die näher kommt. Und ohne Licht …« Sie machte eine bedeutungsschwere Pause. »… ohne Licht endet man als Moorleiche.«

Max erstickte ein Lachen, indem er Linh an sich zog und sie küsste.

Frida seufzte schwer und verdrehte die Augen. »Jedenfalls beweist das, dass diese Typen völlig bescheuert sind. Wer geht schon freiwillig ins Moor?«

Aus dem Augenwinkel sah ich zwei schmale Gestalten um die Hausecke davonhuschen. »Das war's. Unser Publikum hat sich verabschiedet. Ihr könnt mit dem Schwachsinn aufhören.«

Max trennte sich nur langsam von Linhs Lippen, warf mir dann aber einen herablassenden Blick zu. »Schwachsinn?«

Frida und ich guckten uns an, aber mein Grinsen verwandelte sich in ein Stirnrunzeln, als ich erkannte, wer da über den Rasen auf uns zukam. »Was will der denn hier?«

Frida guckte sich um und sah auch nicht gerade fröhlich aus. Das wiederum stimmte mich ziemlich zufrieden.

Mit ein paar Schritten war er bei uns. »Hallo«, grüßte er in die Runde. Dann deutete er mit den Daumen über seine Schulter. »Mir sind gerade zwei völlig aufgekratzte Mädels entgegengekommen. Was war denn mit denen los?«

»Wir haben ihnen nur eine Gruselgeschichte erzählt. Über die Teufelssteine und die Umtriebe dort.« Frida grinste. »Wir haben gestern nämlich ein paar interessante …« Sie brach ab und wurde ernst. »Egal. Was machst du denn hier?«

»Äh …« Nils sah einen Moment so aus, als hätte er das vergessen. »Marit hat neulich ihren Rucksack hier liegen lassen und da ist ihr Wespengiftallergieset drin. Das wollte ich holen.«

Frida nickte und stand auf. »Stimmt. Wir wussten nicht, wem der Rucksack gehört. Komm mit, er liegt im Büro.«

Uns winkte er nur schnell zu, aber kaum waren Frida und er außer Hörweite, fing der Typ an, auf sie einzuquatschen. Obwohl die Wolke weiterzog und die Sonne wieder vom Himmel brannte, blieb das seltsame Gefühl von vorhin. Irgendwas an dem Kerl gefiel mir gar nicht.

# Frida

Dr. Quadflieg kratzte sich an der Stirn. »Also, Frida, ich weiß nicht … Das ist sicherlich ein exotisches Projekt, sehr interessant, aber gibt es da nicht unglaublich viel zu bedenken? Versicherungstechnisch zum Beispiel? Was ist, wenn jemand eine Tierhaarallergie hat? Und brauchst du vielleicht eine Genehmigung des Gesundheitsamts?«

Ich blinzelte ihn an. Der stellte vielleicht Fragen, darauf wäre ich nie gekommen. Was glaubte er denn, was für Seuchen bei uns auf dem Gut grassierten?

»Meine Mutter sieht da keine Schwierigkeiten. Sie würde auch alles Rechtliche mit Frau Stowasser klären.« Anscheinend beruhigte ihn nicht einmal die Zusage, dass nicht er, sondern unsere Schulleiterin den Papierkram am Hals haben würde. Ich musste wohl ein bisschen deutlicher werden. »Es geht doch genau darum, dass sich unser Pferd von den vielen Menschen nicht verunsichern lässt. Bei unserem ersten Treffen haben Sie betont, dass Ihnen naturnahe Projekte besonders gefallen würden. Und näher an der Natur als auf dem Pferd geht ja eigentlich gar nicht.«

Ich hatte es genau gesehen, seine Mundwinkel hatten gezuckt. Da war ich auf der richtigen Spur.

»Wirklich, Iona ist sehr, sehr brav. Die wird nicht gefährlich. Sie wird ja für solche Situationen trainiert.« Immer noch kein Einlenken, das skeptische Stirnrunzeln blieb. »Denken Sie doch an große Turniere. Da passiert auch nichts, obwohl es laut ist und die Leute jubeln und applaudieren und die Pferde noch nicht mal so eine Ausbildung haben.«

Ich konnte kaum fassen, dass ich den Turniersport als positives Beispiel anführte. In diesem Moment war ich extrem dankbar, dass Jannis in einer anderen Gruppe war. Den Satz hätte ich mir ewig anhören dürfen.

Aber natürlich schien ausgerechnet dieses Argument für Dr. Quadflieg nachvollziehbar. Ich musste mich sehr zusammenreißen, um nicht laut zu seufzen.

»Na ja, das stimmt schon. Hm, hm. Also gut. Wenn aus Frau Stowassers Sicht nichts dagegenspricht, kannst du das Projekt angehen. Wie gestaltet sich so eine Therapiestunde normalerweise?«

»Na ja, die Therapeutin geht neben dem Pferd her und hilft dem Reiter, ausbalanciert sitzen zu bleiben. Je nach –«

»Und das Pferd läuft von allein?«, unterbrach er mich.

»Das kommt darauf an. Meistens gibt es noch jemanden, der das Pferd an der Longe führt. Also an einer langen Leine.«

Dr. Quadfliegs Augen wurden schmal. Ihm kam irgendein Gedanke, den ich nicht ganz deuten konnte, jedenfalls wirkte er plötzlich ziemlich selbstzufrieden. »Aha. Das heißt, du kannst das allein gar nicht bewerkstelligen?«

Vorsicht, das ging in die falsche Richtung. »Doch, in unserem Fall ist das ja so, dass –«

»Nein, nein, ich sehe schon, du brauchst Unterstützung.« Er ließ den Blick durch den Raum schweifen, wo mittlerweile fast alle Gruppenmitglieder an ihren Plätzen saßen und sich nicht gerade leise unterhielten. »Nils, komm mal her!«, donnerte er schließlich in einer Lautstärke, die seine sonstige Sanftmut Lügen strafte.

Jette und ein paar andere Leute sahen hoch, als Nils mit fragendem Gesichtsausdruck auf uns zusteuerte.

Ich ahnte Schreckliches. Das konnte nicht sein Ernst sein.

»Nils«, begann Dr. Quadflieg. »Du hast noch immer kein sinnvolles Projekt eingereicht. Hast du heute eines dabei?«

Nils schüttelte den Kopf und suchte meinen Blick, aber ich konzentrierte mich mit aller Kraft darauf, mich in ein Paralleluniversum zu beamen. Ein Portschlüssel oder Flohpulver hätten es auch getan.

Dafür, dass er ein Psychologe war, bekam Dr. Quadflieg herzlich wenig von meiner Verfassung mit. Er fing nämlich an zu strahlen und verkündete enthusiastisch: »Wunderbar. Du, Nils, hilfst Frida bei ihrem Projekt und musst dir nicht weiter Unsinn aus den Fingern saugen. Du, Frida, kannst mit Nils' Hilfe diese Reittherapie vorführen. Das ist doch eine tolle Lösung für euch beide.«

Wieso das eine Lösung sein sollte, wo ich vorher noch nicht mal ein Problem gehabt hatte, wusste ich nicht. Vorsichtig sah ich Nils an und hoffte, dass er ablehnen würde.

Aber zu meinem Entsetzen nickte er vorsichtig. »Reittherapie also? Okay. Was muss ich dafür tun?«

Dr. Quadflieg hatte Mühe, vor Begeisterung nicht in die Hände zu klatschen.

»Großartig. Das besprecht ihr am besten nach der Stunde.« Gönnerhaft sah er mich an. »Es freut mich für dich, Frida, dass wir das nun doch ermöglichen konnten. Ich möchte euch ungern entmutigen, wenn ihr so für eine Sache brennt. Und jetzt ab auf eure Plätze!«

»Frida!«

Alle um uns herum sahen auf, als Nils mir hinterherbrüllte, aber ich stellte mich taub und ging gerade so schnell davon, dass es nicht wirkte, als würde ich rennen.

»Frida! Warte doch mal.« Nils hatte keine solchen Hemmungen, legte einen Sprint hin und stellte sich mir in den Weg. »Bitte.«

Ich blieb stehen und schnaufte genervt.

»Ich weiß, dass wir keinen guten Start hatten, aber aus der Nummer kommen wir doch nicht mehr raus.«

Wahrscheinlich hatte er da recht. Trotzdem protestierte ich: »Geh doch einfach zu Quadflieg und sag ihm, dass du Pferde nicht leiden kannst!«

»Ich weiß aber gar nicht, ob das noch stimmt.«

Damit erwischte er mich kalt. »Soll das heißen, du hast Lust auf das Projekt?«, hakte ich ungläubig nach.

Er senkte den Kopf, sah mich treuherzig an und nickte schüchtern.

Der wollte mich ja wohl auf den Arm nehmen! Wütend drängte ich mich an ihm vorbei und ging weiter. Blöder Schnösel. Mit so einem Schwachsinn wollte der mich einwickeln? Der hatte sie ja wohl nicht mehr alle! Wie ich so was hasste!

»Frida! Entschuldigung! Frida, he, bitte …«

Da kam der noch mal an. Es war doch echt unglaublich!

»Ich habe keine Ahnung, was du von mir willst, aber *ich* brauche jemanden, der sich ernsthaft mit Pferden beschäftigt, damit ich dieses Projekt machen kann. Also geh mir aus dem Weg und lass mich nachdenken, wer da infrage kommt. Du jedenfalls nicht.«

Im ersten Moment wirkte er verblüfft, aber leider nicht so sehr, dass ich mich an ihm vorbeischieben konnte. Der strapazierte meine Geduld wirklich.

»Frida, bitte –«

»Wenn du noch ein Mal Frida sagst, dreh ich durch! Ich weiß, wie ich heiße!«

Jetzt stand ihm doch der Mund offen. Und dann fing er zu lachen an, so laut, dass ich mich umsah, ob uns jemand beobachtete. Wenigstens waren alle anderen aus der Gruppe schon die Treppe hoch, nur wir standen weiter hier im Keller rum.

Immer noch grinsend sagte er: »Du hast recht. Bitte entschuldige. Ich werde mich ab sofort benehmen, okay? Aber lass uns das besprechen.«

Auf keinen Fall. Nein. Den ließ ich nicht in Ionas Nähe. Andererseits … wen dann? Dr. Quadflieg teilte mich bestimmt in eine neue Gruppe ein, wenn ich mich weigerte, mit Nils zu arbeiten, und dann war mein ganzer Wir-retten-den-Ruf-der-Ponys-Plan dahin.

»Bitte«, sagte Nils noch einmal, als würde er genau merken, dass ich schwankte.

Ahhh! Wieso ließ ich mich immer so leicht bequatschen?

Seufzend nickte ich. »Meinetwegen.«

»Basti, das ist Nils. Nils, Basti.«

Die beiden schüttelten sich ernst die Hand. Ich musste fast lachen.

Wir saßen bei uns im Garten unter der Kastanie. Ich hatte Iona mitgebracht. Sie rupfte ein paar Meter von uns entfernt die letzten grünen Grashalme ab, die im Schatten der Baumkrone die Hitze der vergangenen Wochen überlebt hatten, und holte sich zwischendurch immer wieder ein paar Streicheleinheiten von Basti.

»Ich hab dir ja schon erzählt, Basti, dass Nils uns bei meinem Schulprojekt helfen wird. Er wird Iona führen, und wir zwei erklären den Leuten, worauf es bei der Hippotherapie ankommt, einverstanden?«

Basti sah Nils skeptisch an. »Kannst du das denn?«

»Ein Pferd führen?« Nils schüttelte den Kopf. »Keinen blassen Schimmer.«

»Na, da kommt ja noch ein Stück Arbeit auf uns zu.«

Nils hob die Augenbrauen, doch dann nickte er zustimmend. Mein breites Grinsen bemerkte er natürlich, aber so war das ja auch gedacht.

Wir gingen es locker an. Zuerst zeigte ich Nils, worauf es beim Führen ankam, aber eigentlich musste ich dazu gar nicht mehr viel sagen. Er hatte während Marits Reitstunden mehr aufgeschnappt, als ich gedacht hätte. Wenn er einen Fehler machte und Iona ihn fragend ansah, lachte Basti sich schief, aber Nils nahm es mit Humor. Basti schien ihn ziemlich zu mögen und Iona auch.

Bald ging er mit Iona in einem großen Kreis um uns herum und hielt sie an, wendete oder schickte sie sogar ein paar Schritte rückwärts. Irgendwann vereinbarten wir Codewörter, damit Iona auf Nils' Hilfen reagierte statt auf meine Kommandos.

Dabei kriegte sich Basti kaum mehr ein. »Bananeneis!«, schlug er vor. »Bananeneis heißt losgehen.«

Als ich Nils also »Bananeneis!« zurief, fiel Basti vor Lachen fast von der Bank.

Nils und ich grinsten uns an.

Nach einer Weile beschlossen wir, dass sich Basti auf Iona setzen konnte. Sie benahm sich vorbildlich, als ich ihm auf das Sattelpad half, aber Nils stellte sich auch nicht dumm an. Während er Iona im Blick behielt, ging er auf ihre rechte Seite und legte Bastis gelähmtes Bein an die richtige Position.

Dann wiederholten wir alles, was Nils bisher geübt hatte. Er sollte ja lernen, Iona so feine Signale zu geben, dass sie vorsichtig darauf reagieren konnte und es Basti damit erleichterte, auf ihrem Rücken das Gleichgewicht zu halten. Ein-, zweimal fasste ich lieber hin, aber im Großen und Ganzen machten die drei das super.

»Also, was sagt ihr? Bin ich ein guter Nachwuchspferdeführer?« Nils grinste.

Ich guckte Basti an. »Welche Note geben wir ihm?

Er schob die Unterlippe vor. »Na, eine Zwei minus war es schon, oder?«

Ich musste lachen, weil er sich so diebisch freute, als Nils ihn gespielt schockiert fragte: »Was hätte ich denn machen müssen, um eine Eins zu bekommen?«

»Gar nichts. Mit einer Zwei minus kannst du zufrieden sein. Eine Zwei kriegt nur Frida und eine Eins nur Iona.«

Nils nickte. »Da hast du natürlich recht. An die beiden komme ich nicht ran.«

Etwas verspätet ging mir auf, wie doppeldeutig Nils' Satz war. Flirtete der etwa mit mir? Aber als ich ihn anguckte, drehte er sich weg und tätschelte Ionas grauen Hals. Hm.

Weil mir nichts anderes einfiel, fragte ich Basti: »Magst du noch eine Runde rückwärts reiten?«

Wie erwartet jubelte er laut, und während ich ihm half, seine Beine über Ionas Widerrist und Kruppe zu schwingen, fragte ich mich, ob ich mich nicht doch schleunigst nach einem neuen Projektpartner umsehen sollte.

# Jannis

Seit bestimmt zehn Minuten latschte ich jetzt zwischen Reitplatz, Reithallen, Offenställen und Paddocks herum, aber Frida fand ich nirgends.

Sonst auch niemanden, obwohl im Hof massenhaft Fahrräder herumstanden und der Putzplatz mit gelben und grünen Plastikboxen übersät war. Anscheinend war Theo mit seiner Reitgruppe mal wieder ins Gelände gegangen.

Oder war vielleicht Frida für ihn eingesprungen? Das hätte erklärt, warum sie unser Training vergessen hatte. Andererseits: Wann hatte Frida jemals unser Training vergessen?

Ich bog um die Ecke der großen Reithalle und da entdeckte ich wenigstens Kristin. Und Florian, mit dem sie sich an der Haustür unterhielt.

»Hallo, Jannis«, sagte sie, als ich näher kam. »Suchst du Frida? Die ist mit Basti im Garten.«

»Ach so. Ja, wir wollten an den Strand, aber da hat sie wohl nicht mehr dran gedacht. Wartest du wohl auch schon?«, fragte ich Florian.

»Ach, ich hab's nicht eilig«, antwortete er mit einer wegwerfenden Handbewegung. »Du kannst meinem Sohn aber ausrichten, dass es zum Abendessen Pizza gibt.«

»Mach ich.« Ich wandte mich nach links, um am Haus entlang in den Garten zu laufen.

Kurz bevor ich um die Ecke bog, hörte ich lautes Lachen. Das waren aber nicht nur Frida und Basti, da war noch eine dritte Stimme dabei. Und die gehörte keinem Mädchen.

Als ich sie drüben bei der Kastanie entdeckte, wäre ich fast wieder umgekehrt. War das … Was wollte Nils denn hier? Das sah ja recht vertraut aus, was die beiden da machten, als sie Basti halfen, sich auf Ionas Rücken zurechtzusetzen.

Eine Minute stand ich einfach nur da, weil ich mir nicht sicher war, ob meine Beine mich überhaupt noch einen Schritt tragen würden. Irgendwas war mit meiner Lunge nicht in Ordnung. Je mehr ich versuchte, Luft in sie reinzupressen, desto enger wurde sie. Ich sah schon Sternchen.

Es dauerte einen Moment, bis ich kapierte, dass diese Sternchen nicht vom Sauerstoffmangel kamen, sondern davon, dass ich stinkwütend war. Deswegen versetzte sie mich? Um hier mit diesem Typen rumzuschäkern? Das war ja wohl … das war … Was das war, wusste ich auch nicht recht, aber ich wusste, dass ich Besseres mit meiner Zeit zu tun hatte, als hier Wurzeln zu schlagen und zu glotzen.

Ich hatte mich schon umgedreht, als Basti rief: »Jannis! Wir üben für die Schule!«

Ach, dafür hatte sie den Clown engagiert? Langsam atmete ich aus. Das ging also wieder. Wofür so ein bisschen Wut doch gut war. Ich zählte bis fünf, erst dann wandte ich mich zu ihnen.

»Hallo, Basti!«, rief ich. Und weil mir auf die Schnelle nichts anderes einfiel, um meinen Stolz zu wahren, schickte ich hinterher: »Ich wollte dich eigentlich fürs Training abholen, Frida, aber du hast ja gerade zu tun. Bis dann!«

Frida sagte leise irgendwas, dann rief sie: »Jannis! Warte doch mal!«

Ich blieb nicht stehen, sodass sie mich erst einholte, als ich schon fast wieder im Hof war.

»Tut mir leid«, keuchte sie. »Wir üben für den Projekttag, und es hat so gut geklappt, da hab ich die Zeit vergessen. Gib mir fünf Minuten, okay?«

Mein Körper meuterte. Mein Stolz und ich wollten hart bleiben, aber Frida stand so nah vor mir, und der Wind, dieser Verräter, wehte mir ihren Honigduft in die Nase, und bevor ich etwas dagegen tun konnte, hatte ich genickt.

Frida begann zu lächeln. »Super. Dann bis gleich.«

# Frida

Puh, hatte der wieder eine Laune. Und alles nur, weil ich mich ein paar Minuten verspätet hatte. Wir liefen eine Weile schweigend nebeneinanderher, doch die Stimmung war so angespannt, dass selbst Liv alarmiert wirkte und mit erhobenem Kopf vor sich hin stakste.

Aber heute hatte ich keine Lust nachzuhaken, was passiert war. Ich war so erleichtert, dass das Training mit Basti und Nils gut funktioniert hatte. Wenn das in die Hose gegangen wäre, hätte ich mir dringend eine Strategie überlegen müssen, wie ich Dr. Quadflieg davon überzeugte, mich das Projekt doch allein durchziehen zu lassen.

Wenn ich ehrlich war, kam mir der Gedanke jetzt völlig absurd vor.

Nils hatte eine gute Art mit Pferden. Und mit Basti. Es war schön zu sehen, dass er sich mit Nils wohlfühlte. Viele wussten ja nicht, wie sie mit Bastis Behinderung umgehen sollten, und oft behandelten sie ihn, als wäre er irgendwie blöd. Nils nicht. Das war schon cool.

»Seit wann macht eigentlich dieser … dieser …«

»… Nils?«, schlug ich vor.

»… Nils bei deinem Projekt mit?«, brachte Jannis seine Frage zu Ende.

»Das war heute das erste Treffen.«

»Aha. Und hattest du die Idee?«

Was war denn das für ein Unterton?

»Nein, die Idee kam von Quadflieg. Wieso? Hast du was dagegen?«

»Ich? Nein! Es ist nur … Es wundert mich eben, dass du so einen kompletten Anfänger an Iona ranlässt. Kann der das denn?«

»Nein.« Ich grinste ihn an, bis er mich anguckte. »Aber ich bring's ihm bei.«

Nicht mal das entlockte ihm eine Reaktion.

»Jannis, jetzt nerv mich nicht! Ich hab mir das auch nicht ausgesucht. Aber Quadflieg wollte eben, dass Nils mitmacht, und er stellt sich ganz gut an, also hab ich nichts dagegen, auch wenn es ohne ihn weniger Arbeit gewesen wäre.«

Nach einer kurzen Pause hatte ich den Eindruck, als würden sich seine Schultern ein Stück senken, und er sagte: »Okay.«

Ich wusste zwar nicht, warum ich sein Einverständnis brauchte – hallo? Er hätte ja in meine Gruppe kommen können, dann wäre diese ganze Situation gar nicht entstanden –, aber eine Grundsatzdiskussion stand auf meiner Prioritätenliste gerade nicht besonders weit oben. Also freute ich mich einfach an dem schönen Abend, dem Himmel, der sich perlmuttfarben über uns spannte, und der weichen Sommerluft, die über meine Arme strich. Um diese Tageszeit war das Wetter wirklich unschlagbar. Die große Hitze war weg, aber der Tag hatte noch so viel Energie gespeichert, dass man sich fühlte, als würde man nie müde werden. Ich grinste vor mich hin und endlich senkte Liv den Kopf und schnaubte ab.

Gerade rechtzeitig vor dem Strandaufgang.

Als ich auf Livs Rücken saß, hielt mir Jannis Daris Strick hin, aber ich zögerte.

»Was ist?«, fragte er.

Einen Moment sah ich ihn an. »Nimm ihr das Halfter ab. Ich hab heute ein gutes Gefühl.«

Sein Blick glitt zwischen Dari, Liv und mir hin und her. Schließlich nickte er. »Okay.« Er öffnete den Haken und zog Dari das Halfter über die Ohren.

Ein paar Sekunden streichelte er sie, dann ritt ich Liv an. Jannis nahm die Schulter zurück, zeigte auf Daris Hinterhand und schickte sie uns hinterher.

Und sie kam. Sie schloss sich Liv an und ging entspannt neben uns her. Als ich umkehrte, folgte sie uns. Nach einer Weile versuchte ich, die Wendungen enger zu nehmen, sie sensibler zu machen für die Signale, die ihr ankündigten, was Liv auf meine Hilfen hin tun würde.

Die beiden Stuten überboten sich in ihrem Eifer. Als Dari verstanden hatte, was ich von ihr wollte, klebte sie fast an Liv, sogar im Trab. Ich konnte richtig sehen, wie sie sich freute, wenn eine Aufgabe besonders gut klappte. Sie ließ sich fallen und dann hatten wir einfach Spaß.

Knapp vor dem Spülsaum galoppierte ich Liv an und Dari war nur einen Wimpernschlag später dran. Wir wandten uns nach rechts, umrundeten Jannis, der uns mit einer Mischung aus Stolz und Neid zuguckte, dann galoppierten wir enge Kurven. Und immer blieb Dari an meiner Seite.

Das Intervalltraining war dann schon fast nicht mehr der Rede wert. Diesmal hielt Dari das komplette Programm hindurch mit Liv mit. Viel fehlte nicht mehr und sie war wieder in Topform.

Als die Pferde anfingen zu schwitzen, ließen wir es gut sein, und ich schickte Dari zu Jannis. Er grinste von einem Ohr zum anderen, als er sie zu sich holte und sie lobte, bis sie aus dem Abschnauben gar nicht mehr herauskam.

Irgendwann änderte sich Jannis' Gesichtsausdruck. Er wurde ernster, fokussierte sich. Daris gespitzte Ohren richteten sich auf ihn. Ich konnte sehen, wie er einatmete und seine Körperspannung erhöhte. Er machte einen schnellen Schritt zur Seite und beinahe sofort folgte Dari ihm mit einem Galoppsprung. Das Gleiche wiederholte er nach links, dann wieder nach rechts, immer im Wechsel, bis die Bewegungen der beiden so fließend waren, als würden sie tanzen.

Es war magisch.

Liv und ich rührten uns nicht. Dieser Moment gehörte nur Jannis und Dari. Und als er vorüber war, als Daris Augen genauso leuchteten wie Jannis', kamen sie auf uns zu.

Ich saß ab und sagte: »Wow.«

Er sah mich einfach nur an und dann schloss er die Augen und atmete tief ein. »Ja.«

# Jannis

»Wie lang ist das mit Olivia her?«

Ich musste erst mal nachrechnen. »Drei Wochen«, tippte ich.

»Gefällt mir nicht«, kam Max' Antwort. »Das kann jederzeit wieder losgehen.«

Der Gedanke war mir auch schon gekommen. Seit dem Unfall war nichts mehr passiert – wenn man von dem Shitstorm absah, der auch jetzt noch nicht völlig abgeklungen war. Hieß das, die Biker hatten kalte Füße bekommen, oder planten sie schon wieder was Neues?

»Ja«, bestätigte ich Max' Überlegung. »Und die Polizei will auch abwarten, bis Olivia sich erinnert und was zum Unfall erzählen kann.«

Von Max kam nichts, er wusste, dass die Ärzte noch immer nicht sagen konnten, ob Olivia wieder ganz gesund wurde. Das war das Allerschlimmste an der Sache, und jedes Mal, wenn ich auf dem Gut war, merkte ich, wie sehr es die Benekes belastete.

»Aber Frida dreht schon am Rad mit ihrer Angst um das Gut, oder?«

Ich starrte Max' Nachricht an. Das hätte ich auch gern gewusst. Robert hatte diese Woche Mama angerufen und ihr geraten, sich mit Heuvorräten für den Winter einzudecken, weil die Preise wohl bald steigen würden. Die erste Heuernte des Guts war wegen des fehlenden Regens nicht gut ausgefallen und so schien es vielen Bauern in der Gegend zu gehen. Ob das schon reichte, um das Gut in Schwierigkeiten zu bringen? Eher nicht. Aber jetzt, wo wegen des Shitstorms die Feriengäste ausblieben …

Irgendwo läutete ein fremdes Handy. Nicht irgendwo, nebenan bei Mama. Hatte sie ihren Klingelton geändert? Und wer rief sie so spät an? Ich warf einen Blick auf die Uhr. So früh eher.

Im nächsten Moment saß ich senkrecht im Bett. Denn die Stimme, die da gerade ans Telefon gegangen war, gehörte einem Mann. Einem Mann in Mamas Schlafzimmer.

Dann ging ihre Tür auf. »… langsam … Basti, ich versteh … Wie, verschwunden?«, kam es vom Flur.

Nicht sein Ernst. Mit einem Sprung war ich aus dem Bett. Dieser Drecksack. Ich fasste es nicht.

Mühsam tippte ich »Muss los«, beendete den Chat und riss die Tür auf. Florian stand in Boxershorts auf dem Flur und hielt sich mit angestrengter Miene das Handy ans Ohr. Hinter ihm tauchte meine Mutter auf und bekam große Augen, als sie mich entdeckte. Wenigstens hatte sie sich was angezogen. Für einen Moment hielt ich ihren Blick, dann wurden wir beide durch das Telefonat abgelenkt.

»Basti, ganz ruhig! Wo ist Mama? … Nein, weck sie auf und sag ihr, sie soll mich anrufen …« Im Hintergrund war immer wieder Bastis aufgeregte Stimme zu hören, aber außer »Emma« verstand ich nichts von dem, was er sagte. »Wie lange ist sie weg? … Seit halb zehn … Natürlich finden wir sie! … Wieso? … Ins Moor? Mit Jule und den anderen? Was sollen sie denn da wollen?«

»Scheiße«, entfuhr es mir. Ganz kurz musste ich mich am Türrahmen abstützen, dann drehte ich mich um, holte Klamotten und mein Handy aus meinem Zimmer, stieg noch im Laufen in meine Jeans und war die Treppe runter, bevor Mama fragen konnte, wo ich hinwollte. Als ob ich einen Anlass gehabt hätte, ihr das zu sagen.

»Sie sind wahrscheinlich bei den Teufelssteinen«, rief ich, als ich an der Haustür in meine Schuhe schlüpfte.

»Was?«, kam es doppelt von oben, und Mamas und Florians Köpfe erschienen am Treppenabsatz.

»Emma glaubt, da ist der Treffpunkt der Biker, die Olivia vom Pferd geholt haben«, erklärte ich knapp, auch wenn ich nicht hundertprozentig sicher war, dass ich mir das richtig zusammengereimt hatte.

»Bei den Teufelssteinen?«, wiederholte Florian.

Ich nickte und machte die Tür auf.

»Jannis!«, rief Mama scharf. »Überlass das der Feuerwehr.«

»Wie soll die dahin kommen? Mit dem Spritzenwagen?« Ich schnaubte und dann war ich draußen.

Mamas »Bleib hier!« ignorierte ich.

Frida hatte anscheinend ihr Handy leise gestellt, denn auch beim fünften Anruf ging sie nicht ran. Also kroch ich sieben Minuten später unter ihrem Fenster auf dem Boden herum und sammelte Steinchen. Voll retro.

Mein Opa hatte immer gesagt, dass ein gutes Gewissen ein weiches Kopfkissen war oder so, was wohl bedeutete, dass Frida extrem mit sich im Reinen war. Nach dem zehnten Kiesel dachte ich schon, ich würde entweder die Scheibe einwerfen oder den Rest des Hauses aufwecken, bevor Frida mich hörte. Als ich mit dem elften Stein zum Wurf ausholte, tat sich aber doch endlich was.

Das Licht ging an, Fridas wirrer Lockenkopf erschien hinter der

Scheibe, und dann machte sie das Fenster auf. Sie beugte sich heraus.

»Jannis? Bist du das?«, flüsterte sie.

Wer sollte denn bitte sonst nachts um halb zwei vor ihrem Fenster stehen? »Ja. Komm runter! Wir haben Mist gebaut.«

»Hä?«

»Emma ist verschwunden. Ich glaube, sie ist ins Moor.«

Einen Augenblick lang geschah nichts, dann stöhnte sie auf und schlug sich die Hand vors Gesicht. Sekunden später hatte sie sich wieder gefangen. »Fünf Minuten, okay?«

Sie brauchte viereinhalb, dann tauchte sie an der Hausecke auf. Mit ein paar Worten erzählte ich ihr, was ich mitbekommen hatte, während wir nebeneinander hinüber zum Offenstall liefen.

Schließlich sah sie mich an. »Also willst du sie rausholen?«

»Bleibt uns was anderes übrig? Ohne uns wären sie doch niemals auf diese bescheuerte Idee gekommen.«

Frida schnaufte. »Was ist mit der Feuerwehr?«

»Die können da nur zu Fuß rein. Bis sie bei den Teufelssteinen sind, dauert es mindestens eine Stunde.«

An der Tür des Offenstalls blieb sie stehen und drehte sich zu mir um. »Du weißt aber, dass wir durchs Totholz müssen, wenn wir von hier aus zu den Teufelssteinen reiten?«

Dabei wirkte sie nicht ängstlich. Sie sah einfach aus wie jemand, der wusste, was getan werden musste.

Ich nickte.

Sie holte tief Luft. »Dann los.«

Keine Ahnung, wie oft ich das schon gesehen hatte, aber es beeindruckte mich immer wieder, wie gut Frida und ihre Ponys aufeinander eingespielt waren. Mit ein paar Handzeichen stellte sie einen Rettungstrupp zusammen. Sie setzte sich auf Cameron, einen Highland-Wallach, hinter ihm trippelten die Shettys Duncan und Nessie, und mir gab sie Lovis, eine Norwegerstute.

Kaum hatten wir den Innenhof des Guts hinter uns, trabte Frida an, und die Ponys folgten ihr, ohne auch nur einmal die Grasstreifen rechts und links des Weges zu beachten. Wir hatten Glück, dass fast Vollmond war. Unsere Aktion war haarsträubend genug, so sahen wir immerhin was.

Ich wusste gar nicht, über wen ich mich mehr ärgern sollte: über Emma, weil sie unseren Schwachsinn neulich für bare Münze genommen hatte, oder uns, weil wir ihr den Quatsch mit den Teufelssteinen überhaupt erst erzählt hatten. Den Gedanken an ihren Vater schob ich schön beiseite. Damit konnte ich mich befassen, wenn die Mädchen wieder sicher zu Hause waren.

Wir überquerten die Kreisstraße, dann bog Frida auf einen Wirtschaftsweg ab und winkte mir, damit ich zu ihr aufschloss.

»Wie machen wir das jetzt?«, fragte sie. »Was denkst du, wie weit sie gekommen sind?«

»Schwer zu sagen. Basti meinte, sie sind um halb zehn los.«

Frida überlegte. »Wenn ich so was vorhätte, würde ich mich bei derjenigen treffen, von der aus sie am schnellsten im Moor sind. Ich glaube, das ist Jule, sie wohnt im Dorf.« Sie sah mich an. »Dann sind sie bestimmt am Wegkreuz losgelaufen.«

Das Wegkreuz kannte ich. Es lag nordwestlich vom Moor, beim Ausreiten waren Frida und ich oft dort vorbeigekommen. Zu Fuß brauchte man von da eine halbe Stunde zu den Teufelssteinen.

»Dann haben sie sich ja wirklich die Ecke ausgesucht, die die Feuerwehr besonders schlecht anfahren kann«, brummte ich. »Die kommen mit den Bussen bis zum Parkplatz, aber nicht weiter.«

Danach hielten wir die Klappe, der Pfad wurde nämlich ganz schön knifflig. Wir waren auf derselben Strecke unterwegs, die uns Theo für seine Fledermauswanderung entlanggeführt hatte, aber da hatte es erst gedämmert. Jetzt waren wir auf das Mondlicht und Fridas kümmerliche Taschenlampe angewiesen.

Ob es daran lag, dass Cameron und die Shettys trittsicherer waren, wusste ich nicht, jedenfalls hatten Lovis und ich ganz schön zu tun, um nicht in den Sumpf zu tappen. Es dauerte nicht lang, bis Frida mit den anderen drei Pferden ein gutes Stück voraus war. Sosehr es mir gegen den Strich ging, dass das Mädchen bei diesen Geländesachen ständig die Nase vorn hatte, wurde es mir doch langsam unheimlich, dass unser Abstand immer größer wurde. Ich pfiff leise. Irgendwas in mir sträubte sich, zu viel Aufmerksamkeit auf uns zu ziehen.

Glücklicherweise hörte Frida mich aber, denn sie hielt Cameron an und drehte sich zu mir um. Was das Problem war, erkannte sie, auch ohne dass ich etwas sagte. Sie wartete, bis Lovis und ich zu Nessie aufgeschlossen hatten.

»Sie kann das, vertrau ihr. Lass dich tragen.«

Trittsicher wie eine Gämse ging Cameron auf dem schmalen trockenen Streifen um Duncan und Nessie herum, die wie Statuen stehen blieben. Frida saß auf seinem Rücken, als wäre sie dort festgewachsen. Sie streckte den Arm aus und hielt mir die Hand hin. Als ich nicht kapierte, was sie wollte, wedelte sie ungeduldig mit den Fingern. Zögernd legte ich meine Hand in ihre und sie drückte sie gegen Lovis' Hals.

»Mach die Augen zu«, flüsterte sie.

Es war schwer, mich von ihrem Blick zu lösen, aber ich riss mich zusammen, holte Luft und schloss die Augen. Wärme durchströmte meine Hand, Fridas Wärme und die von Lovis.

»Spür sie«, flüsterte Frida, und auf einmal war ihre Hand weg. Ich Trottel hätte beinahe protestiert, aber dann wärmte der Pferdehals meine Haut, und plötzlich fühlte ich meine Beine, meinen ganzen Körper, spürte die Stute unter mir, ihren Atem. Irgendwie schmolz ich in ihr Fell hinein und da schnaubte Lovis und dehnte den Hals und ich klappte die Augen wieder auf.

Frida lächelte mich an mit diesem Wahnsinnslächeln, das sie für die Momente aufsparte, wenn ich etwas kapiert hatte, was ihr wichtig war. Es war das Lächeln, das mich in eine Art von Stolz hineinkatapultierte, die ich nicht mal von Turniersiegen kannte.

»Jetzt habt ihr's«, meinte sie und wendete Cameron.

Und natürlich, auf der ganzen Strecke bis zu den Teufelssteinen ließ Lovis kaum mehr eine Pferdelänge Abstand zu Nessie.

Sie waren nicht hier.

»Emma!« Anfangs hatte Frida noch ganz leise nach den Mädchen gerufen, als hätte sie denselben Drang wie ich, keinen Lärm zu machen. Mittlerweile brüllte sie ihre Namen über die Kuppe in den Wald hinein. »Zeynep! Jule, Zofia! EMMA!«

Sie holte tief Luft, und weil es ein bisschen zittrig klang und die Ponys auch schon nervös wurden, trieb ich Lovis an ihre Seite und drückte ihre Schulter.

»Hey. Ganz ruhig. Wir finden sie.«

Sie warf mir einen Blick zu, der mir ganz genau sagte, was sie von meinen wahrsagerischen Fähigkeiten hielt, aber dann atmete sie durch den Mund aus und schloss kurz die Augen. Sie lehnte sich gegen meine Hand und nach einem weiteren tiefen Luftholen sah sie mich an und lächelte schmal.

»Danke. Geht wieder.«

Ich strich ihr über den Arm und lächelte zurück. »Gut. Wir brauchen dich.«

Ihr Blick blieb ein bisschen länger an meinem hängen, als ich das von ihr kannte, aber dann runzelte sie die Stirn und wandte den Kopf.

»Wenn sie nicht bis hierher gekommen sind, wo, meinst du, könnten sie sein? Sollen wir zum Wegkreuz reiten?«

Das klang sinnvoll. Ich nickte, und nebeneinander trabten wir den Weg entlang, der jetzt breiter wurde. Nessie und Duncan zockelten hinterher.

Immer wieder riefen wir nach den Mädchen oder guckten uns um, ob wir irgendwo das Licht einer Taschenlampe entdeckten, aber nichts. Nach einer Weile wurde ich langsamer.

Frida hielt an und sah sich nach mir um. »Was ist? Hast du was gehört?«

Ich schüttelte den Kopf. Wir standen an einer Weggabelung, und ich brauchte einen Moment, um mich zu orientieren. »Irgendwie ergibt das keinen Sinn. Wir sind jetzt schon fast auf halber Strecke zum Wegkreuz. Von dort bis zu den Teufelssteinen ist der Weg super ausgeschildert und richtig breit. Bei den Lichtverhältnissen frage ich mich, wie es die Mädels geschafft haben, sich zu verirren, selbst wenn sie keine Taschenlampen dabeihaben.«

Frida sah mich kurz an, dann verzog sie den Mund, wie so oft, wenn sie nachdachte. Ihr Blick glitt über die Shettys, denen jetzt anscheinend langweilig war, sodass sie doch zu grasen begonnen hatten. Langsam drehte sie Cameron zu mir herum. »Da ist was dran. Lass mal überlegen. Wir sind elf und wollen eine Verbrecherbande stellen. Wir gehen davon aus, dass die ihr Lager an den Teufelssteinen hat. Bis wir da in der Nähe sind, ist alles gut, denn wir würden die Typen ja hören, wenn sie mit ihren Motorrädern den Weg entlangkämen. Also können wir ganz einfach den Schildern zu den Steinen folgen. Und die Schilder sind …« Frida stutzte. »… nicht da.«

Im ersten Moment kapierte ich gar nicht, was sie sagte, so sehr versuchte ich, mich in eine elfjährige Möchtegerndetektivin hineinzuversetzen.

Dann schnellte mein Kopf zu ihr herum. »Was?«

»Die Schilder sind nicht da.« Sie deutete auf einen Baumstamm. »Da müsste ein Schild hängen, hundertprozentig. Wir sind hier mit Theo vorbeigekommen und du hast noch diesen doofen Witz gemacht.«

»Als ob ich doofe –«

»Jannis! Das Schild ist weg.«

»Woher willst du das wissen? Das könnte sonst was für ein Baum sein. Es war dunkel, als wir mit Theo hier waren, und –«

»Hier ist ein Loch.« Frida war ganz nah an den Stamm herangeritten und untersuchte ihn mit ihrer kleinen Lampe. »Das ist von einem Nagel. Hier hing bis vor Kurzem noch eine Wegmarkierung.«

Sie klang so überzeugt, dass ich es mir sparte, mir das Loch selber anzusehen. Ihr herausfordernder Blick wich einem erstaunten, als ich mir weiteren Widerspruch schenkte und laut überlegte: »Wie kann das passieren? Die Schilder waren so gut wie neu, oder?

Hat Theo nicht erzählt, dass sie erst vor zwei Jahren ausgetauscht wurden? Siehst du am Boden was rumliegen?«

Frida schüttelte den Kopf. »Nichts. Runtergefallen ist das Schild nicht. Das heißt …«

»… jemand hat es absichtlich heruntergerissen.«

Wir sahen uns an.

»Die Biker?«

Ich schüttelte den Kopf. »Keine Ahnung. Warum sollten die so was tun?«

Frida zuckte mit den Schultern. »Egal. Aber wenn das hier nicht das einzige Schild ist, das fehlt …«

»… dann haben sich Emma und die anderen wahrscheinlich deswegen verirrt.«

Langsam nickte sie. »Wir müssen bis zu der Stelle, an der das letzte Schild hängt. Dann wissen wir vielleicht, wo sie lang sind.«

Ich lenkte Lovis Richtung Wegkreuz. »Hoffen wir mal, dass du recht hast.«

# Frida

Wie viele Schilder fehlten, war gar nicht so leicht zu sagen. Wenn ich hätte raten müssen, hätte ich auf mindestens vier getippt. Zufall war das keiner mehr.

Das nächste Schild, das wir fanden, hing in der Nähe einer Gabelung, von der fünf Wege abzweigten, die sich nicht sonderlich unterschieden. An einem Baum, an dem wir gerade vorbeigeritten waren, fand ich wieder ein kleines Loch und eine abgeflachte Stelle, als hätte jemand die Rinde abgefeilt, damit das Schild besser hielt.

»Von hier aus sind die Mädchen wahrscheinlich falsch gelaufen.«

Jannis nickte. »Bloß wohin?« Er lenkte Lovis hierhin und dorthin, aber immer wieder zögerte er. Auch mit meiner Taschenlampe kam er nicht weiter. Hier war der Boden nicht so matschig, dass die Schuhe der Mädchen Eindrücke hinterlassen hätten. Hufe vielleicht und sicherlich Motorräder, aber auf solche Spuren hatten wir noch gar nicht geachtet.

Zum dritten Mal leuchtete Jannis in den Pfad hinein, der nach Süden führte. Es war der schmalste, und wenn ich Emma gewesen wäre, wäre ich garantiert nicht da entlang …

»Warte mal.«

Jannis drehte den Kopf zu mir. »Hm?«

»Halt mal die Lampe ein Stück höher. An dem Baum dahinten …«

Der Lichtstrahl wanderte über die Stämme und blieb an einem kleinen gelben Stück Plastik hängen.

»Das ist jetzt nicht wahr«, stöhnte Jannis in dem Moment, als mir ein »Nee, ne?« entwischte.

Jannis war noch nicht fertig. »Welche Trottel machen so was? Wegmarkierungen versetzen? Die sind doch nicht ganz dicht. Was für blöde –«

»Wir haben jetzt eine Richtung«, unterbrach ich ihn, auch wenn er mit vollem Recht schimpfte. Ich trieb Cameron an ihm vorbei und pfiff den Ponys. In meinem Rücken brummte Jannis noch ein paar Sachen, die ich wahrscheinlich lieber nicht verstehen wollte, und trabte hinterher.

Der Teil des Moors, in den wir jetzt kamen, war ganz schön unheimlich. Wenn die Mädchen wirklich hier entlanggelaufen waren, hatten sie meinen vollen Respekt. Mit elf hätte ich mich bestimmt nicht ohne Weiteres in diesen Urwald getraut. Zwischen den eng stehenden Bäumen war es viel dunkler als bisher, wegen der Feuchtigkeit waren die Stämme mit Moos bewachsen und von den Ästen hingen Flechten wie fadenscheinige Gardinen. Es roch modrig, und immer wieder führte der Weg durch Senken, die so schmodderig waren, dass die Hufe der Ponys schmatzende Geräusche machten.

Wir hörten sie, bevor wir das Licht ihrer Taschenlampen sahen. Eins der Mädchen rief immer wieder: »Emma! Emma!«, ein anderes wimmerte, und ganz vereinzelt ächzte jemand laut.

Ich spürte, dass Jannis näher aufritt. »Jetzt mach schon«, drängte er. »Schneller.«

Aber das wäre selbstmörderisch gewesen. Der Pfad führte schon wieder aus dem Wald heraus, doch er war so schmal geworden, dass ich alle Konzentration zusammennehmen musste, damit ich Cameron helfen konnte.

Das kapierte wohl auch Jannis. »Hier«, sagte er und hielt mir die Lampe über die Schulter, mit der er seit der Gabelung den Weg ausgeleuchtet hatte.

Ich nahm sie, aber viel half es nicht. Cameron tastete sich Schritt für Schritt vorwärts. Und immer noch das Wimmern und die Rufe vor uns.

Jannis verlor die Geduld. »Emma, wir kommen!«, brüllte er über mich hinweg.

Eine Sekunde lang war es still, dann brachen die Rufe los. »Hier! Hierher! Hier sind wir!«, und jemand heulte so laut auf, dass selbst Cameron unter mir kurz zusammenzuckte.

»Bleibt, wo ihr seid! Wir holen euch!«, spielte Jannis weiter Superheld.

Ein paar Minuten später, während der viel gebrüllt wurde, hatten wir die Mädchen endlich erreicht.

»Scheiße«, fasste Jannis die Situation zusammen.

Kurz gesagt: Eins der Mädchen war von oben bis unten mit Schlamm bedeckt. Es wurde von einem zweiten im Arm gehalten, während das dritte schon halb im Sumpf kniete und eine Hand ausstreckte. Sie galt Emma, die bis zur Hüfte im Schlick stand und sich mit der anderen Hand an einem Baumgerippe festhielt.

»Nicht bewegen!« Jetzt brüllte ich.

Der Pfad verlor sich da, wo die Mädchen standen, zwischen Matschpfützen. Ein falscher Schritt und wir konnten alle vier aus dem Moor fischen.

Beinahe synchron sprangen wir von den Pferden. Jannis stürzte auf Emma und das kniende Mädchen – Jule – zu, ich auf Zeynep und die schlammbeschmierte Vierte, die dann wohl Zofia sein musste. Ich winkte Nessie und Duncan heran und half den Mädchen hinauf, dann schickte ich die Ponys mit einer Handbewegung zurück zum Waldrand, damit sie dort auf uns warteten.

»Haltet euch einfach fest. Nessie und Duncan machen den Rest.«

Die beiden waren so aufgelöst, dass sie kaum ein Nicken zustande brachten, aber ich hoffte einfach, dass der Pferderücken ihnen Sicherheit gab und sie nicht in Panik gerieten.

Jannis hatte Jule hochgezogen und zu mir herübergeschoben. Sie wehrte sich gegen meinen Griff, als ich sie auf Cameron hieven wollte.

Also drehte ich sie zu mir um und sah ihr in die Augen. »Du hilfst ihr nicht, wenn du ausflippst. Kapiert?«

Nach einem Moment ließ ihre Körperspannung nach und sie nickte. Zum Aufsteigen brauchte sie mich gar nicht mehr.

Dafür wäre beinahe ich ausgeflippt, als ich mich zu Emma und Jannis umdrehte. Jannis war auf das Baumskelett geklettert und hielt Emma an beiden Armen fest.

»Spinnst du?«, hörte ich mich kreischen, aber er ächzte nur: »Sonst wäre ich nicht an sie rangekommen«, als ob das jede bescheuerte Idee rechtfertigte.

Er war so schwer, dass die toten Äste unter ihm knarzten und sich gefährlich Richtung Sumpf neigten.

Es half nichts. Ich setzte einen Fuß in den Schlick, dann den zweiten.

»Frida!«, kam es gepresst von Jannis, aber ich fragte mich, welche andere Lösung er sich vorstellte.

Meine Schuhe hatten sich in Sekunden mit Wasser vollgesogen, doch bis jetzt war der Untergrund fest. Ich machte noch einen Schritt vorwärts und noch einen. Beim dritten merkte ich, dass es nicht mehr weiterging, also zog ich den Fuß zurück und streckte den Arm aus.

»Nimm meine Hand.«

Emma sah mich an. Ihre Augen waren groß und rund in ihrem verschmierten Gesicht, aber sie weinte nicht. Jannis ließ sie mit einer Hand los, dann spürte ich, wie er meine Jacke packte. Ich drehte den Kopf zu ihm. Als er nickte, lehnte ich mich nach vorn, griff nach Emmas Pulli und warf mich nach hinten. Ich landete auf dem Rücken, Emma auf mir, dann krachte es. Im nächsten Moment ging das Bersten in Jules Kreischen unter.

Aus dem Augenwinkel sah ich, dass der tote Baum in der Mitte auseinandergebrochen war und wie in Zeitlupe in den Sumpf kippte. Jannis hing seitlich an dem dicksten Ast und hielt gerade noch das Gleichgewicht.

Ich stieß Emma von mir weg und stürzte auf ihn zu. Wo er die Kraft hernahm, sich wieder auf den Ast zu ziehen, wusste ich nicht, jedenfalls bekam ich ihn zu fassen und zerrte, was das Zeug hielt. Ich spürte, wie er die Beine anwinkelte und sich vom Stamm des toten Baums abstieß, doch mit der Wucht, mit der es uns beide nach hinten schleuderte, hatte ich nicht gerechnet. Wir landeten auf halbwegs festem Boden, irgendwie verknäult, aber wir hatten beide nicht die Puste, unsere Arme und Beine zu sortieren. Wir sahen uns nur in die Augen und die Geräusche des Moors, die Stimmen der Mädchen reichten gar nicht an uns heran.

Erst als Emma auf uns zukroch und mich an der Schulter rüttelte, hob ich den Kopf und wand mich unter Jannis hervor.

Langsam setzte ich mich auf. »Alles in Ordnung mit dir, Emma?«

Sie nickte, aber ich konnte sehen, wie sie zitterte. »Nur kalt.«

Bevor ich reagieren konnte, hörte ich hinter mir einen Reißverschluss. Jannis stemmte sich hoch, trat um mich herum und legte seine Jacke um Emmas Schultern.

Dann half er ihr auf die Füße. »Na los. Lasst uns von hier verschwinden.«

Mir warf er einen fragenden Blick zu, aber ich nickte nur. Schon im Gehen hielt er mir eine Hand hin. Ich griff danach und ließ mich mitziehen.

Keine Minute später saß Emma hinter Jannis auf Lovis und ich vor Jule auf Cameron. Wir lasen Nessie, Duncan und ihre Reiterinnen auf und im Gänsemarsch ging es nach Hause.

Von den Mädchen war den gesamten Weg über nichts mehr zu hören. Wahrscheinlich waren sie so müde, dass sie damit beschäftigt waren, nicht von den Ponys zu rutschen. Ich verließ mich darauf, dass Jannis ein Auge auf sie hatte.

Jannis. Es war seltsam gewesen vorhin, aber irgendwie auch … gut.

Stopp mal. Es hatte sich gut angefühlt, dass ich in Jannis verknotet im Dreck gelegen hatte? Aber sonst tickte ich noch richtig? Anscheinend nicht, denn in meiner Magengegend meldete sich ein Flattern, das mir eindeutig sagte, dass Jannis viel zu weit entfernt war.

Schluss jetzt, Frida. Der war genau so weit entfernt, wie er sein sollte. Bei diesem Gedanken nickte ich energisch. Trotzdem war ich nicht nur aus einem Grund dankbar, als Cameron im nächsten Moment die Ohren spitzte. Vor lauter ungebetenen Grübeleien hatte ich gar nicht bemerkt, wie nah wir schon am Wegkreuz waren. Wobei ich mich einen Moment lang fragte, ob wir uns nicht auch noch verirrt hatten. Der Parkplatz direkt daneben war nämlich beleuchtet wie ein Fußballfeld und in dem Flutlicht hatte sich anscheinend das halbe Dorf versammelt.

Ich weiß auch nicht, was ich mir bis zu diesem Moment gedacht hatte, wie ich aus der Nummer wieder rauskommen und zwanzig Jahre Reitverbot vermeiden wollte. Dass Mama und Papa die ganze Aktion wahrscheinlich nicht so richtig super finden würden, war mir schon klar, aber irgendwie hatte ich mir wohl eingeredet, wir könnten die Mädchen abliefern und dann die Ponys still und leise in den Stall bringen. Der Plan war Geschichte.

Ganz kurz überlegte ich, ob es noch eine Abzweigung gab, die ich nehmen konnte, um das Unvermeidliche zu verhindern, aber irgendwie würde ich Mama und Papa schon so lange bearbeiten, bis sie das Reitverbot in lebenslänglich Wasser und Brot umwandelten. Die Mädchen brauchten Hilfe. Und wenn ich mich nicht total täuschte, standen dort vorne mindestens drei Rettungswagen.

Obwohl man hätte denken können, dass sie gerade nicht viel anderes im Kopf hatten als die vier Mädels, waren wir bis auf dreißig Meter an die ersten Leute herangekommen, bevor uns jemand bemerkte.

»Wer ist da?« Die Stimme kam mir bekannt vor. Eine Sekunde später trat Cameron in den Lichtkegel, und ich musste bei der plötzlichen Helligkeit die Augen zusammenkneifen, sodass ich erst mal gar nichts sehen konnte.

»Frida? Was –« Jetzt wusste ich, wer das war. »Oh mein Gott, Emma! Schatz, geht's dir gut?«

Da lief Florian auch schon auf uns zu, dicht gefolgt von Annelie, und dann geschah alles gleichzeitig. Leute umringten uns, die Mädchen wurden von den Ponys gezogen, Blitzlicht, nervöses

Schnauben und Fragen von allen Seiten. Und bei all dem Durcheinander hatte ich nur einen Gedanken: Was, wenn jetzt was mit den Ponys ist?

»Jannis!«

Obwohl bestimmt fünf Menschen auf ihn einredeten, wandte er den Kopf zu mir. Ich deutete mit dem Kinn auf die Ponys und er verstand beinahe sofort. Wir stellten Cameron und Lovis so, dass wir die Shettys zwischen uns hatten. Es war immer noch zu laut, immer noch zu eng, aber wenigstens hatten sich die Pferde gegenseitig.

Mein Blick flackerte zu Jannis und er lächelte mir ganz ruhig zu, hob die Hand und legte sie an Lovis' Hals. Fast hätte ich laut gelacht, doch dann machte ich bei Cameron einfach dasselbe, und im nächsten Moment war es, als würde es leiser um uns, als hätten wir unsere eigene kleine Insel der Stille gefunden.

Duncan, der sich gerade noch an mein Bein gedrängt hatte, schnaubte ab, und als ich lobend brummte, seufzte er wohlig. Jannis hatte seine andere Hand unter Nessies Mähne geschoben und anscheinend seine liebste Kraulstelle gefunden, denn Nessie reckte den Hals, und seine Oberlippe kräuselte sich. Der ganze Trupp stand da, als wäre es das Normalste auf der Welt, die Hauptattraktion bei einem Massenevent zu sein.

Genau dafür hatten wir trainiert.

Nach und nach verlief sich die Menge. Annelie und Florian waren mit Emma längst in Richtung der Rettungswagen verschwunden, auch die anderen Eltern kümmerten sich um ihre Töchter.

Irgendwo hinter uns bellte ein Mann in ein Handy oder ein Funkgerät. »Nein, richtig verstanden. Abbruch. Die Kinder sind aufgetaucht. … Nein, alle wohlauf. … Sind auf Ponys hergeritten. … Nichts hab ich gekippt, du Hein! Und jetzt schwingt euer Hinterviertel hierher!«

»Jannis!« Ein kleiner, schwitzender, ziemlich freundlich wirkender Mann kam auf uns zu.

Jannis winkte fröhlich. »Hallo, Herr Lorenzen. Da sind Sie ja mal wieder mitten im Geschehen, was?«

Herr Lorenzen blieb ein bisschen kurzatmig in einigem Abstand zu Lovis stehen. Er trug ein schwarzes Schlüsselband um den Hals, an dem ein laminiertes Kärtchen mit dem Aufdruck »PRESSE« hing. Ah.

»Sehe ich das richtig, dass ihr die Mädchen aus dem Moor gerettet habt?«, begann er mit einer professionellen Stimme, aber dann fiel wohl sein Blick auf Jannis' schlammverschmierte Klamotten. Er riss die Augen auf und guckte zu mir, und da ich auch nicht viel sauberer war, fragte er: »Oder braucht ihr erst mal Hilfe? Seid ihr verletzt?«

Wie aufs Stichwort kam eine Sanitäterin mit zwei Knisterdecken und zwei Bechern angelaufen. Ein paar Meter vor den Ponys blieb sie stehen. »Oh, das ist wohl … keine so gute Idee mit den Decken und den Ponys, was?«

Jannis und ich mussten lachen, weil Goldfolie für meine Ponys ja zu den leichtesten Übungen zählte, doch dann schüttelte ich den Kopf. »Kein Problem, aber mir ist sowieso nicht kalt. Den Tee würde ich allerdings nehmen.«

Ich rutschte von Camerons Rücken, und weil Jannis ebenfalls abgesessen war und schon mitten in einem Interview mit Herrn Lorenzen, führte ich die Ponys an den Rand des Parkplatzes und ließ sie grasen. Bis dorthin reichte das Licht der Scheinwerfer nicht, sodass sie ihre Ruhe hatten. Stöhnend setzte ich mich dazu und lehnte mich an einen Pfosten, und während ich an meinem Tee nippte, merkte ich erst, wie müde ich war.

Ganz langsam wurde der Radau auf dem Parkplatz weniger. Immer mehr Autos fuhren davon, und die Grüppchen, die noch zusammenstanden, redeten bloß gedämpft.

Auf eine Gruppe ein kleines Stück von mir entfernt wurde ich aufmerksam. Emma wurde dort von fünf oder sechs Erwachsenen umringt. Ich hätte ja gewettet, dass sie mittlerweile auf der Rückbank von Florians Auto schlief, aber sie wirkte total aufgedreht. In dem indirekten Licht von einem der Rettungswagen konnte ich ihr Gesicht sehen, das mittlerweile zwar etwas sauberer war, aus dem jetzt aber rot geweinte Augen leuchteten. Da hatte sie der Schock also doch noch eingeholt.

»… plötzlich der Weg weg … nichts mehr gesehen … Zofia reingerutscht …«, konnte ich bis hierher verstehen.

Mich interessierte auch, was passiert war, aber irgendwie brachte ich es nicht über mich, aufzustehen und hinüberzugehen. Deswegen blieb ich, wo ich war, und versuchte, mir die Geschichte aus den Bruchstücken zusammenzureimen.

»… konnte ich sie rausziehen … so glitschig … selber hineingefallen …« Sie machte eine kleine Pause. Die Erinnerung an die Panik, die sie gehabt haben musste, war bestimmt furchtbar. Annelie legte den Arm um sie und Florian strich ihr über den Kopf. »Und dann waren plötzlich Frida und Jannis da … hab ich das gar nicht kapiert, aber … und Jannis ist auf den Baum … deswegen ist Frida zu mir …«

Gänsehaut breitete sich auf meinen Armen und meinem Rücken aus. Wir hatten verdammt viel Glück gehabt, dass wir diese Nacht gut überstanden hatten. Ich drehte den Kopf und suchte den Parkplatz nach Jannis ab. Erst fand ich ihn nicht, doch dann entdeckte ich seinen dunklen Schopf bei Herrn Lorenzen. Sie wirkten irgendwie lustig nebeneinander, der Mann einen halben Kopf kleiner, dafür doppelt so breit wie Jannis, aber das Lachen blieb mir im Hals stecken, als ich sah, mit wem sich die beiden da unterhielten. Die eine war die Feuerwehrkommandantin, Frau Kohnitz, die ich kannte, weil ihr der Kiosk an der Promenade gehörte. Der andere war Herr Wolberg, unser Bürgermeister, der von Minute zu Minute ein grimmigeres Gesicht machte.

Frau Kohnitz wurde jetzt energisch. Sie blickte sich um und deutete auf die Gruppe, in der Emma stand. Zu viert machten sie sich auf den Weg herüber. Kam es mir nur so vor oder zögerte der Bürgermeister ein bisschen? Jannis guckte sich um, als würde er jemanden suchen. Mich?

Annelie und Florian blickten auf, als der Trupp anmarschiert kam.

»Emma, wie geht's dir?«, fragte Frau Kohnitz, und Emma antwortete etwas, worauf Frau Kohnitz nickte. »Sag mal, was habt ihr eigentlich im Moor gemacht?«, wollte sie weiter wissen.

Jetzt hörte ich sehr aufmerksam zu. Jannis schaute wieder über seine Schulter, aber ich brachte einfach nicht die Energie auf, mich bemerkbar zu machen.

»Na ja …« Emma geriet ins Stocken. »Das lag daran, dass wir diese Motorradfahrer finden wollten, die schuld sind an Olivias Unfall.«

Frau Kohnitz und Herr Lorenzen warfen sich einen Blick zu.

»Die Ponys können nämlich … die können gar nichts dafür, dass Olivia runtergefallen ist. Der Motorradfahrer hat sich versteckt und dann hat er Campari absichtlich erschreckt und jetzt sagen alle so schlimme Sachen über die Pferde vom Gut. Aber das stimmt alles gar nicht, weil das nämlich eine Falle war.«

»Ich glaube, das Mädchen muss ins Bett«, unterbrach Herr Wolberg sie. »Es war ein langer Tag, wir sollten das am Montag besprechen.«

Das brachte ihm einen warnenden Blick von Florian ein.

Annelie meinte scharf: »Ich würde ganz gern hören, welchen Grund meine Tochter hatte, ins Moor zu gehen. Es muss etwas Wichtiges gewesen sein, aus Übermut macht Emma so was nämlich nicht.«

Jetzt schienen Emma doch langsam die Kräfte auszugehen. Sie lehnte sich an Annelie und sagte: »Jannis kann das besser erklären. Oder Frida.«

Hinter mir schnaubte eines der Pferde und jetzt entdeckte mich Jannis. Er winkte mir, aber noch während ich Luft holte, um aufzustehen, war er neben mir und zog mich auf die Füße.

Ich hörte, wie der Bürgermeister sagte: »Was haben die beiden mit der Sache zu tun?«, doch anscheinend achtete niemand auf ihn, denn als Jannis mich in den Kreis geschoben hatte, lächelte Herr Lorenzen mich an und fragte: »Willst du mal erzählen, wie das alles gekommen ist?«

Florian nickte mir zu und Jannis drückte meine Hand. Also erzählte ich. Ich fing bei dem Nachmittag im April an, als wir die Endurofahrer im Naturschutzgebiet beobachtet hatten und ich das Video zur Gemeindeverwaltung gebracht hatte. Dann schilderte ich, wie sie mir an der Bushaltestelle aufgelauert hatten. Danach stockte ich kurz, weil ich nicht wusste, ob ich wirklich von der Sache in der Allee und meinem Fahrradunfall reden wollte, aber ich hatte das Gefühl, dass jetzt alles auf den Tisch musste, und weil Frau Kohnitz, Herr Lorenzen und der Bürgermeister dabei nicht schockiert reagierten, der Rest der Runde aber schon, hatte Jannis anscheinend sowieso alles erzählt. Ich wiederholte auch noch mal, was Emma gesagt hatte, und ergänzte, was danach im Internet abgegangen war und dass wir deswegen das Strandderby nicht abhalten durften.

»Sie haben das alles gewusst?«, fragte Herr Lorenzen den Bürgermeister.

Der wand sich ziemlich. »Nein … na ja, das heißt, nicht in dieser Ausführlichkeit. Das klingt schon …«

»Für mich klingt das so, als wäre da bei den Ermittlungen der Name einer Zeugin an die Verdächtigen weitergegeben worden«, fiel ihm Florian ins Wort.

»Wie erklären Sie sich, dass es in Ihrer Behörde eine solche Panne geben kann?«, bohrte Herr Lorenzen weiter.

Herr Wolberg geriet ganz schön ins Schwitzen. Das Gespräch ging noch eine Weile hin und her, bis Emma fast im Stehen einschlief und Florian sie hochhob.

Annelie beendete die Sache resolut. »Ich bringe jetzt meine Tochter ins Bett, und Florian kümmert sich darum, dass Frida und Jannis mit ihren Ponys sicher nach Hause kommen.«

»Das übernehmen wir«, bot Frau Kohnitz an. »Bleiben Sie bei Ihrer Familie, Dr. Wanninger.«

Aus irgendeinem Grund schnaubte Jannis, aber das Geräusch ging in Herrn Lorenzens nächster Frage unter: »Die Kinder sollten dringend schlafen gehen, nur eine Sache noch, Herr Bürgermeister: Gehe ich richtig in der Annahme, dass nun kein Grund mehr besteht, das Derby nicht stattfinden zu lassen?«

Es dauerte zu dieser Uhrzeit einen Moment, bis Herr Wolberg

den Satz entknäult hatte, aber dann warf er mir einen Blick zu. »Das … das werden wir in der Gemeindevertretung sicherlich prüfen. Angesichts der neuen Informationen –«

»Die Informationen waren Ihnen alle bekannt«, warf Jannis ein.

»… angesichts der neuen Entwicklungen dürfte einer Genehmigung wohl nichts im Weg stehen.«

Jannis stieß ein gedämpftes »Yes!« aus und drückte meine Schulter, aber ich traute meinen Ohren nicht. »Das heißt, das Derby kann stattfinden?«

Der Bürgermeister nickte knapp.

Und dann hagelte es aus allen Richtungen Glückwünsche und Ratschläge und Ermahnungen, sodass ich überhaupt keine Zeit hatte, mich zu freuen.

# Jannis

Herrn Lorenzens Bericht schlug ein wie eine Bombe. Im Netz war von unzuverlässigen Pferden keine Rede mehr, jetzt feierten alle die Gutsponys als die Helden der Stunde. Die Polizei kam noch einmal auf dem Gut vorbei und befragte Frida dazu, wem sie auf der Gemeindeverwaltung das Video gegeben hatte. Auch Theo sollte noch einmal erzählen, wie Olivias Unfall abgelaufen war.

Einen Tag lang überlegten Kristin und Robert, ob sie das Derby trotz der Genehmigung nicht doch absagen mussten, weil die Zeit für die Organisation so kurz war, aber dann gaben sie grünes Licht, und innerhalb von Stunden waren alle Startplätze vergeben. Wenigstens das war also auf einem guten Weg.

Wegen der Aktion im Moor bekamen Frida und ich allerdings richtig Ärger. Frida erzählte mir, dass sie ein Reitverbot befürchtet hatte, und angeblich hatten Kristin und Robert sogar mit dem Gedanken gespielt, aber anscheinend kam ihnen das doch zu grausam vor. Es blieb wohl bei einer sehr, sehr ernsten Ermahnung à la »Wenn wir dir mehr Freiraum geben sollen, dann müssen wir dir auch vertrauen können«. Sie kannten Frida ja gut genug, um zu wissen, dass diese Art von emotionalem Druck bei ihr am meisten bewirkte.

Mama war außer sich – »Was alles hätte passieren können! Ihr könntet tot sein! Und ich hab noch gesagt, du sollst das der Feuerwehr überlassen!« –, aber dass ich überhaupt nicht auf ihre Vorwürfe reagierte, machte sie noch wütender. Sonst besprachen wir immer alles, jetzt schien es sie wahnsinnig zu machen, dass sie bei mir auf Granit biss. Sie kassierte für vier Wochen meine Playstation ein, aber dass sie zu so einem Mittel greifen musste, störte sie sicher mehr als mich.

Ich wollte mit meiner Mutter nicht reden. Nicht mit einer Ehebrecherin. Mir war immer noch schlecht, wenn ich an Samstagnacht dachte, die Selbstverständlichkeit, wie dieser Dreckskerl bei uns im Flur rumstand, als würden zu Hause nicht seine Frau und seine beiden Kinder auf ihn warten. Und wie er Annelie am Wegkreuz den besorgten Familienvater vorgespielt hatte! Dass der Typ überhaupt noch in den Spiegel gucken konnte!

Aber Mama … Mama enttäuschte mich wirklich. Gegen Björn waren wir ein Team gewesen, waren uns einig, dass er sich so mies verhalten hatte mit seinem doppelten Spiel. Und dann tat sie das Gleiche! Hinterging Annelie, wo ihre eigene Scheidung noch nicht mal durch war. Es wollte einfach nicht in mein Hirn.

Das Schlimmste war, dass ich mich echt schämte. Ich war immer ziemlich stolz auf meine coole Mutter gewesen, darauf, wie sie den Neuanfang hier auf dem Carlshof meisterte. Aber jetzt? Jetzt war sie auch nur eine von den Erwachsenen, die schöne Reden schwangen und nichts davon einhielten, wenn es darauf ankam. Sie waren doch alle gleich.

Und als wäre das noch nicht genug gewesen, tauchte auch noch mein Erzeuger auf dem Hof auf. Wenigstens hatte er den Nachwuchs nicht dabei, aber trotzdem versaute er alles.

Ich war nämlich gerade mit Dari auf dem kleinen Spielplatz, den ich für die Bodenarbeit auf der Wiese neben unserem Haus eingerichtet hatte. Für andere Leute bedeuteten die paar Bretter,

Stangen und Kegel nicht viel, aber für Dari und mich war jedes einzelne Teil wie ein Pokal.

Wir hatten uns mit ein paar einfachen Führübungen aufgewärmt und nahmen uns gerade einen niedrigen Schwebebalken vor, als ich Björn am Rand der Wiese stehen sah. Er hatte die Arme verschränkt und machte ein Gesicht, als wäre er gerade in einen Kackhaufen getreten.

»Was soll das werden?«, fragte er ohne Begrüßung.

»Bodenarbeit«, gab ich im selben Ton zurück.

Er wartete ein paar Sekunden, wahrscheinlich damit die Herablassung in seinem Gesicht so richtig gut zur Geltung kam. »Und das ist alles, was ihr in einem halben Jahr mit ihr zustande gebracht habt?«

Da blieb sogar mir die Spucke weg. Was für ein arroganter, ignoranter Sack.

Okay, vor einem Jahr hätte ich mich auch noch lachend auf dem Boden gewälzt, wenn mir jemand erzählt hätte, dass ich es eines Tages feiern würde, mein Pferd über einer Stange anhalten zu können. Aber damals hatte ich weder Frida gekannt, noch hatte ein mieses Schwein von Bereiter mein Pferd so verdorben, dass es sich von mir nicht mehr anfassen ließ. Damals hatte ich wenig Ahnung davon gehabt, was ein Mensch mit Pferden anstellen konnte. Im Guten wie im Schlechten.

Doch seitdem hatte ich ein oder zwei Dinge dazugelernt. Eins davon war, dass man das Vertrauen eines Pferdes nicht für selbstverständlich nehmen durfte. Nach dem, was sie im letzten Herbst erlebt hatte, Daris erst recht nicht.

Und jetzt erzählte *er* mir, dass sie nicht schnell genug Fortschritte machte.

»Du hast keine Ahnung, Björn«, spuckte ich ihm vor die Füße.

Verächtlich lachte er auf. »Sie wird nie wieder etwas bringen, Jannis. Verschwende deine Zeit nicht.« Ohne ein weiteres Wort drehte er sich weg.

Damit kriegte er mich leider doch. »Du wirst schon sehen, was sie noch bringt! Dari wird wieder!«

Im Gehen wandte er sich noch mal um. Um seinen Mund lag ein spöttischer Zug. »Okay. Beweis es mir. Du hast acht Wochen, um sie fit zu kriegen.«

Wir starrten uns noch einen Moment lang in die Augen, ich zornig, er siegessicher, dann stolzierte er davon. Kaum war er um die Ecke verschwunden, ließ ich die Schultern sinken und lehnte meine Stirn an Daris Hals.

Wir wussten alle drei, dass das unmöglich war.

# Frida

Der Projekttag war – wie sollte es anders sein? – heiß. Ich machte mir Gedanken, ob es für Iona mittags zu warm sein würde, aber Dr. Quadflieg schüttelte bedauernd den Kopf, als ich ihn bat, unsere Präsentation vorziehen zu dürfen.

»Tut mir leid, Frida, es ist alles so eng getaktet, dass wir uns keine Verschiebungen leisten können. Aber wenn ihr wollt, tretet doch mit eurem Pferd drüben unter der Kastanie auf, da habt ihr wenigstens ein bisschen Schatten.«

»Schatten« war auch hier im hinteren Schulhof übertrieben, aber immerhin wuchs rund um den Stamm der Kastanie noch ein bisschen Gras, mit dem sich Iona beschäftigen konnte, während Theo aufpasste, dass ihr niemand Gummibärchen zusteckte, und ich die anderen Stationen meiner Jahrgangsstufe abklapperte. Die komplette Schule war heute auf den Beinen, alle Vorträge konnte man sich da unmöglich angucken.

Und dann war es fast so weit für uns. Ich hatte extraviel Zeit eingeplant, um Iona fertig zu machen. Normalerweise beruhigte mich das, aber heute flatterten meine Nerven trotzdem. Als es nichts mehr zu tun gab, wandte ich mich um.

Mein Blick glitt über das Publikum, weil ich hoffte, irgendwo Linh oder Jannis stehen zu sehen, aber das war ein Fehler. Jetzt fiel mir erst richtig auf, wie viele Leute zum Zuschauen gekommen waren. Auch Bastis Oma, Frau Grevenhorst, war da.

Was hatte ich mir nur gedacht? Es war doch klar gewesen, dass eine Aktion, bei der ein Pferd im Spiel war, viel interessanter sein würde als die hundertste Powerpoint-Präsi. Falls ich je Aufmerksamkeit gewollt hatte, da war sie.

Schnell drehte ich den Zuschauern den Rücken zu und kraulte Iona unter ihrer schwarzen Mähne. Sie stand völlig zufrieden da und beobachtete den Auflauf höflich interessiert. Unser Pferd hatte mehr Selbstbewusstsein als ich. Es war lachhaft!

»Alles in Ordnung, Kumpel?« Theo hatte Basti auf Ionas Rücken geholfen.

Der grinste breit. »Alles super. Danke.«

»Dann viel Spaß.« Theo grinste zurück und wandte sich zu mir. »Viel Erfolg. Du schaffst das mit links.«

Er drückte meine Schulter. Dann hob er die Aufsteighilfe auf, ging zum Hänger und machte die Klappe zu.

Kein Witz? Kein blöder Spruch? Ich musste wirklich grün um die Nase sein, wenn Theo mich mit seinen Kommentaren verschonte.

Auf einmal stand Nils neben mir. Er lächelte mir zu und nickte. Okay, dann war es wohl so weit.

Ich holte tief Luft. Es war ganz einfach. Ich konnte meinen Text im Schlaf. Wir würden das hinkriegen.

Iona schnaubte sanft, und für einen winzigen Moment gönnte ich mir den Luxus, mich gegen ihren Hals zu lehnen. Das musste reichen.

»Soll ich anfangen?«, raunte Nils mir zu, als die Leute immer ungeduldiger wurden und die ersten schon anfingen zu kichern.

Die Versuchung war groß, aber ich schüttelte den Kopf. Dann drehte ich mich um.

»Hallo«, kam es piepsig aus meinem Mund.

Anscheinend hatte mich niemand gehört, denn alle unterhielten sich in derselben Lautstärke weiter.

Okay, Frida, stell dir vor, das sind deine Ponys.

Der Gedanke war ganz plötzlich da und überraschte mich so, dass ich grinsen musste. Aber er war nicht blöd. Gar nicht blöd.

Dann würden wir den Leuten also mal zeigen, wer hier das Sagen hatte.

Ich stellte mich breitbeiniger hin, straffte die Schultern und hob das Kinn. Dass Iona neben mir sofort die Ohren spitzte, brachte mich fast zum Lachen.

»Hallo«, sagte ich wieder, diesmal viel lauter. »Schön, dass ihr euch dafür interessiert, was Hippotherapie ist, und uns bei der Arbeit zugucken wollt.«

Auf allen Seiten gingen »Schhhhh« und »Pst« und »Haltet doch mal die Klappe« durch die Menge. Ich zwinkerte Basti zu, murmelte »Bananeneis«, und Nils lief grinsend mit Iona am Strick los.

Während es langsam ruhiger wurde, redete ich einfach weiter. »Hippotherapie kann man sich vorstellen wie Krankengymnastik auf dem Pferd. Bei der Hippotherapie wird das Pferd von einer Person geführt, und eine zweite Person hält den Patienten, so wie ich jetzt. Dann macht der Patient Übungen.«

Basti fing an, mit den Armen zu kreisen.

»Diese Übungen sind deswegen besonders effektiv, weil der Patient dabei die Schwingungen des Pferderückens ausgleichen muss. Die von euch, die selber reiten, wissen, dass das manchmal schon schwierig ist, wenn man ganz gesund ist.«

Wie als Bestätigung seufzte jemand laut und das brachte alle zum Lachen.

Es lief.

»Voraussetzung für eine Weiterbildung zur Hippotherapeutin ist eine Ausbildung in einem medizinischen Beruf, zum Beispiel Physiotherapie. Außerdem sollte man sich mit Pferden auskennen, also gut reiten können, über Haltungsbedingungen Bescheid wissen und so weiter.«

Mittlerweile hörten mir die meisten Leute zu, nur hier und da flüsterte jemand. Und ganz vorne standen und saßen ein paar kleinere Mädchen, die gar nichts mitbekamen, sondern nur Iona verliebt anstarrten, aber damit konnte ich gut leben.

»Hippotherapie ist für Kinder genauso geeignet wie für Erwachsene«, erklärte ich weiter. »Der Vorteil zu einer normalen Physiotherapie ist, dass die Motivation höher ist, weil es viel mehr Spaß macht zu reiten, als langweilige Übungen auf einer Gymnastikmatte zu machen.«

Die Mädchen in der ersten Reihe nickten zustimmend. Die waren ja doch bei der Sache.

Jetzt übernahm Nils. Damit hatten wir auch die älteren Mädchen im Boot. Er erzählte etwas über die Anwendungsbereiche und die Therapieziele.

»Basti hier, der uns heute netterweise assistiert«, Basti grinste in die Runde, dann legte er sich langsam nach hinten auf Ionas Kruppe, »hat uns zum Beispiel erklärt, dass die Hippotherapie ihm hilft, besser das Gleichgewicht zu halten. Außerdem entspannt sich sein Körper leichter, was bei Krämpfen besonders wichtig ist. Seine Muskulatur wird stärker und er kann sogar besser laufen.«

»Tja, wenn ich zwei verkrüppelte Beine hätte wie der Spast, würde ich mir auch vier neue besorgen.«

Für einen Moment war es ganz still. Der Satz schwappte über den Schulhof wie eine Welle schmutziges Wasser. Nils machte einen Schritt vor. Er sah in die Richtung, aus der der Zwischenruf gekommen war, und scannte das Publikum.

»Geht's noch, du Penner?«, rief er, aber ich wusste nicht, wen er meinte.

Dann brach das Chaos aus.

Nils drückte mir Ionas Strick in die Hand und stürzte sich auf die Leute, die nach einer Schrecksekunde zur Seite sprangen. Weiter hinten drängte sich jemand zwischen den Zuschauern hindurch, aber ich konnte nicht erkennen, ob es ein Schüler oder ein Erwachsener war. Die Leute reckten die Köpfe und redeten durcheinander, viele hatten ihre Handys rausgezogen und filmten, wie Nils hinter dem Typen herrannte.

Mir fiel Basti wieder ein.

»Oh Gott, entschuldige. Warte, ich helfe dir.« Gemeinsam mit Theo und Jannis, die links von Iona aufgetaucht waren, stemmte ich Basti hoch.

»Alles okay. Mir geht's gut.« Vorsichtig setzte sich Basti auf dem Sattelpad zurecht.

»Ihr kommt klar, oder?« Jannis sah mich an.

Als ich nickte, rannte er los, in dieselbe Richtung, in die Nils und der Idiot verschwunden waren.

»He, Kumpel, nimm dir das nicht zu Herzen.« Theo drückte Bastis Knie.

Der zuckte mit seiner linken Schulter. »Ach, Quatsch. So was höre ich doch ständig. Außerdem hab ich ja nur ein verkrüppeltes Bein. Lieber ein verkrüppeltes Bein als ein verkrüppeltes Hirn.« Er grinste schon wieder, aber seine Augen waren nicht so fröhlich wie sonst. Außerdem drehte sich seine rechte Hand immer stärker nach innen. Ich musste was unternehmen.

»Wir machen weiter«, beschloss ich. Erst nickte Basti, dann Theo. Er nahm mir Ionas Strick aus der Hand und ging los.

»Wir machen weiter«, wiederholte ich lauter. Ohne darauf zu warten, dass mir wieder alle zuhörten, sagte ich: »Für die Hippotherapie werden Pferde eingesetzt, die nicht allzu groß sind, aber kräftig. Iona hier ist zum Beispiel ein Highland-Pony …«

Ich brachte meinen Vortrag wie geplant zu Ende, und mit jeder Runde, die wir liefen, wurden die Leute wieder aufmerksamer, Iona entspannter und Basti selbstsicherer.

Als wir schließlich fertig waren, blieben wir in der Mitte des Kreises stehen, und die Zuschauer klatschten laut. Die Pfiffe und Bravorufe galten Basti, da war ich mir sicher. Er strahlte über beide Ohren, und auch wenn mich das ein bisschen tröstete, hätte ich mir am liebsten dafür in den Hintern getreten, dass ich ihn in diese Situation gebracht hatte.

# Jannis

»Weg da!« Ich stieß und rempelte mir meinen Weg frei, aber die Leute waren so dämlich – statt einfach zur Seite zu gehen, maulten sie mich an oder merkten im schlimmsten Fall gar nicht, dass hier jemandem was Besseres eingefallen war, als Nils' Verfolgungsjagd zu filmen.

Jedenfalls hielt ich es für eine gute Idee, ihm hinterherzurennen, bis ich um das Schulgebäude gebogen und an der Sporthalle entlang zum Fußballfeld gesprintet war. Dort blieb ich keuchend stehen und sah mich um. Wohin waren sie verschwunden? Hatten sie so viel Vorsprung? Ich hätte schwören können, dass Nils hier langgelaufen war.

Als ich wieder etwas zu Atem gekommen war, glaubte ich kurz, etwas zu hören. Wortfetzen. Woher kamen die? Zögernd ging ich auf die Hecke zu, die das Feld von der Aschebahn trennte.

»… nicht abgemacht! … dabei gedacht?«

»… dich ein! Das ist doch bloß ein …«

Es waren zwei Stimmen und sie klangen beide wütend.

»… nicht okay! … wollt ihr denn jetzt noch?«

»He, lass das! Du dämlicher kleiner …«

Irgendwie war das seltsam. Die eine Stimme gehörte eindeutig Nils. Kannte er den Typen etwa?

Ich lauschte so angestrengt, dass ich blind wie ein Maulwurf mit der Fußspitze in dem Schlauch der Sprinkleranlage hängen blieb und stolperte. Hier am Spielfeldrand war der Platz abschüssig, sodass ich mich gerade noch fing, bevor ich mich hinlegte. Trotzdem machte ich natürlich Lärm wie ein Trampeltier.

»Halt 's Maul!«, zischte die andere Stimme, dann noch etwas, was ich nicht verstand. Drei Schritte später war ich um die Hecke herum und sah Nils, wie er hinter dem anderen Typen herrannte. Ich lief ihnen nach, aber da schlüpfte der Penner, der Basti angegangen war, unter dem Zaun zur Straße durch. Nils folgte ihm.

Sie hatten vielleicht hundert Meter Vorsprung, aber als ich am Zaun ankam und durchkriechen wollte, tauchte Nils' Kopf in dem Loch auf.

»Keine Chance«, keuchte er. »Hab ihn verloren.«

»Aber … aber eben war er doch noch da!«, japste ich.

Nils verbaute mir den Weg und robbte in aller Seelenruhe durch den kaputten Maschendrahtzaun. Als er sich langsam aufrichtete, jagte hinter ihm mit Vollgas ein Motorrad vorbei, sodass ich ihn kaum verstand: »Der ist in einen Hinterhof und dort hab … nicht mehr gesehen. Wahrscheinlich … durch irgendeine Tür.«

Ich deutete hinter mich. »Du hast dich doch gerade noch mit ihm unterhalten! Warum hast du ihn nicht zurückgebracht? Kanntest du den?«

»Der Typ war einen halben Kopf größer und viel breiter als ich.« Nils zuckte mit den Schultern. »Als du so einen Radau veranstaltet hast, war ich abgelenkt, da ist er weg.«

Er konnte genau sehen, dass ich ihm die Geschichte nicht abkaufte. Aber es brachte auch nichts, dem anderen hinterherzulaufen, der war bestimmt über alle Berge. Schweigend machten wir uns also auf den Rückweg.

# Frida

Während Theo und ich Iona das Sattelpad abnahmen und sie in den Hänger führten, war Basti von Schwärmen schnatternder Mädchen umringt. Frau Grevenhorst hielt sich im Hintergrund, aber ich konnte sehen, dass sie ihn immer wieder prüfend musterte. Irgendwie munterte mich das auf.

»Alles okay mit dir?« Auch Theo sah mich kritisch an.

Ich nickte. »Mir tut's nur für Basti leid. Darauf wäre ich nie gekommen, dass sich jemand so bescheuert verhalten könnte.«

Theo warf Basti einen Blick zu. »Ich glaube, er kommt klar. So was hat er sicher nicht zum ersten Mal gehört. Aber vermutlich haben ihn vorher die Mädels nicht so angeschmachtet.«

»Ich weiß nicht, ob es das besser macht«, brummte ich.

Theo lachte. »Glaub mir, die Aufmerksamkeit von Mädchen entschädigt einen Jungen für vieles.« Er ignorierte meine hochgezogenen Augenbrauen und deutete nach draußen. »Du kriegst übrigens deinen Teil ab. Der Typ von der Zeitung wartet auf dich. Und Frau Stowasser auch, wie es aussieht.«

Als ich aus dem Hänger stieg und auf Frau Stowasser und Herrn Lorenzen zuging, entdeckte ich Jannis und Nils, die in unsere Richtung liefen. Sie waren in einem komischen Stechschritt unterwegs, und es wirkte, als würden sie sich am liebsten anrempeln.

Aber ich kam nicht dazu, sie zu fragen, was passiert war, denn Frau Stowasser meinte: »Gut gemacht, Frida. Da hast du vorhin sehr souverän reagiert. Aber auch dein Vortrag war sehr informativ.

Danke dafür. Herr Lorenzen würde dir gern ein paar Fragen dazu stellen, wenn du das möchtest.«

Verblüfft nickte ich. In den folgenden zehn Minuten verfluchte ich mich still dafür, denn Herr Lorenzen wurde einfach nicht fertig. Ich hätte ja froh sein sollen, dass unsere Pferde in dem Artikel so viel Platz bekamen – immerhin war das ursprünglich der Grund für diese Aktion heute gewesen –, aber ich konnte mich kaum auf seine Fragen konzentrieren. Ich wollte einfach nur hören, was Nils und Jannis erreicht hatten.

Gefühlte drei Stunden später suchte er sich endlich ein anderes Opfer. Ich entdeckte Nils bei Basti und wollte schon hingehen, aber Jannis, der sich anscheinend irgendwo hinter mir rumgedrückt hatte, hielt mich zurück.

»Frida? Ich muss mit dir reden.« Er sah ziemlich ernst aus.

»Was ist los? Habt ihr den Typen erwischt?«

Jannis schüttelte den Kopf. »Nein, er ist weg. Aber … aber ich glaube, Nils hängt da irgendwie mit drin. Er hat ihn laufen lassen.«

Ein paar Sekunden konnte ich ihn nur anstarren. Dann lachte ich trocken auf. »So ein Quatsch! Wieso sollte Nils so was machen? Der mag Basti! Du hast doch gehört, wie er ihn in Schutz genommen hat.«

»Trotzdem …« Mit einem grimmigen Ausdruck sah Jannis in Nils' Richtung.

»Hast du gesehen, wie er ihn hat laufen lassen?«

Er schaute mich wieder an und verzog den Mund. »Nicht direkt, aber –«

»Da hast du's! Du hast bestimmt irgendwas falsch verstanden.«

»Ich hab nichts falsch verstanden, ich weiß doch, was ich gehört hab. Der Typ ist –«

»Nett, freundlich, hilfsbereit, meinst du?« Langsam reichte es mir. »Sag mal, was passt dir an Nils eigentlich nicht? Seit du ihn getroffen hast, stänkerst du nur an ihm rum. Dabei kennst du ihn gar nicht! Der ist echt in Ordnung.« Ich konnte sehen, dass er zu einer ziemlich scharfen Antwort ansetzte, aber ich ließ ihn gar nicht zu Wort kommen: »Und jetzt lass mich vorbei. Ich muss mich noch bei Nils bedanken, dass er Basti geholfen hat.«

Als ich mich von ihm weggedreht hatte, kniff ich kurz die Augen zu. Das war jetzt vielleicht doch ein bisschen hart gewesen. Aber es war einfach nicht fair, dass er Nils ständig so schlechtmachte. Zugegeben, ich hatte ihn am Anfang auch unerträglich gefunden, aber jetzt, wo ich ihn besser kannte …

Nils sah auf, als ich bei ihm und Basti ankam. »Na, alles klar?«

Ich nickte. »Bei mir schon. Und bei euch?«

Basti meinte lässig: »Klar. Alles bestens.« Er grinste. »Das haben wir super hingekriegt, was?«

Nils schlug bei Basti ein und lachte. Im nächsten Moment wurde Basti schon wieder von einem Mädchen abgelenkt und hatte keine Augen mehr für uns.

Nils und ich wandten uns diskret ab. Er machte den Mund auf, um etwas zu sagen, aber ich kam ihm zuvor: »Hab schon gehört, dass der Typ weg ist. Das war ziemlich mutig von dir, dem hinterherzulaufen.«

Nils fing an, es herunterzuspielen, aber das bekam ich kaum mit, denn in seinem Rücken schlich Jannis am Hänger herum und tat so, als würde er aufräumen. Dabei beobachtete er uns mit bitterböser Miene. Ich sah ihn kalt an, doch statt sich wegzudrehen, deutete er mit bedeutungsschwerem Blick auf Nils.

Irgendwas in meinem Hirn setzte aus, denn viel süßlicher, als ich es von mir kannte, sagte ich: »Jedenfalls danke. Das war wirklich toll.«

Und dann beugte ich mich zu Nils, legte ihm eine Hand auf die Schulter und drückte ihm einen Kuss auf die Wange. Womit ich nicht gerechnet hatte, war das kleine stechende Gefühl im Herzen, als sich Jannis mit schockiertem Gesicht wegdrehte und verschwand.

# Jannis

Ich nahm den ersten Bus, den ich erwischte, und fuhr gemeinsam mit ein paar Siebtklässler-Nerds, die noch keine Freunde hatten oder rechtzeitig für den Fechtkurs zu Hause sein mussten, Richtung Eldenau.

Im Ernst jetzt, was dachte sie sich? Flirtete diesen Möchtegern-Superman an, nur weil er sich für Basti starkmachte? Als ob ich das nicht getan hätte!

Der Typ war so was von daneben! *Und* er konnte es unmöglich ernst mit ihr meinen. Mit dem stimmte was nicht, darauf hätte ich meinen Kopf verwettet.

Mein Handy piepste, und weil ich dachte, dass sich Frida irgendwie erklären oder entschuldigen wollte, tippte ich blind auf das Nachrichtensymbol und erkannte zu spät, dass Björn geschrieben hatte. Da hatte ich den Text aber schon gelesen.

»Hab dich und Darina in Neubrandenburg gemeldet. Krieg sie bis dahin fit. Papa.«

Am liebsten hätte ich das Smartphone einmal quer durch den Bus gepfeffert. Drehten denn jetzt alle durch? Vor Wut verpasste ich beinahe meine Haltestelle. Die Busfahrerin warf mich mit einem übelst genervten »Halt Kranichfeld« raus.

In der Küche fand ich nur einen Zettel von Mama vor. »Hab einen Termin in Buddenwalde. Könntest du Mafalda und Ohnegleichen für mich übernehmen? Wenn du Hunger hast, mach dir bitte ein Brot, wir kochen abends. Hab dich lieb!«

Ihr Brot konnte sie sich in die Haare schmieren. Termin in Buddenwalde, klar. Die war doch bestimmt wieder mit ihrem Lover unterwegs. Florian, dieser falsche Fuffziger. Wenn ich an den dachte, sah ich immer noch rot. Ich lachte bitter auf. Vielleicht sollte ich ihn fragen, ob er eine Ahnung hatte, wie ich mein Pferd in nicht mal zwei Monaten für ein M-Springen fit kriegte. So großzügig, wie er mir seine Hilfe angeboten hatte, der Heuchler.

Tja. Wenn hier jeder tun und lassen konnte, was er wollte, ohne Rücksicht auf Verluste, dann musste ich eben auch sehen, wo ich blieb. Ab heute war Schluss mit meinem Entgegenkommen. Mama konnte ihre beiden Pferde ruhig nach ihrem Date machen und bei Frida war Schluss mit dem Kuschelkurs. Ich konnte es mir nicht mehr leisten, ständig nach ihrer Pfeife zu tanzen. Ich hatte ein Pferd zu trainieren.

Den Einstellern war es heute Mittag anscheinend zu heiß, denn ich hatte den Stall für mich allein. Nur Kamil werkelte irgendwo mit Mistgabel und Schubkarre vor sich hin. In der Halle legte ich mir zwei Cavaletti zurecht, alles ganz easy. Dann holte ich Dari aus der Box.

Je länger ich darüber nachdachte, desto sicherer war ich mir. Warum war ich denn die ganze Zeit nicht mehr geritten? Gab es irgendeinen Beweis, dass das nicht ging? Die Einzige, die behauptete, dass Dari sich nicht reiten ließ, war Frida. Mit freundlicher Unterstützung von Florian.

Ich schnaubte. Nicht mit mir, Freunde.

In null Komma nichts hatte ich Dari fertig, auch wenn sie ganz schön blöd guckte, als ich ihr den Sattel auf den Rücken legte.

Aber ganz ehrlich, wenn sie jetzt noch nicht kapiert hatte, dass ich ihr nichts Böses wollte, dann wurde das auch nichts mehr. Dann musste ich es auf meine Art machen. Und nicht auf Fridas.

Ich brachte Dari in die Halle und führte sie eine Runde, damit sie sich alles angucken konnte. Sie war für die Bodenarbeit ständig hier gewesen, aber vielleicht machte sie das ja sicherer. Doch die Umgebung schien sie gar nicht zu interessieren. Sie stakste durch die Gegend, als wäre sie vor irgendwas auf der Hut.

Das war Blödsinn. Je schneller wir es hinter uns brachten, desto besser. Es musste ja doch sein, sie musste wieder lernen, einen Reiter zu akzeptieren. Da konnte ich sie noch so lang im Kreis führen, mit der Tatsache musste sie klarkommen.

Also saß ich auf. Dabei blieb sie brav stehen, aber als ich sie anritt, drückte sie den Rücken weg und machte sich ganz hart.

Optimal war das nicht. Und es wurde auch nach drei Runden nicht besser, deswegen trabte ich sie an. Vielleicht wurde sie da schneller locker. Sie gab ein komisches pfeifendes Geräusch von sich und rumpelte los. Wie verrückt kaute sie auf dem Gebiss herum und war ständig hinter dem Zügel und an Dehnung brauchte ich gar nicht zu denken.

Puh. Da kam ja noch Arbeit auf uns zu.

Ich wollte das Training gerade beenden, weil sie sogar nach dieser Trabtour schon nass geschwitzt war, aber da sah ich Frida an der Bande stehen. Sie hatte die Augen aufgerissen und starrte mich an, als wäre ich das gewissenloseste Monster, das ihr je untergekommen war. Dieser Blick reichte, um meine Wut wieder anzustacheln.

Irgendwas wollte ich ihr beweisen, aber was und wie, das wusste ich nicht. Deswegen tat ich das Einzige, was mir einfiel: Ich galoppierte Dari an.

Das heißt, ich versuchte es. Dari fühlte sich an wie eine zum Zerreißen gespannte Feder, die sich im Bruchteil einer Sekunde zusammenzog. Mit allen vieren gleichzeitig sprang sie in die Luft, und das Nächste, was ich wusste, war, dass ich im Sand landete.

Ich war sofort wieder auf den Beinen, aber Frida war noch schneller. Sie stieß die Bandentür auf und blieb in der Mitte der Halle stehen.

»Raus hier«, zischte sie mir zu.

Und als ich mein Pferd zitternd in der Ecke stehen sah, mit nassem Hals und bebenden Flanken, tat ich, was sie sagte.

Eine Viertelstunde später führte Frida Dari aus der Halle. Sie hatte den Kopf gesenkt, aber nicht entspannt, sondern erschöpft. Ich folgte ihnen zum Putzplatz. Mittlerweile waren die rationalen Teile meines Hirns wieder angesprungen, und mir wurde langsam klar, was ich angerichtet hatte.

Frida nahm Dari Sattel und Zaumzeug ab und streifte ihr das Halfter über.

»Komm her«, befahl sie dann, ohne mich anzusehen. Als ich zögerte, schob sie in diesem neutralen Ton, der mir mittlerweile eindeutig sagte, dass sie fuchsteufelswild war, hinterher: »Wir müssen sie dazu bringen, dass sie dich an sich ranlässt. Wenn sie den Tag heute als Katastrophe abspeichert, war's das für euch.«

Also stellte ich mich neben Frida. Dari registrierte mich natürlich, aber anscheinend hielt sie es aus, mich in ihrer Nähe zu haben, solange Frida hier war. Sie fing an, Dari zu streicheln, und nach ein paar Minuten flüsterte sie: »Mach mit.«

Ich weiß nicht, wie lange wir dastanden und mit langsamen Bewegungen über Daris Fell strichen. Als ich schon dachte, es würde gar nicht mehr passieren, schnaubte Dari endlich ab. Ein paar Sekunden später trat Frida zurück. Auch ohne dass sie etwas sagte, kapierte ich, was ich zu tun hatte: Ich musste sie so lange weiterstreicheln, bis sie ein zweites Mal schnaubte.

Und auch wenn ich es nicht verdient hatte: Nach einer gefühlten Ewigkeit erlöste Dari mich tatsächlich.

Von irgendwo hinter mir kam Fridas Stimme: »Führ sie in die Box, bring ihr Heu und verabschiede dich leise von ihr. Und dann lass sie für heute in Ruhe.«

Mittlerweile war ich so erschöpft, wie Dari aussah. So absurd es klingt: Ich war dankbar, gesagt zu bekommen, was ich zu tun hatte.

Der Gang nach draußen zu Frida war hart. Dass sie kein freundliches Wort für mich übrig hatte, konnte ich mir ja denken. Ich hatte mich wie ein Vollidiot benommen und einfach nur unverschämtes Glück gehabt, dass weder mir noch meinem Pferd etwas passiert war.

Sie erwartete mich mit verschränkten Armen und eisiger Miene.

Obwohl ich nicht wusste, was ich sagen wollte, machte ich den Mund auf, aber sie kam mir zuvor: »Es interessiert mich gar nicht, was dich geritten hat. Du hast alles falsch gemacht, was man falsch machen kann. Jetzt kannst du wieder von vorn anfangen. Herzlichen Glückwunsch.«

Mit einem letzten schneidenden Blick drehte sie sich um und stapfte davon. Ich hatte nichts hinzuzufügen.

# Frida

Die Tage vor dem Derby waren hart. Es war nur gut, dass wir das alle schon so oft gemacht hatten, sonst wären wir uns wahrscheinlich gegenseitig an die Gurgel gegangen. Abends zwang Mama mich immer ins Bett (»Auch wenn ihr nur noch Filme guckt, morgen ist Schule!«), aber dann stand ich eben früh um fünf wieder auf, um das Sattelzeug zu putzen, Hufe zu fetten oder Schabracken zu waschen.

Dagegen durften Luise und Theo die ganze Woche über die Uni schwänzen (»Aber nur, weil wir diesmal so spät dran sind!«). Theo stellte den Arbeitsplan für Aufbau, Getränkeausschank, Essensverkauf und Rennorganisation auf und verdonnerte seine Kumpels zum Mithelfen. Außerdem übernahm er alle Reitstunden und trainierte mit seinen Gruppen so verbissen am Strand, dass mir der Verdacht kam, er wollte mir den Titel mit einer seiner Schülerinnen abluchsen. Natürlich bestritt er das, als ich ihn darauf ansprach, aber einmal erwischte ich ihn, wie er oben am Pfad an der Steilküste Livs Zeit stoppte.

Wie üblich packte Luise überall an. Mit Simon und Heinrich organisierte sie Bierbankgarnituren, Partygeschirr und Gläser. Abends durchforstete sie mit Hilda Rezeptbücher nach Kuchen, die man problemlos Tage vorher backen konnte, kaufte Zutaten ein und wirbelte in der Küche herum.

Als ich in einem unvorsichtigen Moment vorschlug, dass wir doch die Eltern der Reitkinder bitten könnten, Kuchen fürs Büfett mitzubringen, guckte sie mich an, als hätte sie mich noch nie gesehen, und meinte: »Und dann kriegen wir fünfmal staubtrockene Chocolate-Chip-Muffins? Nur über meine Leiche.«

Man musste ihr zugutehalten, dass sie sonst in keiner Hinsicht ein Snob war.

Mama hatte ganz schön Mühe, einen Getränkehändler zu finden, der am Tag des Derbys so früh liefern konnte, wie wir es brauchten, und dann auch noch zwei mobile Spülbecken frei hatte. Außerdem war sie ständig am Telefon, um den Leuten die Teilnahmebedingungen zu erklären, oder tüftelte an geeigneten Paarungen für die Vorläufe.

Obwohl nach der Moorrettungsaktion das halbe Dorf von »unseren Ponys« sprach und sich mindestens viermal so viele Sponsoren gemeldet hatten wie in den vergangenen Jahren, kostete es Papa ziemlich viele Nerven, in den paar verbleibenden Tagen alle nötigen Genehmigungen von allen möglichen Ämtern aufzutreiben. Außerdem mussten die Polizei und die Feuerwehr mitspielen, und wir brauchten einen Rettungswagen, von Strom- und Wasseranschlüssen ganz zu schweigen. Wenigstens war von vornherein klar, dass sich Florian um die Pferde kümmern würde. Die mussten nämlich auch nach jedem Durchgang untersucht werden, ob sie noch fit genug waren, um weiter mitzumachen.

Unsere Reitkinder hängten im Umkreis von dreißig Kilometern Plakate auf und verteilten Flyer, Emma und ihre Mädels erklärten sich bereit, den ganzen Tag über Müll einzusammeln (Heldinnen, alle vier!), und Linh und Max erstellten Musik-Playlists, von denen aber die Hälfte entweder bei Papa oder bei Theo oder beiden durchfiel. In meiner Familie hatte eben jeder seine eigene Art von Dachschaden.

Vom Carlshof kamen nicht nur viele Anmeldungen für das Rennen, sondern auch eine Menge Hilfsangebote. Annikas war das erste. »Wenn ihr mich braucht, könnt ihr mich gern den ganzen Tag als Aufsicht bei den Pferden eintragen. Ich reite nicht mit.«

»Wieso das denn?«, wollte ich wissen.

»Ich hab nicht das richtige Pferd«, erklärte sie achselzuckend.

»Du kannst gern eins von unseren haben, wenn du willst. Mit James bist du doch zum Beispiel immer gut klargekommen.«

Ihre Augen leuchteten auf. »James geht nicht mit?«

Ich schüttelte den Kopf. Ihre Überraschung konnte ich verstehen, James war ein total beliebtes Schulpony. Er war nicht nur megahübsch, sondern auch fleißig. Aber die kleineren Mädels ritten dieses Jahr wohl noch nicht gut genug für ihn und die erfahreneren Reiterinnen waren in der letzten Zeit zu viel gewachsen.

Annika überlegte kurz, dann sagte sie: »Nein, ist schon okay. Gegen dich und Liv haben wir sowieso keine Chance. Vielleicht nächstes Jahr. Aber danke.« Sie lächelte vorsichtig.

So ganz wurde ich den Eindruck nicht los, dass sie glaubte, etwas gutmachen zu müssen. Aber auch wenn längst vergessen war, dass sie mit Marcel Stimmung gegen mich gemacht hatte, war ich diesmal schlau genug, die Klappe zu halten. Jemanden zu haben, der unsere Pferde kannte und den ganzen Tag die provisorischen Koppeln beaufsichtigte, war Gold wert.

Die Koppeln bauten Papa, Theo, Simon, Luise, Jannis und ich am Abend vor dem Derby gemeinsam auf. Der letzte Schultag war vorbei, das Zeugnis einigermaßen verdaut und vor uns lagen sechs Wochen Freiheit. Das würden wir morgen Abend auch ausgiebig feiern, aber jetzt mussten wir noch mal einen Tag lang alle Konzentration zusammenhalten.

Jannis war in der vergangenen Woche überall da aufgetaucht, wo es gerade brannte. Das freute mich zwar (ein bisschen), aber ich hatte keine Lust, ihm das zu zeigen. Wir redeten die ganze Zeit nur das Nötigste, und ich gab ihm auch nicht mehr Bescheid, wenn ich mit Liv trainierte. Sie war irritiert, dass Dari uns nicht mehr an den Strand begleitete, und ich konnte sie verstehen: Das Derby war seit Wochen so eng mit ihr und Jannis verknüpft, dass ich mich auch ganz allein fühlte.

Trotzdem. Was hatte er sich dabei gedacht? Es war, als wäre alles, woran wir im vergangenen Dreivierteljahr gearbeitet hatten, plötzlich nichts mehr wert. Als hätte er in keiner Minute zugehört und nichts verstanden, was Dari ihm in unserer Arbeit mitgegeben hatte. Oder ich.

Aber ganz ehrlich: Es war verdammt hart. Ich wollte das nicht, ich wollte nicht, dass wir uns benahmen wie letzten Herbst, als wir noch keine Freunde gewesen waren. Ich wollte, dass er bei mir war, wenn ich startete, dass er mich anfeuerte und mir zwischen den Läufen Tipps gab. Ich wollte, dass er sich freute, wenn Liv und ich einen Durchgang gewannen.

Doch vor allem wollte ich wissen, was mit ihm los war. Seit Tagen ertappte ich ihn immer wieder dabei, wie er vor sich hin brütete, aber er sagte nichts, und ich fragte nicht.

»Frida, geh mal einen Meter weiter nach links«, holte Luise mich aus meinen Gedanken.

So viel dazu, dass wir bis morgen unsere Konzentration hoch halten mussten.

Ich machte zwei Schritte nach links, und als Luise nickte, steckte ich den Pfahl in den Boden. Der Untergrund war dermaßen trocken, dass das gar nicht so leicht ging, aber als Jannis begann: »Soll ich –«, funkelte ich ihn an und half mit einem heftigen Tritt nach.

Das Teil hielt.

Gemeinsam hatten wir die Behelfspaddocks recht schnell abgesteckt. Wir befestigten die Isolatoren und spannten die Bänder für den Elektrozaun. Die Weidezaungeräte würden wir erst morgen anschließen.

Theo hatte mich den ganzen Abend immer finsterer gemustert, und als Jannis sich schließlich verabschiedete und aufs Rad schwang, um in die uns entgegengesetzte Richtung davonzufahren, fragte er ihn: »Du bist morgen dabei, oder?«

Vielen Dank, großer Bruder, dass du mir in den Rücken fällst. Empört starrte ich ihn an. Die Frage war nur Tarnung. Er wollte mir unter die Nase reiben, wie kindisch ich mich aus seiner Sicht verhielt.

Jannis zuckte mit den Schultern. »Weiß noch nicht, ob ich's schaffe. Viel Erfolg euch.« Nach einem kurzen Zögern sah er mich an. »Dir vor allem.«

Ich kniff die Lippen zusammen, dann nickte ich. Aber er war schon weg.

Und dann war es endlich morgen und wir aus den Betten, bevor die Sonne richtig aufgegangen war. Während Luise den letzten Kuchen in den Ofen schob und nebenher Frühstück machte, kümmerte sich der Rest ums Füttern und Ausmisten.

Für immerhin zwanzig Minuten schafften wir es, gemeinsam am

Tisch zu sitzen. Die Stimmung war besser als in allen Jahren, an die ich mich erinnern konnte. Anscheinend wog die Erleichterung darüber, dass das Derby überhaupt stattfand, die Anspannung auf, dass noch eine Menge schiefgehen konnte.

»Du könntest zum Beispiel nicht gewinnen«, meinte Theo, als ich den Gedanken aussprach.

Ich grinste breit. »Hältst du das für wahrscheinlich? Wen von den Mädchen hast du denn auf mich angesetzt?«

»Ich?« Theo tat unschuldig. »Den Ehrgeiz meiner Reitschülerinnen muss ich nicht wecken, den haben sie schon selber.«

»Mhm, klar. Und welche Zeit hast du neulich gestoppt?«

»Eine Minute, siebenundfünfzig Sekunden«, kam es wie aus der Pistole geschossen.

Während Mama und Papa mich nur groß anguckten, rief Luise: »Du bist die Distanz unter zwei Minuten gegangen?«

»Äh«, machte ich. »Das wusste ich auch noch nicht.«

»Da hat das Training mit Jannis was gebracht, wie?«, brabbelte Theo um einen Mundvoll Butterbrot herum. »Was hat der Kerl eigentlich schon wieder angestellt, dass du so rumzickst?«

Hatte ich was von guter Stimmung gesagt?

»Ich zicke nicht, und wenn du es genau wissen willst, hat er Dari geritten, bevor sie bereit dazu war. Reicht das, damit ich sauer sein darf auf ihn?« Wütend packte ich mein Geschirr zusammen und stand auf, um es zur Spüle zu bringen, aber Theo hielt mich am Arm fest.

»Das wusste ich nicht, sorry. Echt bescheuert von ihm. Wie geht's Dari?«

Sosehr mich mein Bruder oft auch nervte, er hatte es drauf, dass man ihm nicht lange böse sein konnte.

»Die kommt schon wieder in Ordnung.« Ich seufzte. »Hoffe ich jedenfalls. Es hat eben nur so viel Arbeit kaputt gemacht.«

Er nickte und ließ mich los und ich stellte meine Tasse und den Teller in den Geschirrspüler. An der Tür blieb ich stehen.

»Ich geh schon mal in den Stall. Die ersten Mädchen kommen bestimmt bald zum Putzen. Bis dann.«

»He, Champion«, rief mir Theo hinterher, als ich schon halb im Flur war. Ich verkniff mir ein Grinsen und drehte mich noch mal um. Er deutete mit dem Zeigefinger auf mich. »Ich zähl auf dich.«

»Wir kommen zum nächsten Duell in der Vorrunde des Hauptrennens«, dröhnte Theos Stimme verzerrt über den Strand. »Es treten an Helena Kruse mit der Startnummer 11 auf Santo Domingo gegen die Vorjahressiegerin Frida Beneke mit der Nummer 17 auf Liv. Das verspricht ein spannendes Rennen zu werden. Hat die kleine Ponystute eine Chance gegen diesen langbeinigen Mecklenburger Wallach?«

Wenn ich mir damit nicht richtig, richtig Ärger mit Mama und Papa eingehandelt hätte, wäre das ein Moment gewesen, Theo den Stinkefinger zu zeigen. Für Helena war es genau wie für mich der zweite Lauf, und das, was ich bisher von ihr und Santo Domingo gesehen hatte, ließ mich nicht vor Angst erstarren. Ich konnte mir nicht vorstellen, dass der Braune einen Turbo hatte, den er gerade jetzt entdeckte. Gegen den behäbigen Tinker vorhin hatte er jedenfalls einige Mühe gehabt.

Helena und ich lächelten uns an, als Theo uns zur Startlinie beorderte. Liv benahm sich nicht so höflich, sondern legte die Ohren an, als Santo Domingo ihr einen Schritt zu nah kam. Dann fiel der Startschuss und wir waren unterwegs.

Liv kam super weg, und eigentlich hätten wir schon nach hundert Metern einen satten Vorsprung haben müssen, aber wider Erwarten ließen wir Helena und Santo Domingo nicht gleich an der Linie stehen. Der Kerl hatte sich anscheinend ein bisschen in Liv verguckt, denn er blieb uns dicht auf den Fersen.

Das war nicht weiter tragisch. Die meisten Großpferde legten ordentlich los, hatten auf der Gegenstrecke dann aber nichts mehr zuzusetzen.

Ich hielt Liv in einem gleichmäßigen Tempo und achtete nur darauf, dass Helena Santo Domingo nicht an der Innenbahn vorbeiritt.

Genau das versuchte sie aber, als wir uns der Tonne näherten, die die Wendemarke markierte. Wieder legte Liv die Ohren an, aber diesmal ließ sich Santo Domingo nicht beeindrucken. Er schob sogar schon seinen Kopf an meinem linken Bein vorbei.

Ich grinste. Da wurde dieser Lauf ja doch noch spannend. Selbst wenn Santo Domingo auf dem Weg zurück mit Liv mithalten konnte, einen Vorteil hatte sie sicherlich: Sie war viel wendiger als das großrahmige Warmblut. Und dieses Ass würde ich ausspielen.

Unter mir war Liv längst ungeduldig, sie wollte diesen aufdringlichen Typen anscheinend abschütteln. Ich gab in der Hand nach, und sie verlängerte ihre Galoppsprünge, sodass wir eineinhalb Pferdelängen herausholten. Diesen Vorsprung verteidigten wir, bis wir die Geschwindigkeit kurz vor der Tonne reduzierten.

Helena witterte ihre Chance und trieb Santo Domingo noch einmal an. Bevor sie kapierte, dass das ein Fehler gewesen war, zischten sie an der Wendemarke vorbei und mussten eine weite Kurve reiten.

Liv dagegen war in kaum einem Meter Abstand um die Tonne herumgelaufen. Als ich mich davon überzeugt hatte, dass Santo Domingo nicht mehr aufholen würde, drehte ich den Kopf nach vorne und gab Liv einen ruhigen Rhythmus vor, der sie nicht anstrengte, aber auch nicht frustrierte.

Mit ein, zwei Kontrollblicken nach hinten brachten wir das Ding nach Hause. Helena und Santo Domingo hatten noch Boden gutgemacht, aber seine Ausdauer reichte nicht mehr, um den Rückstand aufzuholen.

Nach der Ziellinie ließ ich Liv locker auslaufen. Der Wettkampfrichter, Emil, einer von Theos durchgeknallten Freunden, winkte uns zu sich, und Theo verkündete lautstark Livs und meinen Sieg.

»Gutes Rennen«, meinte Helena lächelnd, als wir uns die Hände schüttelten. »Ich hab schon befürchtet, dass das heute nichts wird für uns.«

»Wenn ihr vor der Tonne an uns vorbeigekommen wärt, hätte es schlecht ausgesehen«, antwortete ich, und sie verabschiedete sich mit einem »Viel Erfolg!« Richtung Abreitstrecke.

Drei Läufe später kündigte Theo die Mittagspause an. Ich hatte Liv gerade abgesattelt und auf eine der Behelfskoppeln gebracht, wo Annika mit Lilja und Carina patrouillierte und keine weiteren Vorkommnisse meldete als eine kleine Auseinandersetzung mit ein paar Jungs, die die Ponys mit Schokolade füttern wollten. Außerdem hatten wir wegen der Hitze wohl unterschätzt, wie viele

Wassertröge wir brauchen würden, sodass sie sie ständig nachfüllen mussten.

»Ich schicke euch ein paar von Theos Kumpels vorbei, okay? Die sollen euch helfen.«

Ihre Gesichter leuchteten auf, aber wahrscheinlich lag das eher an der Aussicht, mit Theos Freunden ins Gespräch zu kommen, als an der Arbeitserleichterung. Die drei hatten Theo schon immer gut gefunden.

Völlig gaga.

Es war dann aber gar nicht so leicht, jemanden zu finden, der beim Tränken helfen konnte, denn sowohl Theos Clique als auch die von Luise und Simon waren bei der Essensausgabe und beim Ausschank voll eingespannt. Schließlich sah ich Heinrich etwas abseits in einer Ecke stehen. Ihm war das Treiben wohl nicht ganz geheuer, deswegen war er froh, sich zu den Pferden verdrücken zu können.

Wegen des schönen Wetters hatten wir ungefähr doppelt so viele Zuschauer wie sonst, so kam es mir jedenfalls vor, und die wollten jetzt alle was essen und trinken. Das Geschäft brummte. Kurz blieb ich stehen und beobachtete Luise, die ganz in ihrem Element war. Ich glaube, sie betrachtete das Derby als ihr persönliches Videospiel, nur eben im wirklichen Leben, sie behielt immer den Überblick und schickte ihre Figuren dahin, wo sie am dringendsten nötig waren.

Trotzdem gerieten sie langsam an ihre Grenzen. Mama hing am Telefon, und von dem, was ich aufschnappte, organisierte sie noch zusätzliche Helfer.

Meine Aufgabe war es, Florian mit den Pferden zu assistieren. Er sah sich jedes genau an, das am Nachmittag noch starten sollte, und ich notierte die Ergebnisse in einer Liste. Weil alle topfit wirkten, waren wir schnell fertig, und darüber war ich froh. Im vergangenen Jahr mussten wir eine Stute aus dem Verkehr ziehen, und obwohl es bei uns ja nur um den Spaß ging, hatte es mit der Besitzerin richtig Ärger gegeben. Dieses Mal war sie erst gar nicht mehr aufgetaucht.

Als ich zurücklief, um mir etwas zu essen zu besorgen, blieb ich überrascht stehen.

An einem der Spülbecken stand Nils und wusch im Akkord Geschirr und Besteck ab.

Grinsend ging ich auf ihn zu. »Vom Tellerwäscher zum Millionär, was?«

Wie ertappt sah er auf und starrte mich an.

Lachend sagte ich: »Keine Sorge, ich verrate Jette nicht, dass du hier die Grundlage für dein Geschäftsimperium legst.«

Fast erleichtert fing er ebenfalls an zu grinsen. »Ich glaube, die würde es gut finden, dass ich endlich mal ehrlicher Arbeit nachgehe. Und dann auch noch unbezahlt.« Er deutete mit seiner tropfnassen Hand über die Schulter. »Deine Schwester ist echt überzeugend.«

»Freundlich ausgedrückt.«

Sein Lächeln wurde weicher. »Ich hab dich vorhin gesehen. Toll geritten.«

Obwohl er das wirklich nicht beurteilen konnte, merkte ich, dass meine Wangen noch wärmer wurden, als sie es in der Hitze sowieso schon waren. »Danke.«

»Meinst du, du gewinnst?«

Ich zuckte mit den Schultern. »Keine Ahnung. Dieses Jahr sind ein paar dabei, die ziemlich gut sind.«

»Ich glaube, du gewinnst.«

Einen Moment lang sahen wir uns in die Augen, dann wurde ich von einer Horde Reitschülerinnen angerempelt. Die Kleinen hatten ihre Rennen schon am Morgen absolviert und hüpften seitdem aufgedreht durch die Gegend.

»Frida, Frida, gibst du uns ein Autogramm?«, fragte Anna-Lena.

»Äh … wieso das denn?« Ich guckte sie reihum irritiert an.

Nils begann wieder, Geschirr zu spülen, beobachtete uns aber grinsend.

»Na, Selina und Elisa haben schon unterschrieben«, piepste Mia. »Und wir wollen doch die Autodingse von allen Gewinnerinnen.«

»Autogramme«, raunte Anna-Lena.

»Aber ich habe doch noch gar nicht gewonnen.«

Anna-Lena machte eine wegwerfende Handbewegung. »Das ist egal. Jeder sagt, dass du gewinnst. Und nachher müssen wir nach Hause. Vielleicht sehen wir das Finale gar nicht.«

Nils hüstelte. Aus dem Augenwinkel konnte ich genau sehen, wie er vor unterdrücktem Lachen bebte. Ich warf ihm einen warnenden Blick zu.

»Und wenn es Unglück bringt, wenn ich unterschreibe und noch gar nicht gewonnen habe?« Besonders abergläubisch war ich zwar nicht, aber ich wollte auch kein Risiko eingehen.

Den Mädchen schien das jedenfalls einzuleuchten. »Oh«, machten sie einstimmig und ließen die Schultern hängen. Jetzt taten sie mir doch irgendwie leid.

»Wenn ich dazu was sagen darf«, meldete sich Nils in aller Ernsthaftigkeit zu Wort.

Neugierig musterten die Mädchen ihn.

»Ist das ihr Freund?«, flüsterte eine in einer Lautstärke, die nicht gerade zur Abkühlung meines Gesichts beitrug, aber Nils überging den Einwurf.

»Frida hat dieses Jahr vielleicht noch nicht gewonnen«, er zwinkerte mir zu, »aber letztes Jahr. Also ist sie eine Siegerin. Oder was meint ihr?« Die Mädels guckten sich an, dann nickten sie einhellig. »Eben. Und deswegen ist es okay, wenn sie euch ein Autogramm gibt.«

»Und es bringt sicher kein Unglück?«, versicherte sich Valentina.

Nils schüttelte vehement den Kopf. »Ganz sicher nicht.«

Ich betrachtete ihn aus schmalen Augen, aber er grinste nur. Die Mädchen strahlten mich jetzt erwartungsvoll an. Ich seufzte. »Also gut. Aber ich habe gerade keinen Stift da. Da drüben hängt mein Rucksack, seht ihr? Der grüne. Bringt ihn mir doch bitte.«

Mia und Valentina flitzten los und dann hielt ich die erste Autogrammstunde meines Lebens.

»Du kannst voll gut Pferde malen«, sagte Valentina bewundernd, als alle eine Unterschrift und ein kleines Bildchen bekommen hatten.

Ich lächelte verkrampft. In ihrem Alter wäre ich beeindruckt gewesen, dass jemand Pferde gut reiten konnte, aber Menschen waren eben verschieden.

Gerade als die Mädchen winkend und lachend davonliefen, beendete Theo über Lautsprecher die Mittagspause.

»Ich muss los«, sagte ich zu Nils. »Tut mir leid, dass wir jetzt gar nicht zum Quatschen gekommen sind.«

»Macht nichts.« Er lächelte ganz süß. »Das holen wir nach.«

Einen Moment lang zögerte ich, aber mir fiel nichts mehr ein, was ich sagen konnte. Immerhin erinnerte ich mich an den Rucksack in meinen Händen. Ich hob ihn hoch. »Kann ich den bei dir lassen?«

Nils nickte. »Klar. Ich passe drauf auf.«

Und dann musste ich wirklich gehen.

»Viel Erfolg!«, rief er mir noch hinterher, und ich winkte.

# Jannis

Was für ein ätzender Tag. So viel gab es gar nicht zu tun, dass es mich von der Frage abgelenkt hätte, die ich seit über einer Woche nicht beantworten konnte. Noch drei Stunden, und es war auch egal, wie ich mich entschied – dann war das Derby vorbei.

Im Ernst. Seit Monaten hatte ich Frida geholfen, sich auf diesen Tag vorzubereiten, und obwohl nicht alles komplett rundgelaufen war, wäre ich bestimmt nie auf die Idee gekommen, sie da heute allein hingehen zu lassen. Und alles nur wegen diesem Vollidioten!

Gut, okay, dieser Blödsinn, den ich mit Dari veranstaltet hatte, war daran auch nicht ganz unschuldig, aber ohne den Clown wäre mir diese Schwachsinnsidee gar nicht erst gekommen. Bei dem Typen war was faul, darauf hätte ich meinen Hintern verwettet. Dass dieses Mädchen immer so stur sein musste! Oder schlimmer: blind vor Liebe, auch wenn die Wörter »Frida«, »Nils« und »Liebe« in einem Satz bei mir den Drang auslösten, mit der Mistgabel auf einen Strohballen einzustechen.

Nach drei Minuten stellte ich fest, dass es für solche sinnlosen Aktionen eindeutig zu heiß war. Schwitzend stützte ich mich auf die Mistgabel und strich mir mit dem Handrücken die Haare aus dem Gesicht. Mir fiel ein, was Frida immer sagte: Wenn man nicht wusste, was man tun sollte, musste man nur Pferde gucken gehen.

Schön. Dann machten wir mal, was sie sagte.

Wie immer.

Am Putzplatz hielt ich meinen Kopf unter den Hahn, aber selbst da lief das Wasser nur lauwarm aus der Leitung. Trotzdem merkte ich, dass ich mich ein bisschen abregte. Besser war das, denn in der Stimmung kam ich nicht mal auf fünf Meter an Dari heran, ohne sie tierisch aufzuregen. Ich Vollhorst.

Dass sich Dari noch anstandslos führen ließ, zeigte, dass sie mir eher verziehen hatte als ich mir selber. Aber ich würde es wiedergutmachen. Heute zum Beispiel. Heute durfte sie aufs Gut zu ihren Freundinnen. Von da aus konnte ich ja immer noch an den Strand.

Verziehen hatte mir Dari vielleicht, aber vergessen war noch nichts. Auf dem kurzen Weg zum Gut, den sie so genau kannte wie den zwischen ihrer Box und der Koppel und auf dem sie sonst mit gesenktem Kopf und hängenden Ohren neben mir herschlappte, blieb sie aufmerksam. Zu sehen, was ich angerichtet hatte, war, als würde jemand mein Herz in die Länge ziehen und einen Knoten reinmachen. Ich kraulte ihren Widerrist, bis ich einen Krampf in den Fingern hatte, aber ihre Ohren spitzte sie weiter.

Das Gut lag verlassen da, weil natürlich alle außer mir am Strand waren. Auf der Stutenweide machte ich Dari das Halfter ab, und sie wandte sich ohne Zögern der Herde zu, die in dem bisschen Schatten stand, das die hohen Bäume spendeten, und döste. Eine Weile starrte ich ihr noch hinterher, aber ich war nicht bei der Sache. In Dauerschleife ging mir durch den Kopf, was in den letzten Tagen passiert war. Fridas Eiseskälte, als sie mich auf Dari gesehen hatte. Daris Angst. Björns Ultimatum. Der Kuss. Nur auf die Wange, okay, aber … oh Gott, die Erinnerung machte mich wahnsinnig! Und dabei hatte Nils den Typen auch noch laufen lassen. Wie schnell konnte der schon gewesen sein? In einem Hinterhof verschwunden, dass ich nicht lachte. Vielleicht wenn er ein Rad gehabt hätte oder …

… ein Motorrad.

Ich richtete mich kerzengerade auf. Hatte ich nicht ein Motorrad gehört, das hinter dem Sportplatz weggefahren war? Wie blöd konnte man sein? Es hatte mir alles glasklar vor Augen gestanden und ich hatte es nicht begriffen.

Nils hatte den Typen nicht nur laufen lassen. Es war einer der Biker gewesen, der Fridas Präsentation stören wollte, und Nils gehörte auch zu den Dreckskerlen.

Und jetzt war er wahrscheinlich beim Derby. Bei Frida.

Im selben Moment, in dem es klick machte, sprintete ich los. Ich musste sie warnen. Und diesmal musste sie mir zuhören.

Ich war schon ein schönes Stück Richtung Carlshof unterwegs, wo ich mein Rad holen wollte, als mich ein Wiehern aufschreckte. Das heißt, mehr als eins. Das Wiehern einer ganzen Herde. Und dann ein Brummen, das ich vorher schon gehört, aber nicht beachtet hatte.

Als das Brummen zu einem Jaulen wurde und das Wiehern schriller, war es nicht mehr schwer zu erraten, dass es da einen Zusammenhang gab.

Ich nahm Anlauf und sprang über den Graben hinweg, zwängte mich durch die Holunderbüsche und rannte über den schmalen Grasstreifen und um den Gemüsegarten herum auf die andere Seite des Gutshauses. Von dort wandte ich mich nach links, duckte mich unter den tief hängenden Ästen der Weide hindurch und setzte über den Bach. Spätestens hier auf dem Wirtschaftsweg war es klar: Die Biker waren auf der Stutenweide und versetzten die Herde in Panik.

Und Dari war mittendrin.

Ich hievte mich über den Weidezaun und versuchte, gleichmäßig zu atmen. Das Brummen der Motoren ging mir selber durch Mark und Bein, für die Pferde musste es die Hölle sein.

Da waren sie. Ich kam über die kleine Anhöhe und hielt an. Von hier aus hatte ich einen Blick wie auf eine Bühne. Es sah aus wie ein perverses Ballett: Ein oder zwei Motorräder fuhren mitten in die Herde hinein und versprengten sie in alle Richtungen, wo der Rest der Truppe in einem weiten Kreis wartete, um die Pferde wieder zusammenzutreiben. In ihrer Verwirrung und Panik prallten sie immer wieder gegeneinander, was sie noch mehr aufbrachte.

»Hey!« Ich hatte gar nicht gemerkt, dass ich wieder losgerannt war. »He, ihr Idioten, verschwindet!« Dazu fuchtelte ich wild mit den Armen, nicht weil ich noch klar denken konnte und einen Plan verfolgte, sondern aus irgendeinem seltsamen Instinkt heraus. Aber es wirkte: Gehört hatten mich die Typen bei dem Lärm, den sie veranstalteten, sicher nicht, doch zwei, drei wurden auf mich aufmerksam, hielten an und deuteten auf mich.

Diesen einen Moment, in dem sie sich aus dem Kreis lösten, nutzten die Pferde: Eine dunkle Fuchsstute mit ihrem Fohlen – Wilma und Nima, wenn ich mich nicht täuschte –, zwei Schecken und ein Apfelschimmel brachen aus dem Hexenkessel aus. Und Dari. Dari, die in der Gutsherde aussah wie ein Ferrari im Autoscooter. Bis hierher konnte ich ihre weit aufgerissenen Augen erkennen.

Sie galoppierten auf den Zaun zu, aber während die Gutspferde abwendeten und daran entlangliefen, spannte Dari die Hinterhand an und setzte darüber hinweg. Auf der anderen Seite kam sie ins

Rutschen, als sie versuchte, vor dem Graben abzubremsen, doch im letzten Augenblick gewann sie ihr Gleichgewicht wieder, schlug einen Haken nach rechts und raste auf den Wald zu.

Ich traf meine Entscheidung im Bruchteil einer Sekunde. Irgendwie musste ich die Biker von den Pferden weglocken, aber ich musste auch Dari hinterher. Demonstrativ zog ich mein Handy aus der Tasche, hielt es hoch und fing an zu filmen. Ich hatte keine Ahnung, ob sie sich davon provozieren lassen würden, aber etwas anderes fiel mir nicht ein. So schnell es mit dem Smartphone in der Hand ging, rannte ich in kürzester Linie auf den Zaun zu. Ob ich es schaffte, bevor mir die Motorradfahrer den Weg abschnitten, wusste ich nicht, aber wenn ich irgendeine Chance hatte, dann die.

Schon heulten Motoren auf. Ein schneller Seitenblick sagte mir, dass mindestens die Hälfte der Biker in meine Richtung fuhr. Das wurde knapp. Meine Lungen pfiffen wie asthmatische Teekessel und meine Oberschenkel brannten wie Essig in einer offenen Wunde. In Gedanken fluchend, schwor ich mir, dass ich nächstes Jahr das Lauftraining in der Schule ernster nehmen würde.

Noch dreißig Meter. Hinter mir war das Motorendröhnen dermaßen laut geworden, dass ich nicht einmal mehr mein Keuchen hörte. So waren sie auch auf die Pferde losgegangen.

Der Gedanke steigerte meine Wut noch mal, sodass ich mir das letzte Quäntchen Kraft abrang. Als sich der erste Vorderreifen in mein Blickfeld schob, griff ich nach dem obersten Balken des Zauns, nahm meinen Schwung mit und katapultierte mich auf die andere Seite. Der Aufprall war zu viel für meine Beine. Sie gaben unter mir nach, ich fiel hin und rollte ein paar Meter über den Weg, bevor ich mich mühsam aufrappelte.

Die Biker verloren keine Zeit. Anscheinend hatten sie das Interesse an den Pferden verloren, jetzt waren sie hinter mir her. Einer von ihnen gab ein Signal mit dem Arm und sie zischten ab. Ich wartete nicht darauf, was sie tun würden, sondern rannte los, so schnell es auf meinen wackligen Beinen ging. Es war mir sowieso klar: Da sie nicht über den Zaun konnten, mussten sie durchs Gatter. Bis sie den Umweg gefahren waren, war ich mal besser weg.

Noch im Rennen rief ich Frida an, aber sie ging nicht ran. Nachdem ich ihr auf die Mailbox gequatscht hatte, steckte ich mein Smartphone in die Tasche. Es hatte bei meinem Sturz was abbekommen, das Display war gebrochen, deswegen war ich froh, dass es überhaupt funktionierte. Noch einmal wollte ich nicht riskieren, dass es runterfiel.

Als ich bei den ersten Bäumen ankam, war Dari natürlich längst über alle Berge. Ich lauschte, aber ich hörte nur die näher kommenden Motorräder hinter mir. So eine Scheiße. Einerseits war es ja gut, dass sie sich an meine Fersen geheftet hatten, das hieß, die Pferde hatten wieder Ruhe. Aber ich wollte ihnen auch nicht unbedingt in die Hände geraten. Ich bezweifelte, dass ich ihnen davonlaufen konnte, also blieb nur eins: rauf auf den Baum.

Einen Moment brauchte ich, um mich zu orientieren, aber dann wusste ich wieder, wo ich langmusste. Ich schlug einen Haken nach links, rannte um einen Holzstoß herum und auf die riesige Eiche zu, den Kletterbaum der Beneke-Kinder.

Mittlerweile war ich dermaßen fertig, dass ich mir nicht ganz sicher war, ob ich es nach oben schaffen würde und ob ich mich halten könnte, falls es klappte. Aber irgendwie hievte ich mich an den Ästen Meter für Meter hinauf.

Als unter mir eine der Enduros stoppte, klammerte ich mich am Stamm fest und hielt die Luft an. Nach zehn Sekunden ließ ich das aber wieder bleiben, weil ich Sternchen sah und mein Blickfeld an den Rändern schon schwarz wurde, also beschränkte ich mich darauf, möglichst leise zu keuchen.

Das Motorrad fuhr weiter. Mittlerweile waren anscheinend auch die übrigen Biker im Wald angekommen, jedenfalls hörte ich das Brummen von allen Seiten. Sie drehten ihre Runden, und ich konnte nichts tun, als die Stirn an den Stamm zu lehnen, zu Atem zu kommen und zu hoffen, dass ihnen nicht einfiel, nach oben zu sehen.

Nach einer Weile sammelten sich ein paar Maschinen im Leerlauf auf dem Pfad, der vielleicht dreißig Meter von der Eiche entfernt Richtung Süden führte. Vorsichtig schob ich mich am Stamm entlang, damit ich von ihrem Standort aus nicht so leicht entdeckt werden konnte. Wahrscheinlich hätte ich mir die Mühe aber auch sparen können, denn die Biker guckten weder rechts noch links und schon gar nicht nach oben. Zwei oder drei hatten das Visier hochgeschoben, aber sosehr ich mir auch den Hals verrenkte, ich konnte keines der Gesichter gut erkennen. Trotzdem holte ich das Handy aus meiner Tasche, stellte den Ton ab und startete die Video-App.

Als noch zwei von ihnen dazugestoßen waren, keifte einer: »Irgendeine Spur von ihm?«

Die anderen schüttelten den Kopf.

»Es ist, als hätte er sich in Luft aufgelöst«, maulte ein anderer, und an der Stelle musste ich trotz allem grinsen.

Idioten.

Der erste, wahrscheinlich der Anführer, schlug mit der Faust auf seinen Lenker. »Verdammt. Den Hosenscheißer hätte ich mir gern vorgeknöpft.«

Einer mit einem dunkelblauen Helm sagte: »Dann lasst uns hier verschwinden, bevor er uns die Bullen auf den Hals hetzt. Kacke genug, dass er schon wieder ein Video von uns hat.«

Ich grinste in mich hinein. Wenn ihr wüsstet, Jungs.

Die meisten brummten zustimmend, aber der Anführer zögerte. »Ich hab so einen Hals. Wir können das nicht auf uns sitzen lassen, dass sie uns ständig einen Schritt voraus sind.«

»Was hast du vor? Willst du noch mal zu den Pferden?«

Einen Moment lang antwortete er nicht. »Nein. Ich weiß was Besseres.«

Das klang nicht gut. Mir fiel aber jetzt auch nichts ein, was ich unternehmen konnte.

Einer nach dem anderen klappte das Visier herunter. Dann verschwanden sie in einer Wolke aus Lärm und Gestank.

# Frida

Und noch ein Durchgang, den Frida Beneke und Liv für sich entscheiden können! Damit sind die zwei qualifiziert für eines der beiden Halbfinale, an denen je acht Paare teilnehmen. Die jeweils schnellsten vier bestreiten dann unser großes Finale!«

Ganz sicher war ich mir nicht, ob Theo sich einen Spaß daraus machte, wie ein Fischverkäufer herumzugrölen, oder ob er seine Rolle als Kommentator mit voller Überzeugung ausfüllte. Die Leute waren jedenfalls begeistert und johlten an den richtigen Stellen los.

Ich verstand kaum, was unsere Gegnerin im letzten Vorrundenrennen, diesmal eine Reiterin in Luises Alter auf einer Fuchsstute, zu mir sagte, irgendwas von »Kaum zu glauben« und »super Ritt«.

Gegen diese beiden war es ein bisschen knapper zugegangen als zuvor. Na ja, viel knapper. Fabella hatte einen ziemlich beeindruckenden Antritt und war uns über drei Viertel der Strecke eine Pferdelänge voraus gewesen, aber dann hatte ihre Kraft nachgelassen, und Liv hatte noch mit einer halben Länge gewonnen. Ob wir das geschafft hätten ohne Jannis' Intervalltraining? Ich konnte es mir fast nicht vorstellen.

Jannis … Er war heute nicht gekommen. Eva war mittlerweile aufgetaucht, also konnte es nicht daran liegen, dass er zu viel Arbeit hatte. Bei dem Gedanken knetete etwas auf meinem Herzen herum, es fühlte sich schon ganz mürbe an. Wie es aussah, hatte ich kein Talent dafür, ihm lange böse zu sein. Morgen musste ich wohl zu ihm und ihn fragen, ob er meine Hilfe mit Dari wollte.

Ich lenkte Liv ans Wasser und ließ sie in ihrem eigenen Tempo vor sich hin planschen. Ach, war das alles kompliziert. Wieso musste es Jungs geben? Also, Mädchen und Jungs? Konnten nicht einfach alle nur, hm, Menschen sein und gut? Dann würde man vielleicht besser verstehen, warum der andere tat, was er tat. Weil er dann ja ein bisschen mehr war wie man selber.

Andererseits: Verstand ich gerade, was ich tat? Oder dachte oder fühlte? Liv verstand es jedenfalls nicht, sie wurde immer zögerlicher, weil sie genau spürte, dass mein Hirn Amok lief.

Seufzend wendete ich sie. Bevor ich sie jetzt kirre machte, stellte ich sie lieber auf die Koppel. Ich wusste ja selber nicht, was bei mir abging. Wo kamen denn alle diese neuen Gedanken her? Daher, dass Nils mit mir auf Teufel komm raus flirtete? Tat er das überhaupt? Oder redete der einfach mit jedem Mädchen so?

Mein Blick wanderte zu ihm. Nein, mit einem Mädchen stand er nicht herum. Aber … war das mein Smartphone, das er sich da ans Ohr hielt? Hatte er nicht eine schwarze Handyhülle statt eine grüne wie ich? Er hatte meinen Rucksack in der Hand und runzelte die Stirn. Ja, es war wirklich mein Telefon, denn jetzt steckte er es wieder in meinen Rucksack und zog sein eigenes aus der Hosentasche. Es sah aus, als würde er eine Nummer wählen, dann wartete er auf die Verbindung. Er sagte etwas und sein Gesicht wurde noch ein paar Stufen finsterer. Was war denn da los?

Ohne es zu merken, hatte ich Liv längst in seine Richtung gelenkt. Als wir näher kamen, hörte ich ein paar Bruchstücke seines Gesprächs.

»Was soll das heißen? … Was habt ihr gemacht? … Wie, Spaß?

Pferde erschrecken? Seid ihr bescheuert? … Ich spiele mich nicht auf! … Was? Hey! Rede gefälligst … Was … Wieso Rauch? … Warte! Wo willst du hin?« Er nahm das Handy runter. »Scheiße!«

Mit der freien Hand fuhr er sich durch die Haare, dann schien er irgendeine Entscheidung zu treffen, denn er drehte sich um. Er erstarrte, als er Livs Nase direkt vor sich hatte.

»Frida!« Sein Blick irrlichterte irgendwo über meinem Kopf herum, bis er mich doch anguckte. »Hör mal, ich muss weg. Wir … Ich melde mich später, okay?«

Er drehte sich um und war schon halb auf dem Deich, bevor ich überhaupt den Mund aufgemacht hatte, um was zu sagen. Einen Moment starrte ich ihm noch hinterher, dann saß ich ab. Mit einer Hand fischte ich mein Handy aus meinem Rucksack.

Ich wischte über das Display. Nichts. Keine Benachrichtigung. Was hatte Nils damit gemacht? Ich tippte auf die Anrufliste. Zwei entgangene von Jannis, aber kein entgegengenommener. Seltsam. Hatte Nils vielleicht meine Mailbox abgehört? Und was wollte Jannis?

Plötzlich schlug mein Herz schneller. Liv spitzte die Ohren und drehte den Kopf zu mir, also musste sich wohl etwas in meiner Haltung verändert haben. Ich brauchte zwei Versuche, bevor mein Daumen den Play-Button traf.

»Sieben alte Nachrichten«, begann die Computerstimme. »Nachricht sieben, heute, vierzehn Uhr neununddreißig.« Das war vor einer halben Stunde gewesen. Dann hörte ich Jannis, abgehackt und atemlos: »Frida, du musst … Scheiße, ich weiß nicht, ob du kommen kannst, aber … hier ist der Teufel los. Die sind hinter euren Pferden her, und jetzt ist Dari in den Wald … Ich weiß nicht, was sie noch … ich kann … Melde dich einfach.«

Und das tat ich. Mit fliegenden Fingern wählte ich Jannis' Nummer aus und wartete auf das Freizeichen.

»Der Teilnehmer ist im Moment leider nicht erreichbar«, höhnte es aus dem Handy. Kein Netz.

Was jetzt?

Nils. Nils hing da mit drin, ganz sicher. Warum war er sonst so schnell verschwunden, als er Jannis' Nachricht gehört hatte? Mit wem hatte er telefoniert? Und was hatte er gesagt? Etwas von Pferde erschrecken und Rauch ... Ich wählte seine Nummer, aber er ging nicht ran.

Denk nach, Frida, denk nach!

Noch ergab das alles keinen Sinn, aber eines war klar: Ich musste etwas unternehmen. Hier war was faul, unsere Pferde waren in Gefahr, und solange ich nicht wusste, was los war, würde ich sicher nicht darauf warten, dass sich einer der Jungs meldete.

»Die Teilnehmerinnen und Teilnehmer des ersten Halbfinales bitte an die Startlinie«, kam in diesem Moment Theos Stimme aus dem Lautsprecher. »Aufstellen zum ersten Halbfinale ...«

Ich musste kurz die Augen schließen. Blind tastete ich nach Liv und schob ihr die Hand unter die Mähne. Ihre vertraute Wärme machte mich ruhiger. Ich stellte mir unsere Herde vor, in Panik, weil jemand sie erschreckte. Ich sah Dari kopflos in den Wald rennen und Jannis hinterher.

Als ich die Augen wieder aufmachte, stand mein Entschluss fest.

# Jannis

Es dauerte ein paar Minuten, bis ich mich von dem Kletterbaum hinuntertraute. Ich hatte es noch mal auf Fridas Handy versucht, aber sie war wieder nicht rangegangen. Irgendwann ließ mir der Gedanke an Dari keine Ruhe mehr, doch es dauerte noch ein paar Minuten länger, bis ich wieder festen Boden unter den Füßen hatte. Meine Beine zitterten, als würden sie nicht zu mir gehören. Bisschen viel Gerenne heute.

Erst versuchte ich noch, meine Muskeln zu lockern, aber dann stolperte ich doch so wacklig los, wie meine Knie eben waren. Ich musste endlich zu Dari.

Ich fand sie auf der anderen Seite des Waldes, auf dem Stück Wiese an der Landspitze. An jedem anderen sonnigen Sommertag wären wir kaum allein gewesen, aber heute war jeder Tourist unten am Strand beim Derby, und wir standen uns ohne Publikum gegenüber.

Die Wiese fiel zum Wald hin ab, und auch wenn ich meinem Pferd damit vielleicht ein bisschen viel logisches Denken unterstellte, wurde ich den Verdacht nicht los, dass Dari sich den Ort bewusst ausgesucht hatte. Freie Sicht auf alle Feinde, die näher kamen, und keine Bäume, aus deren Ästen sich Räuber auf sie stürzen konnten. Perfekt für ein Pferd, das kein Vertrauen mehr hatte, weil es immer wieder enttäuscht worden war.

Natürlich sah sie mich kommen. Mit aufgestelltem Schweif und weiten Schritten trabte sie auf und ab, so als müsste sie irgendwie die Spannung loswerden, die sich in ihr aufstaute. Mir hatte sie ein Ohr zugewandt, aber ansonsten deutete nichts darauf hin, dass mein Auftauchen sie berührte.

Was hatte ich erwartet? Begeisterungsstürme? Freudentaumel? Dass sie mir laut wiehernd entgegengaloppierte wie in irgend so einer Pferde-Soap?

Ich brauchte Frida nicht, um eines zu kapieren: Was aus Dari wurde, hing hier und jetzt am seidenen Faden. Im letzten Herbst hatte ein mieser Tierquäler sie fast in den Wahnsinn getrieben und sie dazu gebracht, sich vor mir zu fürchten. Das neue Band, das wir seitdem geknüpft hatten, hatte ich letzte Woche bis zum Zerreißen gespannt, und heute hatten diese Verrückten Katz und Maus mit ihr gespielt. Die Lektion, die wir ihr erteilt hatten, war glasklar: Menschen waren gefährlich. Und wenn ich jetzt eine falsche Entscheidung traf, konnte sie vielleicht nichts je wieder vom Gegenteil überzeugen.

Ich wusste nicht, was ich tun sollte.

Also tat ich nichts.

Ich setzte mich ins Gras und wartete.

Worauf, wusste ich nicht. Auf eine Eingebung? Ein Zeichen von ihr?

Ich hatte keine Ahnung.

# Frida

»Frida? Was ist los?«

Ich drehte mich zu Linh und Max um, die von den Essensständen her auf mich zuliefen. »Na endlich!«

»Du hast vor gerade mal drei Minuten angerufen«, erinnerte mich Linh. »Ich musste Max erst suchen gehen.«

»Jaja. Hört mal, tut ihr mir einen Gefallen? Könnt ihr Theo sagen, dass ich wegmusste?«

Linh legte die Stirn in Falten. »Du bist gleich dran.«

»Ja! Ist mir klar. Aber ich muss nachsehen, ob mit den Pferden alles in Ordnung ist. Irgendwas ist auf dem Gut los.«

»Woher weißt du das?«, fragte Max.

»Von Jannis. Er hat mir eine total seltsame Nachricht auf die Mailbox gesprochen.«

»Und wo ist er jetzt?

Ich schüttelte den Kopf. »Keine Ahnung. Er geht nicht ans Handy.« Max zog sein Smartphone aus der Tasche und probierte es anscheinend selber. »Ich glaube, er ist in den Wald, weil Dari davongelaufen ist.«

Linh starrte mich an, als hätte ich einen Vogel. »Und deswegen willst du das Halbfinale sausen lassen? Dann bist du disqualifiziert! Lass Jannis machen, der findet Dari schon. Du kannst doch jetzt nicht einfach alles hinschmeißen nach all dem Training.«

Langsam wurde ich ungeduldig. »Linh, mir ist gerade echt egal, ob ich dieses Rennen gewinne. Unsere Pferde sind in Gefahr!«

Sie wurde blass. »Hat Jannis das so gesagt?«

Ich nickte knapp.

Einen Moment schien sie zu überlegen. »Dann lass Max und mich gehen.«

Max nickte. »Ja. Du reitest dein Rennen, und wir sagen dir Bescheid, wenn wir wissen, was auf dem Gut los ist. Oder mit Jannis.« Er hielt sein Handy hoch. »Ich erreiche ihn übrigens auch nicht.«

Ich beachtete ihn gar nicht. »Nein. Es bringt nichts, wenn ihr geht. Was wollt ihr unternehmen, wenn die Pferde völlig durchdrehen? Außer mir kann hier keiner weg, auch Mama oder Papa nicht. Die müssen sich alle um das Rennen kümmern.«

»Und du musst es gewinnen!« Linh klang fast verzweifelt, aber komischerweise machte mich das nur entschlossener. Die Pferde brauchten mich.

Jannis brauchte mich.

Ich musste gar nichts sagen, Linh verstand auch so.

Langsam ließ sie die Schultern sinken und atmete aus. »In Ordnung. Dann mach. Wir geben Theo Bescheid. Aber du meldest dich, sobald du da bist, kapiert? Du machst nichts Unvernünftiges!«

Das brachte mich trotz meiner Anspannung zum Grinsen. »Wann mache ich je etwas Unvernünftiges?«

Die Ersten, die uns am Gut entgegenkamen, waren Wilma und Nima, und das gefiel mir gar nicht. Hier hatten sie nichts zu suchen, sie hätten bei der Herde auf der Stutenweide sein sollen. Als wir um die Ecke des Offenstalls bogen – die beiden wichen Liv nicht von der Seite –, wurde mir klar, dass auch die anderen nicht mehr auf der Weide waren. Sie hatten sich auf dem Hof verteilt und zupften an den paar Grashalmen, die hier und da noch in einer schattigen Ecke wuchsen.

Langsam glitt ich von Livs Rücken. Die Art, wie sich die Fohlen an ihre Mütter drängten, sagte mir, dass die Herde heute Nachmittag wegen irgendetwas in Panik geraten war. Deswegen wollte ich sie auf keinen Fall aufregen und sie mit einer hektischen Bewegung verunsichern.

Doch die Pferde schienen erleichtert, dass jemand das Kommando übernahm, jedenfalls wandten sie sich mir mit gespitzten Ohren zu und ließen sich ganz ruhig auf die Paddocks verteilen. Zur Weide wollte ich sie nicht bringen, solange ich nicht wusste, wie sie da rausgekommen waren.

Aber das würde ich herausfinden. Sobald ich durchgezählt hatte – siebenundzwanzig, alle da –, schwang ich mich auf Liv und lenkte sie auf die Stutenweide. Wir galoppierten am Zaun entlang, aber nirgends sah ich eine Stelle, an der die Herde ausgebrochen sein konnte.

Erst am anderen Ende, in der Senke, da, wo schon fast der Wald begann, bekam ich eine Ahnung davon, was passiert war. Das untere Gatter stand offen, das spärliche Gras war platt gedrückt, und dort, wo die Bäume Schatten spendeten und die Erde nicht ganz so ausgedörrt war, durchzogen tiefe Furchen den Boden.

Die Biker. Um unsere Pferde anzugreifen, hatten sie den Tag abgewartet, an dem sicher niemand von uns auf dem Gut sein würde. Den Tag des Derbys.

Gaben die denn niemals Ruhe?

Mir klopfte das Herz bis zum Hals, während mir Bilder durch den Kopf schossen, von panischen, gestürzten, verletzten Pferden.

Das ging nicht. Ich musste ruhig bleiben und mich konzentrieren.

Ich atmete ein paarmal tief ein. Was konnte ich jetzt tun? Die Polizei musste kommen, das war klar, sie mussten Fotos von den Reifenspuren machen, falls in der trockenen Erde welche zu erkennen waren. Sie mussten den Zaun untersuchen, auf Lackspuren oder was sie sonst finden –

Liv spannte sich unter mir an. Ihr Kopf flog nach oben und sie witterte mit weiten Nüstern Richtung Osten.

Ich strich ihr über den Hals. »Was ist los, hm?«

Im selben Moment roch ich es auch. Rauch.

Es brannte.

Meine Gedanken rasten. Was war da passiert? Nach kurzem Zögern lenkte ich Liv durch das Gatter und wir wandten uns nach rechts. Je näher wir dem Wald kamen, desto durchdringender wurde der Geruch. Brannte es dort? Sollte ich besser gleich die Feuerwehr rufen, oder musste ich erst herausfinden, wo das Feuer war?

Keine Minute später erübrigte sich die Frage. Wir bogen um die Südspitze des Waldes und hatten freien Blick auf eines unserer Felder. Die Hälfte davon stand in Flammen.

Hektisch zog ich mein Handy aus der Tasche. Nach kurzem Zögern entschied ich mich für die 112.

»Ja, hallo, mein Name ist Frida Beneke. Ich wohne auf Gut Eldenau, ein paar Kilometer südöstlich von Eldenau. Ich bin hier am Westwald und es brennt auf einem Acker.«

Der Mann in der Notrufzentrale bremste mich. »Noch mal von vorn. Wie ist dein Name?«

Das war doch egal! »Frida Beneke.«

Schritt für Schritt gingen wir durch, was ich ihm eben erzählt hatte.

»Bitte beeilen Sie sich! Das Feuer greift schon auf den Wald über.«

»Verstanden. Danke, Frida. Du bringst dich jetzt aus der Gefahrenzone, in Ordnung?«

Ich nickte. Das konnte er natürlich nicht sehen, aber ich hatte schon aufgelegt und wählte Papas Nummer.

»Frida! Sag mal, was machst du denn? Ist was passiert?«, fragte er, bevor ich etwas erklären konnte.

»Papa, der Klosteracker brennt! Ich hab die –«

»Was? Frida, ich verstehe dich nicht! Wo bist du?«

»Es brennt, Papa! Die Feuerwehr ist unterwegs!«

Pause. »Es brennt? Wo? Auf dem Gut? Wo bist –«

»Der Klosteracker! Papa?« Aber die Verbindung war tot.

Verdammtes Netz!

Ich tippte einen kurzen Text und drückte auf Senden. Hoffentlich ging die Nachricht bald raus.

Was konnte ich sonst tun? Mich aus der Gefahrenzone bringen, wie der Mann in der Notrufzentrale gesagt hatte? Oder die Feuerwehr am Gut abfangen und hierherlotsen?

Im nächsten Moment hallte mir Jannis' Stimme im Ohr. *… jetzt ist Dari in den Wald …*

Dari war im Wald. Und Jannis hundertprozentig hinterher.

Mein Magen ging in Sturzflug. Blitzschnell rief ich seine Nummer auf, aber es war sinnlos. Mir zeigte das Handy gerade mal einen einzigen wackligen Empfangsbalken an, und wenn das Netz hier schon so schlecht war, hatte er im Wald erst recht keines.

Trotzdem versuchte ich es mit seiner Mailbox: »Jannis, du musst aus dem Wald raus. Ein Feld südlich davon brennt und das Feuer greift auf die Bäume über. Macht, dass ihr wegkommt!«

Während ich das sagte, wurde mir trotz der Gluthitze eiskalt. Langsam begriff ich, was hier passierte. Was hier passieren konnte. Wo blieb denn diese verfluchte Feuerwehr? Was, wenn Jannis die Nachricht nicht bekam? Was, wenn Dari in die falsche Richtung gelaufen war?

Ich trieb Liv in das Feld hinein, näher zum Feuer. Es brauchte einige Überredung, aber dann trug sie mich in einem Halbkreis darauf zu. Erst jetzt bemerkte ich, dass das Getreide in mehreren Bahnen niedergedrückt war. Waren das …? Waren das schon wieder die Motorradfahrer gewesen? Hatten sie den Brand gelegt?

Im nächsten Moment war der Gedanke an die Biker ganz weit weg. Wir waren nun hinter dem Brand und hatten den Waldrand bis zu der Stelle im Blick, wo der Bach in die Wiek mündete. Und an dem Waldstück rechts von uns war das Feuer nicht dabei, auf die Bäume überzugreifen. Dort brannte es schon lichterloh! Der Rauch stieg in dichten Wolken auf und wurde vom Wind nach Osten davongetragen.

Ich legte meine Hand auf Livs Hals. »Was tun wir jetzt, mein Mädchen?«

Sie stand ganz still, drehte nur das weiße linke Ohr mal zu mir, dann wieder zu den Bäumen, als würde sie etwas hören, was mir entging.

Der Wind frischte auf. Er wehte vom Meer her, von hinter dem Wald, und brachte Rauch mit.

Es gab nichts mehr zu entscheiden. Ich drückte Liv die Schenkel an den Bauch und wir machten uns auf in den Wald.

# Jannis

Ich wusste nicht, wie spät es war. Zeit schien uns nicht mehr zu berühren, hier oben zwischen Meer und Himmel. Irgendwann hörte Dari auf zu traben. Aber selbst dann war sie ruhelos, wanderte hin und her, sah sich immer wieder nach mir um und wandte sich ab, so unschlüssig wie ich.

Meine Gedanken überfielen mich wie kläffende Hunde, zogen und zerrten an mir, bis ich nicht mehr wusste, nach welchem ich zuerst schlagen sollte. Was hatte ich getan? Wie konnte ich zulassen, was mit ihr passiert war? Was erwartete ich von ihr? Von mir? Warum zum Teufel fand ich keine Lösung?

Sätze hallten mir in den Ohren wider – *sie wird nie wieder etwas bringen, verschwende deine Zeit nicht, jetzt kannst du wieder von vorn anfangen* –, aber sie alle lenkten nur von der Wahrheit ab: dass ich alles für dieses Pferd getan hätte. Nicht weil ich nie ein talentierteres, großzügigeres Pferd gekannt hatte. Sondern weil ich wollte, dass Dari mein Pferd war. Dass sie sich entschied, zu mir zu gehören.

Aber wie konnte ich das erwarten, wenn ich alles Vertrauen, das sie je in mich gesetzt hatte, enttäuschte?

Ich ließ sie nicht aus den Augen. Sie glänzte pechschwarz in der Sonne, und mir fiel auf, wie stark ihre Muskeln wieder geworden waren.

*Jetzt kannst du wieder von vorn anfangen … Jetzt kannst du wieder von vorn anfangen …* Fridas Stimme hämmerte in meinem Hirn.

Sie war so wütend gewesen …

Ich hob den Kopf. Ja. Ja, das stimmte, sie war wütend gewesen. Aber jetzt? Was sagte mir der Satz jetzt? Hatte sie mir die Antwort auf meine Fragen gegeben, ohne dass ich es kapierte?

Dari und ich hatten schon einmal von vorn angefangen. Wochen nachdem wir herausgefunden hatten, warum sie sich vor mir fürchtete, hatte sie sich einen Ruck gegeben und sich entschieden, mir wieder zu vertrauen. Es war ihre Wahl gewesen, ich hatte nichts tun können, sie traf sie allein. Ich hatte nur gewartet. Tag für Tag.

Und da war sie, meine Antwort: Ich hatte getan, was ich konnte. Ich war hier und bot ihr meine Gesellschaft an. Keine Erwartung, die ich an sie stellte, konnte ihr die Entscheidung abnehmen, ob es sich lohnte, mir noch einmal zu vertrauen.

Deswegen ließ ich los. Ich würde nehmen, was sie mir geben konnte.

Ich saß da und ließ sie wählen.

# Frida

»Jannis! Dari!« Beißend kroch der Rauch in meine Kehle, als ich Luft holte. Ich musste husten und stützte mich auf Livs Widerrist ab, um wieder zu Atem zu kommen.

Mein tapferes Pferdchen.

Sie hatte sich entschieden, mit mir in den Wald zu gehen, und jetzt trug sie mich unerschütterlich voran. Ich wusste längst nicht mehr genau, wo wir waren, ich konnte nur noch meinem Bauch vertrauen. Und Liv. Wir hatten Dari hier im Wald schon einmal gefunden, letztes Jahr im Herbst. Ich glaubte ganz fest daran, dass wir es auch diesmal schaffen würden. Jetzt, wo es tausendmal wichtiger war.

Ich ließ Liv die Richtung bestimmen und sie wandte sich ein Stück nach links. Das Gelände stieg erst an, dann ritten wir wieder hügelabwärts. Nach ein paar Minuten kam es mir vor, als könnte ich leichter atmen, als würden wir uns vom Feuer entfernen. Es war immer noch heiß, aber das war die Sommerhitze und nicht die zerstörerische Glut des Brandes. Die Luft wurde klarer und plötzlich erkannte ich hier eine Baumgruppe, da einen Felsen.

Meine Zuversicht wurde stärker. Wenn sie im Wald waren, mussten sie gemerkt haben, dass es brannte. Dann waren sie dem Rauch davongelaufen, genau wie wir. Und dann mussten sie hier irgendwo sein, wohin das Feuer noch nicht vorgedrungen war.

»Jannis! Dari!« Ich brüllte ihre Namen durch den Wald, doch nichts als Stille antwortete mir.

# Jannis

Der Himmel war wolkenlos, die Sonne legte sich auf meinen Rücken, aber die Brise vom Meer war kühl genug, dass ich nicht ins Schwitzen geriet. Nur ein paar Kilometer von uns entfernt feierten die Benekes mit Hunderten Gästen ihr Strandderby, doch hier oben war es, als wären wir die letzten Lebewesen auf dem Planeten.

Mal abgesehen von den drei Möwen, die sich von der Landspitze aus immer wieder in die Tiefe stürzten.

Dari war ruhiger geworden. Ob es daran lag, dass sie erschöpft war, oder daran, dass ich keinen Druck mehr machte, konnte ich nicht sagen.

Die Wärme und das Rauschen der Brandung unten an den Felsen versetzten mich in eine seltsame Stimmung. Ich war nicht schläfrig, aber ganz bei mir war ich auch nicht. Ein Teil von mir war bei Dari, der weiche, freie Teil.

Während ich so dasaß, zogen Fridas Worte durch mein Bewusstsein, Dinge, die sie gesagt hatte, seit wir mit Dari arbeiteten. Ich dachte nicht über diese Dinge nach, aber mir kam es vor, als würde ich erst jetzt ihren Kern verstehen. Ich hatte immer so viel gewollt, und um es zu erreichen, hatte ich immer noch mehr trainiert, noch mehr gefordert, statt zu nehmen, was Dari mir anbieten konnte.

Jetzt bot sie mir ihren Zwiespalt an. Zuvor hätte er mir wehgetan, aber jetzt wusste ich, er musste mich dankbar machen. Sie wollte zu mir kommen, das konnte ich sehen, an der Art, wie sie sich nervös wegdrehte und mir dann wieder den Kopf zuwandte, aber ihr Instinkt und ihre Erfahrung sagten ihr, dass es besser war zu bleiben, wo sie war.

Doch es war nicht aussichtslos. Ihre Zweifel waren größer als ihr Vertrauen, und trotzdem kratzte sie jeden Funken Mut zusammen, den sie besaß. Es machte nichts, wenn das noch dauerte. Ich hatte Zeit.

Eine Weile tat Dari so, als würde sie grasen, aber das war nur Tarnung. Sie suchte nach einem sicheren Weg, mich im Auge zu behalten, meine Beweggründe zu erfassen.

Ich saß im Schneidersitz da, kaute auf einem Grashalm, sah sie hin und wieder flüchtig, aber ruhig an und hoffte, dass mein Körper sagte: Ich bin hier. Für dich. Wenn du zu mir kommen willst, warte ich auf dich.

Und als ich erst mal damit angefangen hatte, nicht zu wollen, was ich mir so sehr wünschte, war es auf einmal ganz leicht. Es war schön, bei ihr zu sein, jetzt, an diesem Ort, egal, was gewesen war, egal, was geschehen würde. Wir hatten diesen Moment.

Und dann, plötzlich, hatten wir noch viel mehr.

Dari schnaubte. Sie machte einen Schritt auf mich zu, und in der folgenden Pause prüfte sie, ob ich es ernst meinte. Ich bestand den Test, denn aus einem Schritt wurden viele, kurze, vorsichtige zuerst, aber dann lange, bestimmte. Ein paar Meter vor mir blieb sie stehen. Sie guckte nur, aber ich glaube, da war das Herz viel mehr beteiligt als die Augen.

Ich dachte an Frida, die mehr Wärme ausstrahlen konnte als jeder andere Mensch, den ich kannte, und während ich versuchte, dieses Glühen, dieses Leuchten an Dari weiterzugeben, war sie mir längst voraus. Sie schloss die Lücke zwischen uns und kam mir so nah, dass sie mein Gesicht beschnuppern konnte. Es war, als hätte sie mich noch nie gesehen, als wäre alles an mir völlig neu. Sie schnupperte an meinem Hals, so sanft, dass ihre Tasthaare an meinem Ohr kitzelten, und als ich ihr langsam meine Hände hinhielt, schnupperte sie auch daran.

Sie stupste in meine Handflächen, und als wäre das das Startsignal, strich ich ihr vorsichtig über die Nüstern und die Backen. Ihr Atem fuhr gleichmäßig über meine Arme. Ich rieb ihre Ohren, und dann streichelte ich sie zwischen den Augen, bis ihre Lider schwer wurden.

Irgendwann machten wir uns auf den Heimweg. Ich hatte nichts, womit ich Dari führen konnte, kein Halfter, keinen Strick, aber ich brauchte auch nichts davon. Sie entschied sich, mich zu begleiten. Was konnte ich mehr wollen?

Ich schwebte so zwischen Dankbarkeit und totalem Glücksgefühl, dass mir gar nicht in den Sinn kam, was auf uns warten könnte. Ob die Biker noch rumlungerten, wie es den Pferden vom Gut ging, ob ich die Polizei rufen sollte oder lieber die Benekes. Deswegen traf es mich auch wie ein Genickschlag, als Dari stehen blieb und alarmiert den Kopf hob.

Was war los? Was hatte ich denn jetzt bloß wieder falsch gemacht?

Ich legte ihr die Hand auf den Hals und streichelte sie, aber ihre Anspannung ließ nicht nach. Sie hatte die Nüstern weit gebläht und drehte die Ohren in alle Richtungen.

Und dann roch ich es auch: Es brannte. Zuerst dachte ich an ein

Lagerfeuer, aber nach ein paar Sekunden war klar, dass das sogar für ein Sonnwendfeuer zu viel Rauch gewesen wäre.

Was war passiert? Woher kam der Rauch? Ich konnte es nicht sagen. Aber eines wusste ich: Wenn ich jetzt durchdrehte, war Dari weg.

Also drehte ich nicht durch. Stattdessen versuchte ich, einen möglichst kühlen Kopf zu bewahren. Ich hatte keine Ahnung, wo das Feuer war und ob es uns gefährlich werden konnte. Trotzdem war es bestimmt schlau, ihm aus dem Weg zu gehen. Der Wind wehte vom Meer her, aber hieß das, dass er das Feuer auf uns zutrieb oder von uns weg? Ich schnüffelte, doch egal, wohin ich die Nase hielt, ich roch einfach nur Rauch.

Der schnellste Weg aus dem Wald heraus war der Pfad links von uns. Den beschloss ich zu nehmen. Ich war aber erst ein paar Schritte weit, da merkte ich, dass Dari mir nicht gefolgt war. Als ich mich zu ihr umdrehte, damit sie sich mir anschloss, schüttelte sie den Kopf und stampfte mit dem Vorderbein.

Hm.

Probehalber ging ich an ihr vorbei und in die andere Richtung, und schneller, als ich gucken konnte, war sie an meiner Seite.

Das war ja mal eine klare Ansage.

Wir hielten uns also Richtung Steilküste. Dort verlief ein Pfad, der uns aus dem Wald herausführte.

Ich hatte den Gedanken noch nicht mal zu Ende gedacht, als ich zusammenfuhr.

»Hey!«, hörte ich von irgendwoher. »Hallo! Hört mich jemand? Hilfe! Ich komme hier nicht raus!«

Die Stimme kannte ich doch.

»Hallo!«, brüllte ich. »Alles in Ordnung? Wo bist du?«

»Hier! Ich bin in diesen Spalt gerutscht!«

Jetzt konnte ich die Richtung besser eingrenzen. Natürlich kam die Stimme von hinter uns, von dort, wo es Dari zufolge brannte. Aber es half ja nichts.

Ich rannte los. Dari schien zuerst zu zögern, aber als ich nicht zurücksah und mich immer weiter entfernte, fasste sie sich ein Herz und kam mit. So ganz ohne Herde zu sein, schien ihr wohl gefährlicher als ein Feuer.

»Ruf weiter!«, schrie ich, und schon beim nächsten »Hier!« wusste ich, dass ich auf der richtigen Spur war. Es klang viel klarer und näher.

Nur Sekunden später wurde ich langsamer. Ich keuchte schon wieder.

»Hier«, hörte ich dicht vor mir.

Vorsichtig machte ich einen Schritt auf die Bodenspalte zu, dann noch einen. Ich kniete mich hin und spähte über den Rand. »Hallo, Nils.«

Zu meiner Überraschung fragte er: »Alles okay mit dir?«

Trocken gab ich zurück: »Ich liege nicht unter einem Motorrad begraben auf dem Boden einer Schlucht.«

Der Satz war vielleicht etwas drastischer formuliert, als nötig gewesen wäre, aber ein mieser, kleiner Teil meiner Persönlichkeit rieb sich gerade die Hände und lachte dreckig in sich hinein.

»Und das Feuer?«

Der ließ nicht locker. An seiner Stelle hätte ich mich schnellstens aus dieser Grube ziehen lassen. Dann kam mir ein Verdacht.

»Hast du was damit zu tun?« Ich deutete auf seine Maschine. »Du gehörst zu diesen Arschlöchern, die Frida das Leben zur Hölle gemacht haben, oder?«

Er war blass geworden. Ich hoffte sehr, er ging davon aus, dass ich ihn einfach da unten liegen lassen würde.

»Nicht mehr«, krächzte er. »Anfangs war ich dabei, aber … aber mit dem Feuer habe ich nichts zu tun.«

»Mit dem ganzen Mist vorher aber schon?« Hinter mir wieherte Dari leise und eindringlich, wie als Warnung, aber ein paar Dinge wollte ich endlich klären.

Nils schloss kurz die Augen. »Es hat als Spaß angefangen. Wir wollten niemandem was tun, wir … haben nur einfach nicht nachgedacht. Aber Frida war so verdammt hartnäckig und hat sich nicht einschüchtern lassen, da ist alles irgendwie aus dem Ruder gelaufen. Manche von uns hat das richtig angestachelt.«

Es war definitiv nicht der richtige Moment, aber ich war echt stolz. Dieses Mädchen …

»Du wirst ihr das alles haarklein erzählen und dich entschuldigen, ist das klar? Bei Frida und ihrer Familie.«

Er verzog das Gesicht, nickte aber.

Vor mir knackte es. Mein Kopf flog hoch, und endlich kapierte ich auch, warum Dari hinter mir wie verrückt stampfte. Zwischen den Bäumen, nicht mehr allzu weit von uns entfernt, qualmte es, und durch den Rauch hindurch sah ich einen orangen Schimmer.

Jetzt wurde ich doch hektisch. »Bist du verletzt?«

Nils deutete mit einer Hand auf das Motorrad. »Weiß nicht. Ich spüre mein Bein nicht mehr, weil die Maschine draufliegt. Sie hat sich irgendwie verkeilt, ich kann sie nicht von mir runterschieben.«

Da gab es wohl nur eine Möglichkeit. Nach einem letzten Blick auf mein Handy – nein, auch hier hatte ich kein Netz – schwang ich die Beine über den Rand des Spalts und ließ mich hinuntergleiten.

»Spinnst du, Alter?« Nils riss die Augen auf. »Jetzt kommen wir beide nicht mehr raus!«

Kalt sah ich ihn an. »Ich hab nicht vor, mich auch unter das Teil zu legen.«

Aber dann verging uns das Quatschen. Es war nämlich harte Arbeit, dieses bescheuerte Ding so hochzuhieven, dass Nils darunter hervorkriechen konnte. Mittlerweile war er kalkweiß im Gesicht, er hatte wohl doch mehr Schmerzen, als er zugab. Wir schwitzten beide wie die Schweine.

»Beeil dich«, presste ich hervor.

Endlich rollte er sich das letzte Stück unter der Enduro heraus. Sofort ließ ich sie los, hielt ihm die Hand hin und zog ihn auf die Beine. Er stöhnte auf.

»Ist was gebrochen?«

Er zuckte mit den Schultern, wahrscheinlich weil er seiner Stimme nicht traute. Ich ging in die Hocke und schob sein Hosenbein ein Stück nach oben. Wenn der auch nur einen blöden Kommentar losließ, würde ich ihm eins in die Fresse hauen. Aber Nils sagte nichts, sondern biss weiter die Zähne zusammen.

Eine offene Verletzung entdeckte ich nicht. Geschwollen war auch nichts.

»Hast du bei deinem Sturz ein Knacken gehört? Hast du einen Krampf?« Ich sah Nils ins Gesicht, aber er schüttelte den Kopf.

Ich stand auf. Da war jetzt nichts zu machen, irgendwie musste es gehen. Er würde schon klarkommen. Mit einem Fuß stellte ich mich auf das Bike und testete, ob es mein Gewicht hielt. Dann griff ich an den Rand der Grube, holte Schwung und hievte mich nach oben.

Es war doch nicht so einfach, wie ich gedacht hatte. Die Kante hing leicht über, sodass ich beim ersten Versuch abrutschte. Ich landete auf dem Motorrad und verlor das Gleichgewicht, aber ich war gleich wieder auf den Beinen.

»Warte, ich helfe dir.«

Ich drehte mich zu Nils um und sah ihn an, dann nickte ich. Wieder stellte ich mich auf das Motorrad, damit ich an die Kante ranreichte, aber diesmal machte Nils eine Räuberleiter. Ich stellte meinen Fuß hinein und bei »Drei!« katapultierte er mich nach oben. Sein Stöhnen ging in meinem Ächzen unter.

Im nächsten Moment lag ich bäuchlings auf dem Waldboden. Mein erster Blick galt Dari, die nervös den Kopf warf und immer wieder wieherte. Kein Wunder. Mittlerweile war alles so voller Rauch, dass ich sie nur unscharf erkennen konnte.

Schnell drehte ich mich um und hielt Nils eine Hand hin.

Irgendwie hilflos deutete er auf sein Bike. »Aber was ist mit meiner Maschine?«

»Darauf willst du jetzt keine Antwort, oder?« Ungeduldig wackelte ich mit den Fingern. »Mach schon.«

Endlich griff er nach meinem Arm, und obwohl ich merkte, dass er das eine Bein noch immer nicht gut belasten konnte, schaffte er es irgendwie aus der Grube.

Wir hatten keine Zeit zum Verschnaufen. Ich sprang auf und ging zu Dari, um sie rasch ein bisschen zu trösten. Dann liefen wir los.

# Frida

Keine Ahnung, wie lange wir schon unterwegs waren. Es kam mir vor wie Tage, und trotzdem war mir klar, dass die Zeit knapp wurde, dass jede Minute, die verging, eine zu viel sein konnte.

Ich wusste nicht mehr, was ich tun sollte. Sollte ich in eine Richtung reiten und dabei bleiben? Sollten wir den Wald in Schlangenlinien absuchen? Oder wäre es am besten umzudrehen?

Nein. Nein, das ging nicht. Erstens würden wir dann genau auf den Brand zulaufen und zweitens konnte ich Jannis und Dari nicht im Stich lassen. So oder so, wir mussten vorwärts, und sei es nur, um einen sicheren Weg für uns selbst zu finden.

Wieder warf ich einen Blick auf mein Handy, aber auch hier hatte ich kein Netz. Als Liv stolperte, erinnerte ich mich daran, dass ich mich nicht einfach tragen lassen durfte. In diesem Abschnitt war der Boden uneben, durchzogen von kleinen Senken und ausgespülten Spalten, und ich sollte Liv besser helfen, einen Pfad zwischen den Bäumen hindurchzufinden. Schritt für Schritt tasteten wir uns voran, ein- oder zweimal mussten wir sogar umdrehen, weil wir an einem Abhang nicht weiterkamen.

»Hooo«, machte ich erschrocken, weil Livs Vorderbeine unter uns wegrutschten. Schneller, als ich reagieren konnte, hatte sie ihr Gewicht auf die Hinterhand verlagert und war zwei Schritte zurückgewichen. Mit hämmerndem Herzen lobte ich sie. Was war das denn gewesen?

Ich beugte mich ein wenig im Sattel vor, soweit ich mich eben traute. Vor uns tat sich eine schmale Spalte auf, deren Ränder ein wenig überhingen, sodass wir sie beide nicht gesehen hatten. Sie schien ziemlich tief –

Moment. Vorsichtig glitt ich von Livs Rücken. Das musste ich mir genauer angucken. Langsam schob ich mich an die Grube heran. Sie war wirklich recht tief, zweieinhalb Meter bestimmt, aber viel mehr interessierte mich, was auf ihrem Grund lag. Das war eine Enduro. Schwarz, ohne Verzierung bis auf drei graue Streifen unter dem Sattel.

»Hallo?« Ich kniete mich hin, um besser in den Spalt hineinsehen zu können, aber da unten war niemand. War einer der Biker in den Wald gefahren? Nachdem sie das Feuer gelegt hatten? Wieso? Wer machte so was Bescheuertes?

Du, schoss es mir durch den Kopf.

Ja, ich machte so etwas, aber ich suchte ja auch jemanden.

Im nächsten Augenblick hatte ich das Gefühl, in meinem Hirn würden Scharniere ineinanderklicken, sich Verbindungen herstellen zwischen Situationen, die nichts miteinander zu tun zu haben schienen. Jannis, der mich davon überzeugen wollte, dass Nils mir etwas verschwieg. Sein Misstrauen nach dem Projekttag. Nils, der aus unserem Stallbüro kam, wo unsere Dienstpläne für die Reitstunden hingen. Nils, der vorhin Jannis' Nachricht gehört hatte, dass er sich in den Wald aufmachte. Nils, dem am Telefon jemand sagte, dass es brannte.

Ein paar Sekunden lang musste ich die Augen schließen. Nils steckte nicht nur mit drin. Er war einer der Biker. Er hatte mich ausspioniert, als ich dachte, er fände mich nett. Erst wurde mein Kopf heiß, dann war mir schlecht, so sehr schämte ich mich plötzlich. Wie konnte man so eitel sein? So blöd? So blind?

Mühsam rappelte ich mich auf. Liv sah mich an und prustete sanft und ich schlang die Arme um ihren Hals.

Ihre Nähe rückte die Dinge wieder gerade. *Ich* musste mich hier gar nicht schämen! *Nils* hatte mir schöne Augen gemacht! Ich hatte ihn sicher nicht ermuntert. Kurz gönnte ich mir den Luxus und gab mich meiner Wut hin, aber sie verpuffte schnell.

Ganz kapierte ich es trotzdem nicht. Er war so nett gewesen, nicht nur zu mir, auch zu Basti. Vor allem zu Basti. Konnte man sich so verstellen? Und jetzt sein Bike hier … Hatte er Jannis gesucht? Weil er als Einziger wusste, in welcher Gefahr er schwebte?

Erst als ich husten musste, merkte ich, dass wieder Rauch aufgezogen war. Liv tippelte von einem Bein aufs andere. Sie war so viel schlauer als ich – wir mussten hier weg, das Feuer war schon ganz nah!

So ruhig ich konnte, stieg ich auf und lenkte sie nach links, Richtung Süden, wenn ich mich nicht täuschte, aber nach vielleicht hundert Metern wurde der Rauch dichter. Wir ritten genau auf das Feuer zu.

Ich bekam keine Luft mehr. Bisher hatte ich den Gedanken von mir geschoben, aber das hier konnte richtig übel ausgehen. Ich presste Sauerstoff in meine Lunge, weil ich schon Sternchen sah, doch dadurch musste ich so stark husten, dass mir die Tränen kamen. Mein nächster Atemzug klang wie ein Schluchzen, aber das ging nicht. Das ging überhaupt nicht. Zum Weinen hatte ich keine Zeit.

Ich zwang mich, auf Livs Schritte zu achten, auf ihr Fell unter meinen Fingern, das sich bei der Hitze des Feuers fast kühl anfühlte, auf ihren Atem.

Ja, ich hatte Angst. Nicht mehr nur um Jannis und Dari, auch um uns. Wenn es südlich von uns brannte, war uns der Rückweg zum Gut abgeschnitten. Wir waren von Osten gekommen, dort stand der Acker in Flammen. Nördlich von uns war die Landspitze, dort ging es dreißig Meter in die Tiefe. Aber noch konnten wir hier rauskommen. Noch war der Weg zur Steilküste frei.

# Jannis

Wir hatten es noch nicht weit geschafft, als mir klar wurde, dass wir ein Problem hatten. Anscheinend war mit Nils' Bein doch irgendwas nicht in Ordnung, jedenfalls kam er kaum voran. Dabei hätten wir rennen müssen, denn der Rauch wurde immer dichter. Wenn ich ehrlich war, wusste ich nicht mal, ob der Steilküstenpfad noch passierbar war.

Aber darüber konnten wir uns Gedanken machen, falls wir ihn jemals erreichten. Bei unserer Geschwindigkeit hatte uns das Feuer bald eingeholt.

»So wird das nichts.« Ich drehte mich zu Nils um.

Er schloss kurz die Augen und holte Luft, nur um im nächsten Moment loszuhusten. »Reite voraus und hol Hilfe. Ich halte euch bloß auf.«

Da konnte ich nicht widersprechen. Trotzdem war mein Plan besser. Zumindest falls …

»Stell dich hier neben Dari und mach deinen Kopf leer. Dann streichle sie.«

Er blinzelte. »Was? Ich glaub, dafür haben wir jetzt keine –«

»*Du* sollst auf ihr reiten, dann sind wir schneller. Aber dafür muss sie dich kennen.«

Dass es bei dem Vorhaben auch noch ein paar andere Fallstricke gab, verschwieg ich ihm besser mal.

Ich zog ihn am Ärmel zu Daris Kopf, dann zeigte ich ihm, wo er sie kraulen sollte.

»Du denkst jetzt nur dran, wie weich ihr Fell ist«, flüsterte ich nach einer Minute oder zwei, als er immer noch ratlos auf seine Hand starrte und Daris Ohren nervös vor- und zurückzuckten. »Und mach die Augen zu.«

Endlich, endlich kam das erlösende Schnauben.

»Weiterstreicheln.«

Ich lobte sie ebenfalls.

Dann folgte der Moment der Wahrheit. Ich deutete auf einen Baumstumpf. »Du stellst dich jetzt dadrauf. Dann lehnst du dich vorsichtig über ihren Rücken und wartest, was sie macht. Sobald sie es zulässt, hebst du das rechte Bein und rutscht noch vorsichtiger auf ihren Rücken. Wenn du ihr ins Kreuz fällst, zerre ich dich runter und lasse dich hier. Verstanden?«

»Ich soll sie reiten?«

Anscheinend war das alles, was bei ihm angekommen war.

»Das, oder du hoffst, dass die Feuerwehr rechtzeitig da ist.«

Er atmete tief ein und ich schloss kurz die Augen. Das hatte ich mir irgendwie anders vorgestellt. Aber mein Ego hatte hier nichts verloren. Ich lotste Dari neben den Baumstumpf und stellte mich vor sie. Ich streichelte sie, und flüsterte ihr beruhigenden Quatsch ins Ohr und holte aus irgendeinem verborgenen Winkel meines Hirns die Zuversicht, dass das jetzt gut gehen würde.

Und es ging gut. Natürlich spannte sich Dari an. Ein Beben lief durch sie und ihr Atem wurde schneller. Aber dann konzentrierte sie ihre gesamte Aufmerksamkeit auf Nils, und obwohl er alles haargenau machte, wie ich es ihm gesagt hatte, war klar, dass er keine Ahnung hatte, was er tat. Er wirkte so eingeschüchtert und ungeschickt, dass Daris Nervosität schwand und sie sich fast belustigt umguckte und beobachtete, was dieser Anfänger da so trieb.

Als er schließlich saß, schnaubte sie und schüttelte den Kopf. Ich war neben ihr und der Kerl auf ihrem Rücken hatte mehr Angst als sie selbst. Das schien ihr zu genügen.

Normalerweise wäre jetzt rennen angesagt gewesen, aber wenn Nils Daris Trab nicht aussitzen konnte (wovon ich jetzt mal ausging), würde er ihr wie ein nasser Mehlsack immer wieder ins Kreuz plumpsen. Und was dann passierte, wollte ich mir lieber nicht vorstellen.

Also ließ ich sie einen flotten Schritt anschlagen, bei dem sich Nils gerade so oben hielt. Ich führte Dari nach Südwesten, weil ich hoffte, dass wir dadurch am schnellsten den Küstenpfad erreichten.

Das stimmte auch – nach ein paar Minuten konnte ich das Meer durch die Bäume glitzern sehen und entdeckte den hellen Streifen, der uns endlich hier rausbringen würde. Ich hielt schon darauf zu, als ich stockte.

»Scheiße«, kam es da auch von über mir.

Auf dem Pfad war kein Durchkommen. Dort wütete das Feuer längst, ein brennender Baum war umgestürzt und lag quer über dem Weg.

Stand denn dieser ganze verfluchte Wald in Flammen?

Dari spürte, dass ich panisch wurde. Sie warf den Kopf hoch und ging mit schlagendem Schweif ein paar Schritte rückwärts.

»Runter da«, herrschte ich Nils an.

Er rutschte von ihrem Rücken, und irgendwie schaffte ich es, sie mit Streicheln und gutem Zureden bei mir zu halten.

Nachdenken. Ich musste nachdenken.

»Wir können nur den Hang hinunter«, sprach Nils nach ein paar Sekunden das Ergebnis meiner Überlegungen aus.

Ich nickte knapp. Nach Norden konnten wir nicht, denn von der Landspitze führte kein Weg zum Strand. Südlich und östlich von uns brannte alles. Also die Steilküste.

An dieser Stelle war sie schon ganz schön hoch. Aber was half es? Dari würde es schaffen. Das Training mit Liv hatte ihr gutgetan. Sie war fast wieder so fit wie letzten Herbst und viel trittsicherer.

Keine zwei Minuten später waren wir da. Das heißt, wir wären da gewesen, aber zehn Meter vor der Abbruchkante stemmte Dari die Beine in den Boden und ließ sich weder durch Bitten noch durch Kommandos dazu bewegen weiterzugehen. Es schien, als hätte es das Verständnis zwischen uns nie gegeben.

Ich schloss die Augen und suchte Ruhe in mir, aber sosehr ich mich bemühte, nichts von dem, was ich tat, drang durch ihre Panik.

»Hat sie Angst?«, stellte Nils eine selten dämliche Frage.

»Ja.«

»Und wovor? «

Was sollte ich sagen? Ich wusste es nicht. Frustriert zuckte ich mit den Schultern und drehte mich zu ihm um. »Du musst allein los. Lauf ins Dorf und ruf die Feuerwehr. Irgendwie müssen die Dari hier runterkriegen.«

Nils warf einen Blick auf den Wald hinter mir. »Du kannst nicht –«

»Und wie ich kann. Mach schon.«

Er holte Luft und nickte, dann zögerte er. »Danke.«

Wir fuhren beide zusammen. Es hatte sich verdammt endgültig angehört.

# Frida

Irgendwann hatte ich aufgehört, nach Jannis und Dari zu rufen. Meine Kehle fühlte sich ganz wund an, weil ich vom vielen Rauch so viel husten musste.

Ich hatte sie nicht gefunden. Waren sie längst aus dem Wald raus? Oder … oder hatte das Feuer sie …?

Ich konnte es noch nicht mal zu Ende denken.

Eine letzte Chance gab ich mir: Ich ritt einen Schlenker nach Norden und dann am Küstenpfad entlang zurück. Wenn Jannis und Dari mir da nicht über den Weg liefen, würde ich mir eine Stelle suchen, wo ich mit Liv zum Strand hinunterklettern konnte.

Wieder wurde der Rauch dichter. Viel weiter nach Süden schafften wir es nicht. Sie waren bestimmt auf einem anderen Weg rausgekommen, bestimmt …

Liv hob den Kopf und spitzte die Ohren. Dann brummelte sie, und ohne dass ich etwas tat, beschleunigte sie ihre Schritte.

Und da waren sie. Ich wollte schon losschreien, aber als ich kapierte, was ich sah, wurde Liv langsamer. Ich musste mich verkrampft haben, denn innerhalb einer Sekunde wurde mir klar, dass wir ein gewaltiges Problem hatten.

Vor uns auf dem Pfad stand Jannis und versuchte, Dari dazu zu bewegen, den Hang hinunterzusteigen. Er versuchte es schon eine Weile, das sah ich ihm an. Er war nicht wütend, er war verzweifelt. Denn genau wie ich begriff er, dass Dari ihm gern folgen wollte, es aber nicht konnte.

Anders als er wusste ich aber, warum.

Ich hatte ihm nie erzählt, was an dem Abend letzten Herbst passiert war, als Dari gescheut hatte und in ihrer Panik kilometerweit durch die Gegend gerannt war. Hier im Westwald war sie die Steilküste hinuntergerutscht und in die Tiefe gestürzt. Sie hatte sich nicht verletzt, aber die Erinnerung an den Schrecken reichte jetzt aus, dass sie sich keinen Zentimeter vorwärtsbewegen konnte.

»Oh Gott, Dari, bitte.« Jannis' Stimme klang erstickt. Er ließ den Kopf gegen ihren Hals sinken und schlang die Arme um sie. Sie stand stocksteif da, aber dann drehte sich ihr Ohr zu uns.

Entschlossen trieb ich Liv vorwärts. Als Jannis uns bemerkte, wandte er sich um und machte ein paar Schritte in unsere Richtung. Sein Gesicht leuchtete auf. Seine Wangen waren dreckverschmiert, seine Augen rot, aber ich war mir sehr sicher, dass ich noch nie so glücklich gewesen war, ihn zu sehen. Ich hatte ihn gefunden. Er war nicht verletzt. Alles war gut.

Als wir bei ihnen waren, ließ ich mich von Livs Rücken gleiten, und weil mir nichts Besseres einfiel, streckte ich die Arme aus und zog ihn an mich. Ich hielt ihn, so fest ich konnte, und für ein paar Augenblicke standen wir einfach nur da.

Irgendwann flüsterte er: »Ich lasse sie nicht zurück«, und ich drückte ihn noch ein bisschen fester. Alles, was ich an Vertrauen in diese Stute hatte, legte ich in diese Umarmung.

»Ich weiß.«

Er straffte die Schultern. Ich machte einen Schritt von ihm weg und nickte ihm zu. Wir hatten nur diese eine Chance und wir wussten es beide. Ich hoffte, dass Dari sich daran erinnerte, was für ein Kämpferherz sie hatte.

# Jannis

Es tat fast weh, Frida loszulassen. Aber ich hatte keine Wahl. Wir mussten weg von hier und jetzt gab es wieder einen Weg.

Frida ging zu Dari und streichelte sie, dann winkte sie Liv zu sich und ließ die Stuten kurz in Ruhe.

Zu mir sagte sie leise: »Ich reite mit Liv voraus. Schick sie hinterher, so wie im Training.« Einen Moment sah sie mir in die Augen. Sie lächelte vorsichtig. »Wir können es schaffen.«

Ich nickte. Als sie sich schon wegdrehen wollte, griff ich nach ihrer Hand. »Danke, Frida.«

Überrascht blickte sie auf unsere verschränkten Finger hinunter. Sie strich über meinen Daumen, dann ließ sie mich los und schwang sich auf Livs Rücken.

»Frida.« Mein Blick war auf Dari gefallen, die anscheinend ahnte, was gleich passieren würde. Nicht mehr so ängstlich, aber immer noch verunsichert guckte sie zwischen Liv und mir hin und her. Ich wusste nicht, ob mein Bauchgefühl stimmte, aber in diesem Moment schien es die einzig richtige Lösung zu sein. »Wenn ich oben sitze, warte nicht, okay?«

Frida riss die Augen auf, aber dann nickte sie nur.

Ich führte Dari zu einem großen Stein, stellte mich darauf und glitt, so sanft ich konnte, auf ihren Rücken. Ein Ohr drehte sich in meine Richtung, aber im selben Moment machten sich Frida und Liv an den Abstieg.

Die Stelle war in Ordnung, Liv balancierte sich kurz aus und dann war sie schon über die Kante verschwunden. Vorsichtig drückte ich die Schenkel an Daris Bauch. Sie wieherte Liv leise hinterher und war anscheinend so davon irritiert, dass ihre Freundin sie allein gelassen hatte, dass sie meinen Hilfen folgte, ohne zu zögern. Drei Sekunden später waren wir an der Kante und Dari sah Liv weit unter sich. Sie begann, sich zu verspannen, aber mein nächster Schenkeldruck fiel ein bisschen bestimmter aus, und schon waren wir auf dem Weg.

Ich hätte fast losgebrüllt.

Frida war unten. Sie lenkte Liv ein paar Meter vom Hang weg und drehte sie zu uns.

Mehr bekam ich nicht mit, denn hinter uns tat es einen gewaltigen Schlag, gefolgt von einem ohrenbetäubenden Zischen und Rauschen. Dari unter mir erstarrte, aber mein Instinkt war schneller. Ich ließ sie nicht nachdenken, den Schrecken nicht in ihrem Hirn ankommen, sondern trieb sie weiter, diesmal unerbittlich. Sie fügte sich, ließ sich auf die Hinterhand sinken und trug uns hinunter, während um uns herum ein Funkenregen niederging.

# Frida

Sogar Liv machte einen kleinen Satz, als hinter Jannis und Dari eine riesige Buche umkippte und Funken aufstoben wie bei einem Feuerwerk. Der Knall fuhr durch Dari wie eine Schockwelle. Wenn sie jetzt einen Aussetzer hatte, am Hang, wenn sie sich überschlug … Doch Jannis behielt die Nerven. Ich wollte weggucken, wollte es nicht mit ansehen, wenn sie stürzten, aber ich konnte nicht. Das war richtig gute Reiterei, was er da ablieferte. Er spürte, was Dari brauchte, bevor sie es selber wusste.

Und dann waren sie unten. Dari trabte an und war mit ein paar Schritten bei uns, um sich bei Liv pferdische Unterstützung zu holen, und ich war heilfroh, dass die Stuten mit sich selber beschäftigt waren, denn jetzt kam der Schock. Ich kriegte nur noch schlecht Luft, und weil ich so zitterte, griff Jannis nach meiner Hand, streichelte sie und flüsterte immer wieder: »Wir haben's geschafft … wir haben's geschafft …«

Er hielt meinen Blick, aber ich konnte mich gar nicht beruhigen. Auf einmal spitzten die Pferde die Ohren. Wir drehten alle vier den Kopf und sahen den Strand hinunter.

Ein Pulk Pferde kam auf uns zu. Konnte es sein …? Konnte es wirklich sein, dass sie beim Derby noch nichts von dem Feuer bemerkt hatten und das Rennen weiter austrugen? Ich guckte zum Wald hinauf. Der Wind wehte den Rauch weg vom Strand, nach Südosten ins Landesinnere. Vom Dorf und der Promenade aus war davon wahrscheinlich nichts zu sehen.

Dreißig oder vierzig Meter vor uns umrundeten schon die ersten Paare die Tonne und machten sich auf den Rückweg.

»Du reitest jetzt dein Finale«, sagte Jannis plötzlich.

Mein Kopf schnellte zu ihm herum. Trotz meiner Tränen lachte ich auf. »Jetzt? Spinnst du? Ich hab das Halbfinale verpasst. Ich bin disqualifiziert.«

Er zuckte mit den Schultern. »Egal.«

Unter mir tänzelte Liv. Sie wollte mitlaufen, das war sonnenklar. Und vielleicht hatte Jannis recht. Vielleicht war es genau das, was wir nach alldem brauchten.

»Nur mit dir«, antwortete ich und sah ihn an.

Langsam fing er an zu grinsen. »Wir sehen uns im Ziel.« Und schon galoppierte er Dari an.

»Wir warten dann auf euch!«, rief ich ihm hinterher, aber Liv hatte für dieses Geplänkel kein Verständnis. Fast aus dem Stand rannte sie los und war mit ein paar Sprüngen an Daris Seite.

Wir erreichten die Wendemarke nur kurz nach den Letzten im Feld und hefteten uns an ihre Fersen. Doch Liv und Dari dachten nicht daran, heute andere Pferde vor ihrer Nase zu dulden. Ohne Anstrengung zogen sie an dem Braunen und dem Schimmel vorbei.

Die Reiterin der braunen Stute rief: »He! Was soll das?«, und sie hatte recht. Wir gehörten nicht zum Feld, wir spielten keine Rolle beim Derby.

Ich zeigte nach rechts und wir lenkten Dari und Liv von der Rennstrecke weg ins flache Wasser. Hier konnten wir sie laufen lassen, ohne jemanden zu stören.

Und wie sie liefen! Es war, als wüssten sie genau, wie knapp wir davongekommen waren. Kopf an Kopf galoppierten sie dahin, das

Wasser spritzte um uns auf und hüllte uns in einen leuchtenden Tropfenregen. Immer wieder sahen wir uns an. Wir waren in unserer eigenen Welt, wo es kein Feuer gab, keinen Rauch und keine Angst, wo alles leicht und schön war.

Ich merkte kaum, dass wir an drei weiteren Pferden vorbeiritten. Es zählte nicht. Der Moment war perfekt, so wie er war. Jannis neben mir, auf Dari, die ihre Angst abgelegt hatte, und unter mir Liv, die sich die Anspannung des Nachmittags aus dem Leib rannte.

Alles fühlte sich an, als wäre es das erste Mal, ganz neu – die Sonne in meinem Gesicht, der Wind in meinen Haaren, die Gischt, die sich wie Nebel auf meine Haut legte.

Der Stich ins Herz, wenn Jannis mich anlachte.

# Jannis

Ich hätte ewig so dahinfliegen können. Einfach so, ohne Ziel, mit Frida an meiner Seite. Es war egal, was im Wald passiert war oder was auf uns wartete – und es wartete Ärger, das war klar –, jetzt war ich einfach hier.

Wo endete der Strand? Ich wusste es gar nicht, ich hatte Frida nie gefragt. Aber es kam mir vor, als hätten wir noch viel weiter reiten können, die Küste entlang, bis es nur noch Wasser gab und Sand und uns und die Pferde.

Ich spürte Daris Kraft unter mir, ihre Freude und den Ehrgeiz. Sie war wieder bei mir, hatte ihre Vorbehalte im Wald zurückgelassen. Wir hatten es gemeinsam überstanden. Jetzt konnten wir wirklich neu anfangen.

Und das Erste, was Dari vorhatte, war rennen. Sie schenkte Liv nichts, aber sie schob sich auch nicht vor sie. Ihr Ziel waren die drei Pferde vor uns, die noch um den Derbysieg liefen.

Durch den Wind und das Donnern der Hufe und das spritzende Wasser hörte ich die Leute vorn am Ziel jubeln. Ich konnte nicht sagen, ob sie Frida und mich schon entdeckt hatten, es war auch nicht wichtig. Wir liefen dieses Rennen für uns. Um uns zu beweisen, dass wir noch da waren.

# Frida

Die drei Paare waren so weit weg gewesen, ich hatte nicht geglaubt, dass wir noch an sie herankommen würden, und es war auch nicht wichtig gewesen.

Aber jetzt, so kurz vor dem Ziel …

Ich sah Jannis an, und als wäre ihm dasselbe durch den Kopf gegangen, nickte er mir zu. Kaum gab ich in der Hand nach, drehte Liv auf, als hätte sie sich gerade warm gemacht. Dari wich ihr nicht von der Seite. Ihre Sprünge verlängerten sich noch einmal und mit jedem verringerte sich der Abstand auf die führende Gruppe.

Spätestens jetzt hatten die Zuschauer uns gesehen. Ich konnte hören, wie sich ihre Rufe veränderten, wie sich Überraschung und vielleicht auch Ärger hineinmischten.

Es spielte keine Rolle. Wir ließen unsere Pferde laufen, wie sie wollten.

Dann waren es noch hundert Meter und die Nasen unserer Stuten waren schon gleichauf mit dem Schweif des hintersten Pferds. Fünf Galoppsprünge und wir waren vorbei.

Den Fuchs und den Apfelschimmel ganz vorne trennte eine Halslänge. Die beiden Reiterinnen waren so aufeinander konzentriert, dass sie uns erst bemerkten, als die Köpfe unserer Pferde neben ihren Beinen auftauchten. Zwischen ihnen und der Ziellinie lagen nur noch dreißig Meter, aber die reichten Dari und Liv, um sich an ihnen vorbeizuschieben.

# Jannis

Wir sausten an den Leuten vorüber, einfach weiter den Strand entlang. Ein paar Hundert Meter hielten Dari und Liv das Tempo noch, dann entschieden sie sich, dass es reichte. Wir ließen sie auslaufen, dann in einen entspannten Trab fallen. Irgendwann wateten sie mit langen Schritten durch das Wasser und prusteten um die Wette.

Frida lehnte sich auf Livs Hals. Sie atmete schwer, aber ihr Gesicht hatte den entsetzten Ausdruck verloren. Vielleicht blieb von dem Tag heute nichts zurück. Vielleicht kamen wir glimpflich davon.

Irgendwann sah sie mich an. »Ich will noch nicht zurück«, sagte sie.

Sie hatte recht. Wir mussten zurück. Wir mussten erklären, was passiert war.

Aber jetzt noch nicht.

Ich hielt Dari an und ließ mich von ihrem Rücken gleiten. Frida richtete sich auf und saß ebenfalls ab. Sie nahm Liv den Sattel und das Zaumzeug ab und schickte sie zum Spielen. Dari ließ sich natürlich nicht zweimal bitten.

Frida legte das Sattelzeug in den Sand und setzte sich. Ich spürte meinen Herzschlag bis in die Ohren. Irgendetwas würde gleich passieren, und obwohl ich wusste, was ich mir wünschte, seit Wochen schon, hatte ich keine Ahnung, was ich tun sollte.

Also tat ich das, was ich immer machte, wenn wir hier am Strand den Pferden zuguckten: Ich setzte mich hin, zog die Knie an und schlang die Arme darum.

Frida hatte die Beine ausgestreckt und sich mit den Händen abgestützt. Die anderen Leute waren weit weg und unsere Pferde staksten entspannt durch die Wellen. Sie brauchten diese Zeit, sie mussten nachdenken und verarbeiten können, was im Wald passiert war.

Und ich brauchte diese Zeit, um zu entscheiden, was ich sagen oder tun sollte. Aber bevor mir etwas eingefallen war, rückte Frida näher zu mir und legte ihren Kopf auf meine Schulter. Plötzlich bestand ich nur noch aus Schulter und Wange und Nase. Ich war mir bis in jeden Winkel bewusst, wie schwer ihr Kopf war und wie weich ihre Haare und wie gut sie nach Honig und Pferd roch.

Dann rutschte sie noch ein Stück näher. Mein Herz lief Amok, als sie ihre Hand auf meine legte.

»Ich bin froh, dass es dir gut geht«, flüsterte sie.

Ohne dass ich so richtig wusste, wie es passierte, verflochten sich meine Finger mit ihren. Mein anderer Arm quetschte sich zwischen uns durch, und die Tatsache, dass Fridas Kopf dabei nicht von meiner Schulter rutschte, hieß wohl, dass sie genau wusste, was sie tat.

Das gab mir den Mut, den ich brauchte. Ich legte ihr den Arm um die Schultern, zog sie näher an mich – war da noch Platz zwischen uns gewesen? – und lehnte meinen Kopf an ihren.

Lächelnd schloss ich die Augen. »Gut ist noch untertrieben.«

# Frida

Viel fehlte nicht und ich wäre eingeschlafen. Absurd, ich weiß. An jedem anderen Tag hätte mich Jannis' Arm um meine Schultern, so ungewohnt, so richtig, hellwach gemacht. Aber heute, nach diesem langen Tag mit den Vorbereitungen, auf dem Pferd, zwischen all den Menschen, im Wald – heute fühlte er sich an wie eine Boje, die ich nach zwölf Stunden auf hoher See gefunden hatte. Ich durfte mich ausruhen, auch wenn ich wusste, dass ich noch nicht wieder sicheren Boden unter den Füßen hatte.

Wir mussten zurück. Ich musste wissen, ob der Brand gelöscht war und wie groß die Schäden waren. Wir mussten Mama und Papa sagen, dass es uns gut ging. Wir mussten uns bei den Gewinnerinnen entschuldigen, weil wir das Finale gesprengt hatten.

Im nächsten Moment setzte ich mich kerzengerade hin und starrte Jannis an. »Nils! Ich glaube, ich habe sein Motorrad im Wald … oh Gott, wir müssen –«

»Er ist okay.« Jannis strich mir über den Rücken. »Er ist vor uns die Steilküste runter und zu den anderen gelaufen.«

»Also war er im Wald? Hat er dich gesucht?«

Jannis nickte. »Ich glaube schon. Weißt du, warum?«

Schwerfällig stemmte ich mich auf die Füße und zog ihn mit hoch.

»Das erzähle ich dir auf dem Rückweg.«

»Mama?«

»Frida? Geht's dir gut?« Sie war beim ersten Klingeln ans Handy gegangen. »Wo bist du?«

»Am Strand. Wir sind in fünf Minuten bei den Essensständen. Wo ist Papa? Hat die Feuerwehr den Brand schon gelöscht?«

Ich hörte Mama tief durchatmen. »Papa ist noch am Wald. Kommt erst mal her, ja? Dann besprechen wir alles.«

»Okay.«

Es dauerte nicht mal drei Minuten, bis wir an der Promenade waren. Schon von Weitem konnten wir sehen, dass die Leute nach Hause gingen. Mittlerweile hatten also alle mitbekommen, dass es im Wald brannte, denn sonst wurde nach dem Derby noch bis in die Nacht hinein gefeiert. Die meisten Koppeln waren leer und auch auf den Bierbänken saßen nur noch vereinzelt Grüppchen zusammen und unterhielten sich gedämpft.

»Frida!« Theo war der Erste, der uns entdeckte. Er ließ die Verstärkerbox stehen, die er gerade in einer Kiste verstauen wollte, und rannte auf mich zu. Dann zog er mich so heftig an sich, dass ich ächzte und Liv einen Schritt zurück machte. »Mama ist fast durchgedreht, als sie gehört hat, dass du wahrscheinlich in den Wald geritten bist. Du bist völlig bescheuert, oder?«

Ich konnte nicht antworten, denn jetzt waren auch Mama und Eva da. Die beiden sprachen gar nicht viel, sondern hielten uns nur fest. Na ja, Jannis drohte ja weiter auch nichts, der konnte nichts dafür, dass er im Wald gewesen war, aber mit mir hatte Mama bestimmt noch ein paar Takte zu reden.

»Stellt bitte die Pferde auf eine Koppel und dann setzt euch«, sagte Mama irgendwann. Sie klang heiser.

»Das übernehme ich«, bot Theo an, und das lehnte ich bestimmt nicht ab, denn Luise kam uns schon mit zwei Tellern und zwei Flaschen entgegen. Sie umarmte mich nur kurz, dann drückte sie uns auf eine Bank und setzte sich gegenüber.

Während um uns herum Simon und Luises und Theos Freunde aufräumten und es immer leerer wurde, hauten wir rein. Dann war Theo zurück und rutschte neben Luise auf die Bank und wir fingen an zu erzählen.

Es war spät, als wir endlich alle zu Hause waren. Das war meine Familie: Sobald die Gefahr vorüber war, wurde geackert. Und das taten wir. Wir schafften zum Gut, was nicht sowieso schon den Weg dorthin gefunden hatte, Tische und Bänke, Geschirr, Sättel, Eimer, Putzzeug, das übrige Essen. Und die Pferde.

Mama versuchte gar nicht erst, mich zu überreden, früher nach Hause zu gehen. Ich glaube, irgendwie merkte sie, dass ich das Aufräumen genauso brauchte wie das Reiten. Es war normal und wir machten es gemeinsam.

Irgendwann stellte sie sich auf eine Bank und rief: »Hört mal bitte alle kurz her! Der Waldbrand ist unter Kontrolle und das Feuer hat auf keine weiteren Felder übergegriffen.«

Ihr nächster Satz ging in Johlen und Klatschen unter, aber das war ja auch egal: Das Feuer war gelöscht und niemand war verletzt. Papa war mit dem Trecker ausgerückt und hatte Teile der Äcker umgepflügt und damit das Schlimmste verhindert.

Mit Linh und Max telefonierten wir nur kurz. Sie waren nach meinem Feueralarm mit Papa und Heinrich zum Gut gefahren und hatten seitdem Nachrichtenzentrale gespielt. Wegen der Spuren auf der Stutenweide hatten sie wohl auch die Polizei gerufen und ständig zwischen Waldrand, Gut und Strand hin- und hertelefoniert. Als die Feuerwehr abrückte, meldeten sie sich kurz, um uns Bescheid zu geben, dass Max heute bei Linh übernachten würde.

Nach und nach gingen unsere Helfer nach Hause. Die meisten kannte ich und viele kamen zu mir und klopften mir auf die Schulter oder umarmten mich zum Abschied. Was in sie gefahren war, kapierte ich erst, als ich hörte, was Theo voller Stolz einem seiner Kumpels erzählte.

»Sie hätte das Derby natürlich wieder gewonnen, ganz klar, du hast ja gesehen, wie sie mit ihrem Pony an der Siegerin vorbeigezogen ist«, prahlte er. »Aber sie ist einfach los und hat Jannis aus dem Wald geholt, als sie das mit dem Brand mitbekommen hat.«

Bei der nächsten Gelegenheit zog ich ihn zur Seite. »Hörst du mal damit auf? Du tust ja so, als wäre ich aus irgend so einem bescheuerten Actionfilm rausmarschiert. Das war überhaupt nicht lustig.«

Einen Moment lang sah er mich an. »Aber mutig.« Und dann grinste er. »Dumm und mutig.« Er zog mich in eine feste Umarmung und flüsterte mir ins Ohr: »Gut gemacht, Champion. Lass den großen Bruder ein bisschen stolz sein.«

Da hatte ich plötzlich Tränen in den Augen, und Theo hielt mich, bis es wieder ging.

Jannis hatte genau wie ich das Gefühl, etwas tun zu müssen. Anders als ich wurde er im Lauf des Abends immer mürrischer. Ständig warf er seiner Mutter finstere Blicke zu, während sie mit Florian lachte und Bierbänke zusammenklappte. Da hatte Linh ja mal wieder recht gehabt. Schon vor Monaten hatte sie mir erzählt, dass sie vermutete, die beiden wären ein Paar.

Ich ging zu Jannis hinüber, der möglichst weit von Eva entfernt Gläser in Schachteln steckte.

»Ich freu mich total für die beiden«, meinte ich und deutete mit dem Kinn auf Eva und Florian.

Jannis fielen fast die Augen aus dem Kopf. »Hast du sie noch alle? Du freust dich für sie, dass sie Annelie betrügen?«

Im ersten Moment war ich von der Beleidigung so abgelenkt – ich war mir nicht sicher, was Jannis und ich jetzt waren, aber was auch immer es war, es hielt ihn jedenfalls nicht davon ab, mich zu beschimpfen –, dass ich erst verspätet kapierte, was er da eigentlich sagte.

Überrascht lachte ich auf. »Du weißt schon, dass Florian und Annelie seit vier Jahren geschieden sind, oder?«

Wusste er nicht. Stattdessen starrte er mich an, als hätte ich ihm gerade erklärt, dass die Erde eine Scheibe wäre. Und in dem Moment sah er so süß aus, dass ich ihn einfach in den Arm nehmen musste.

»Ist alles okay mit dir?«, flüsterte ich an seinem Hals.

Es dauerte einen Moment, bis er die Arme um mich legte. Dann räusperte er sich. »Ja. Jetzt ist alles okay.«

Ich weiß nicht, wohin das noch geführt hätte, wenn nicht in dem Moment die Bierbänke, die Eva und Florian säuberlich nebeneinandergestellt hatten, wie Dominosteine umgefallen wären. Sie lachten sich schief, aber Jannis und ich fuhren bei dem Rums auseinander.

Er zerzauste sich die Haare, als er mich anguckte. »Ich glaube«, sagte er mit einem Blick zu seiner Mutter, »ich muss da mal rüber.«

Ich sah ihm nach, wie er hinüberging, erst zögernd, dann bestimmter, und bei den Bierbänken mit anpackte, aber dann rief

Luise nach mir, und für die nächste halbe Stunde hatte ich gut zu tun.

Nachdem der Strand wieder aussah, als hätte nie ein Derby stattgefunden, und nichts mehr zu tun blieb, als die letzten Pferde nach Hause zu bringen, lief ich allein hinunter ans Wasser. Die Sonne war gerade untergegangen und ihr letztes Licht lag blutrot auf dem Meer. Es war windstill, die Wellen krochen über den Sand und machten kleine, glucksende Geräusche.

Eine Weile stand ich da. Es war so ein langer Tag gewesen, und mein Kopf platzte fast mit allem, was passiert war. Oder vielleicht war es auch mein Herz, das sich anfühlte, als würde es gar nicht mehr in meine Brust passen. Ich hielt das alles fest, das Licht, das glitzernde Wasser, die Luft, die mich weich umspülte, und irgendwann war es Zeit, nach Hause zu gehen.

Ich wandte mich um und da stand Jannis. Er lächelte, als er meinen Blick auffing, und hob die Hand. »Wir müssen los.« Und dann lächelte er noch ein bisschen mehr und sagte: »Bis morgen.«

Noch nie hatte in diesem Wort ein größeres Versprechen gelegen.

# Jannis

Am Sonntagmorgen zierte ich mich eine Weile, bis ich zum Frühstück nach unten ging. Aber es musste ja doch sein, also stieg ich mit meinen Schrumpellatschern aus der Dusche, zog mich an und holte tief Luft.

Mama und Florian drehten sich um, als ich in der Küchentür auftauchte. Immerhin hatte ich sie nicht beim Knutschen erwischt.

»Guten Morgen.« Mama lächelte. »Wie geht's dir?«

»Gut.«

Ich setzte mich und schnappte mir eines der frischen Brötchen. Eine Seltenheit am Sonntag.

»Hast du die geholt?« Ich sah Florian an.

Er nickte.

»Danke.«

Wieder ein Nicken, diesmal mit einem Lächeln.

Ein, zwei Minuten aßen wir schweigend, dann begannen wir alle drei gleichzeitig zu reden.

»Jannis, wir …«

»Jannis, ich weiß …«

»Was ich …«

Einen Moment herrschte Stille, bis wir anfingen zu lachen. Ich hatte mit meiner Mutter seit zwei Wochen nicht mehr zusammen gelacht. Es hatte mir gefehlt.

»Ich zuerst«, sagte ich grinsend. Als die beiden nickten, richtete ich mich an Florian: »Ja, es ist komisch für mich, dass du hier bist, aber ich hab nichts dagegen. Ich hatte was dagegen«, aus dem Augenwinkel warf ich Mama einen Blick zu, »aber jetzt nicht mehr. Sie hätte es schlimmer treffen können.«

Mama hüstelte in ihre Tasse, und Florian hob eine Augenbraue, schmunzelte aber.

Und weil ich das Gefühl hatte, dass ich Mama eine Erklärung für die letzten Tage schuldete, schob ich hinterher: »Ich wusste nicht, dass Annelie und du geschieden seid.«

Es war fast komisch, wie ihnen das Grinsen aus dem Gesicht rutschte.

Nach der ersten Schrecksekunde lehnte sich Mama zu mir, nahm mich in den Arm und sagte: »Ach, mein Schatz.«

Über meine korrekte Anrede in Anwesenheit meines neuen … Dings … Stiefvaters mussten wir noch mal reden. Prompt fing der nämlich wieder zu lachen an und schien gar nicht mehr damit aufzuhören.

Mama ließ mich los und sah ihn an, aber als ich fragte: »Hat er das öfter?«, erntete ich dafür trotzdem einen Klaps auf den Hinterkopf. Die Loyalitäten wurden also auch gerade neu verhandelt. Na super.

Florian wischte sich über die Augen. »Wenn du wüsstest, Jannis, wie oft wir darüber geredet haben, wie wir es dir leichter machen, damit klarzukommen. Dabei hätte ein Mal offen reden gereicht.«

Ich grinste verhalten, aber insgeheim war ich mir nicht sicher. Vielleicht hätte ich länger auf stur geschaltet, wenn ich jetzt nicht so heilfroh gewesen wäre, dass nicht meine beiden Eltern Arschgeigen waren.

»Wieso wohnst du denn noch bei Annelie, wenn ihr geschieden seid?«, fragte ich bei meinem zweiten Brötchen.

Florian sah mich an. »Wir wohnen gar nicht mehr zusammen. Ich hab mir das Gartenhaus ausgebaut.«

»Wegen Basti?«

Er nickte. »Und wegen Emma. Ich will bei meinen Kindern sein. Und ja, wenn es Basti schlechter geht, bin ich schnell da. Im Notfall übernachte ich dann auch mal im Gästezimmer.«

Verstohlen linste ich zu Mama. Sie betrachtete Florian mit einem komischen Ausdruck, weich, aber irgendwie auch bedauernd. Ob sie wollte, dass er hier einzog?

Wir unterhielten uns noch eine Weile, über Basti und Emma, über unsere Rettungsaktion im Moor, über den Brand und Dari und über Frida, die der einzige Grund war, dass ich mein Pferd gestern heil aus dem Wald herausgebracht hatte.

Irgendwann drifteten meine Gedanken ab, und während ich mich darüber freute, dass Mama so ausgelassen und glücklich wirkte, erinnerte ich mich daran, wie sich Fridas Kopf auf meiner Schulter angefühlt hatte oder ihre Arme um meinen Hals. Ich konnte es kaum erwarten, sie wiederzusehen, und gleichzeitig graute es mir davor.

Was war das jetzt mit uns? Wollte sie, dass ich weiter ein Freund war oder … *ihr* Freund? Was, wenn all das gestern für sie nichts bedeutet hatte? Wenn sie mich nur deswegen umarmt hatte, weil man das eben so machte … mit Freunden?

Ich konnte sie jetzt noch spüren, ganz weich und warm und gleichzeitig stark und voller Kraft. Was machte ich nur, wenn sie mich nicht wollte?

»Kristin hat übrigens vorhin angerufen«, holte mich Mama aus meiner Gedankenspirale. »Wir sind heute Abend auf dem Gut eingeladen. Es ist wohl noch so viel zu essen übrig … und außerdem gibt es was zu feiern.«

Ich horchte auf. »Was denn?« Hatten sie die Biker geschnappt?

Mama zuckte mit den Schultern. »Das wollte sie nicht sagen. Aber vielleicht denken sie auch, dass es Grund genug ist, wenn es das eigene Kind gesund aus einem brennenden Wald herausgeschafft hat.«

Mit verdächtig feuchten Augen strich sie mir über die Wange, sodass ich vorsichtshalber aufstand.

»Wenn ihr mich sucht, ich bin im Stall.«

Und kratze meinen Mut für abends zusammen.

# Frida

Den Nachmittag verbrachten wir dösend im Garten, bevor gegen fünf schon wieder die Betriebsamkeit losging. Man hätte meinen können, dass es reichte, wenn man am Tag zuvor ein mittelgroßes Volksfest ausgerichtet hatte, aber nein, meine Familie musste immer noch eins draufsetzen.

»Wäre doch schade um das viele gute Essen«, meinte Mama, als ich sie fragte, warum wir unser Danke-fürs-Helfen-Fest nicht eine Woche verschieben konnten. »Und außerdem haben wir einen Überraschungsgast.«

Als ich Luft holte, um zu fragen, wen sie meinte, sagte sie: »Das ist eine Überraschung.«

Also hielt ich die Klappe und half den anderen, ein paar der Bierbänke, die wir gestern so ordentlich verstaut hatten, unter der Kastanie im Garten wieder aufzubauen, Wannen voller Getränke im Bach kühl zu stellen, stapelweise Geschirr zum Büfett zu tragen und rings um die Wiese Laternen in den Büschen zu verteilen.

Obwohl ich jammerte, war ich ganz froh um die Arbeit. Immerhin hatte ich dabei weniger Gelegenheit, über Jannis nachzugrübeln. Für die drängendsten Fragen reichte meine Konzentration aber immer noch.

Was hatte ich mir nur gedacht? Wie oft hatte ich mich ihm gestern an den Hals geworfen? Was musste er nur von mir halten? Und vor allem: Was hielt ich von ihm?

Okay, die letzte Frage war ziemlich einfach zu beantworten.

Das war mir in dem Moment klar gewesen, als ich mit Liv in den Wald geritten war. Nicht mal ich konnte so blöd sein, das nicht zu kapieren. In den letzten Wochen hatte ich mich bei Nils öfter mal gefragt, ob ich mich vielleicht in ihn verlieben könnte. Er sah megagut aus, war lustig und klug und nett … Aber verliebt hatte ich mich nicht.

Und was der Unterschied zwischen ihm und Jannis war, war mir seit gestern klar: Für Nils wäre ich niemals in einen brennenden Wald geritten.

Aber was half mir das? Ich wusste ja, was für Mädchen Jannis mochte, klein und blond und zierlich. Und ich war definitiv nichts davon.

Ahhhhh! Wo war Linh, wenn man sie brauchte?

Gegen halb sieben hielt mich Luise am Ärmel fest und sagte mit Blick auf die Wasserkiste, die ich zum Bach schleppte: »Übertreib's nicht, Frida, okay? Der Tag gestern war heftig. Du hast Glück, dass du nicht im Krankenhaus gelandet bist. Lass die Jungs ruhig auch mit anpacken.«

Erst wusste ich gar nicht, wen sie meinte, aber dann bemerkte ich, dass mittlerweile schon ein paar von Theos Freunden eingetrudelt waren. Beinahe widerwillig drückte ich Emil die Kiste in die Hand und machte mich auf die Suche nach anderer Arbeit.

Dass Mama es mit der Geheimhaltung ihres Überraschungsgastes ziemlich ernst nahm, ging mir auf, als Theo mich zwischendrin zur Seite zog und fragte: »Weißt du, wer da noch kommen soll?« Ich schüttelte den Kopf, und er sagte nachdenklich: »Luise auch nicht.« Nach einer kleinen Pause grinste er. »Vielleicht will sich ja der Bürgermeister entschuldigen, dass er uns solche Scherereien gemacht hat.«

Der Bürgermeister kam nicht, dafür Frau Kohnitz, die Feuerwehrkommandantin, mit fünf oder sechs Kollegen. Und dann ging es Schlag auf Schlag: Annika, Lilja und Carina tauchten auf, gefolgt von Jule, Zeynep, Zofia und all den anderen Reitkindern samt Familien, die uns gestern geholfen hatten. Emma strahlte übers ganze Gesicht, als sie an Bastis Seite um die Ecke des Hauses bog. Neben ihnen schob Annelie den leeren Rollstuhl.

Max kam mit Linh und ihren Eltern. Er pfiff leise, als er mich sah.

»Ich wusste gar nicht, dass dein Schrank was anderes hergibt als Reithosen«, kommentierte er mein blaues Maxikleid.

Linh umarmte mich und sagte: »Du siehst so unglaublich hübsch aus«, aber man konnte großzügig sein mit Komplimenten, wenn man so umwerfend war wie sie in ihrem schmalen orangen Kleid.

Doch ganz ehrlich: Selbst in einem Sack hätte ich mich an diesem Abend wohlgefühlt. Es war so viel Schlimmes passiert in den letzten Wochen, aber heute waren wir hier, um zu feiern. Um unseren Freunden zu sagen, wie wichtig sie für uns waren.

Ich griff mir Mama, als sie an mir vorbeilief, und drückte sie. »Es war die beste Idee, heute das Fest zu geben«, flüsterte ich.

»Ja«, antwortete sie, und dann strich sie mir über die Haare und seufzte leise. »Meine Kleine«, sagte sie immer wieder, »meine Kleine«, dabei fehlte nicht mehr viel, und ich war größer als Theo.

Ich ließ sie los, als Eva und Florian Hand in Hand um die Ecke kamen. Und dann Jannis. Mama guckte mich stirnrunzelnd an, weil ich so scharf eingeatmet hatte, aber es war eben ein bisschen viel für so ein armes Mädchenherz: Er hatte Jeans an und weiße Sneakers und die Ärmel seines weißen Hemdes hatte er hochgekrempelt. Ich hatte es nicht recherchiert, doch es war bestimmt verboten, so gut auszusehen.

Ich war ja gut erzogen, deswegen hoffte ich, ich hatte Eva und Florian begrüßt, aber eigentlich sah ich die ganze Zeit nur Jannis' Augen. Ganz sicher war ich mir nicht, in welcher Stimmung er war, aber heute waren sie ganz dunkel, deswegen dachte ich mir, dass er wohl nicht wütend war.

Er stotterte was von »Schönes Kleid … hast du da«, und bevor ich wusste, was geschah, war meine Hand in seiner und wir unterwegs zu … den anderen? Dem Büfett? Zum Bach?

Egal. Wichtig war nur, dass er hier war, an meiner Seite. Und da blieb er, bis Papa die Musik leiser drehte und sich auf die Stufen zur Terrasse stellte. Er winkte Mama, die zu ihm ging.

»Schön, dass ihr heute alle hier seid. Schon wieder«, begann er, und alle lachten. »Nein, wir hatten nicht vor, euch am Tag nach dem Derby alle zusammenzuholen, aber wir dachten auch nicht, dass das Derby dieses Jahr so dramatisch werden würde.«

Hier und da hatten noch Leute gekichert und getuschelt, aber jetzt war es ganz still.

Nun übernahm Mama. »Wir haben euch heute hergebeten, um euch für alles zu danken, was ihr gestern und in den Wochen zuvor für uns getan habt. Ihr wart da, als die ersten schlimmen Gerüchte über das Gut im Umlauf waren, und ihr habt gestern angepackt, als wir jede Hilfe brauchen konnten. Danke dafür.«

Luise und Theo hoben zustimmend ihre Gläser und ich tat es ihnen nach.

Papa räusperte sich. »Was in den vergangenen Wochen passiert ist, hätte böse ausgehen können, aber wir hatten Glück. Der Feldbrand gestern war nur begrenzt und wird von der Versicherung übernommen, die Schäden am Wald sind zwar groß, aber immerhin ist nicht der älteste Baumbestand betroffen. Vor allem aber wurde niemand dabei verletzt und darüber bin ich sehr froh.«

Er suchte Jannis und mich zwischen den Leuten und lächelte uns zu. Jannis drückte meine Hand.

»Genauso wichtig ist aber«, fuhr Mama fort, »dass heute unser Ehrengast bei uns sein kann.« Sie drehte sich zur Terrassentür um und winkte. »Olivia, komm …«

Was immer sie sagte, ging im folgenden Rufen, Pfeifen und Klatschen unter. Ich stimmte mit ein. Olivia trat etwas schüchtern auf die Terrasse. Sie war blass, aber sie lächelte, und als sie die Hand hob, liefen Emma, Yule, Zeynep und Zofia auf sie zu und umarmten sie gleichzeitig. Sie lachten und hüpften mit ihr im Kreis, doch dann schob Theo sie zur Seite und nahm Olivia in die Arme. Ich schwöre, er hatte Tränen in den Augen. In Sekunden hatte sich eine riesige Menschentraube um die sechs gebildet.

Mama und Papa kamen auf uns zu. Plötzlich spannte sich Jannis an und flüsterte mir ins Ohr: »Bin gleich wieder da, ja?«

Er wartete nicht auf eine Antwort, sondern ließ meine Hand los und verschwand zwischen den Leuten.

Mama lächelte mich an und wollte den Arm um mich legen, aber ich musste sie erst etwas fragen.

»Wird Olivia wieder ganz gesund?«

Sie nickte. »Es sieht gut aus. Die Ärzte meinen, dass bei so jungen Patienten die Chancen sehr groß sind.« Ihr Blick glitt zur Terrasse. »Sie schafft das.«

»Und wenn …«, ich sah Papa an, »wenn die Versicherung den

Ernteausfall bezahlt und genügend Urlaubsgäste kommen, ist dann alles wieder in Ordnung?«

Er runzelte die Stirn. »Was meinst du?«

Ich guckte zwischen ihm und Mama hin und her. »Haben wir jetzt keine Geldsorgen mehr?«

Sie wirkten verblüfft.

»Hast du das gedacht?«, fragte Papa.

Ich nickte.

Mama strich mir eine Strähne aus dem Gesicht. »Ach, Frida, das hat dich umgetrieben? Du musst dir keine Sorgen machen. Ohne die Feriengäste wäre es dieses Jahr knapp geworden, vor allem, weil wir viel Heu zukaufen müssen, aber irgendwie hätten wir das schon überbrückt. Und jetzt ist ja alles wieder im Lot, die Reitstunden sind voll und den Sommer über sind wir fast ausgebucht.«

Ich atmete laut aus. »Das heißt, wir können alle anderen Pferde behalten?«

Nun sahen sie beide ziemlich ratlos aus.

»Na, weil ihr doch Wanja und Flora verkauft habt!«

Mama zog mich an sich. »Ja, aber doch nicht, weil das Geld knapp war! Jetzt, wo Theo an der Uni ist, kann er die jungen Pferde nicht mehr ausbilden, und allein schaffe ich das nicht. Deswegen müssen wir auch mal Dreijährige verkaufen.« Sie sah mich an. »Mach dir keine Gedanken. Die beiden sind sehr gut untergebracht. Sie fangen dort ganz langsam an, mit ihnen zu arbeiten.«

Ich konnte nur hoffen, dass sie recht hatte, aber wir kamen nicht dazu, weiter darüber zu reden, weil jemand »Kristin!« rief und Mama irgendwas am Büfett erledigen musste.

Plötzlich stand Jannis vor uns. »Kannst du bitte mal mitkommen, Frida?«, fragte er. »Du auch, Robert?«

Er wollte uns nicht sagen, wohin er uns führte, und als wir ums Haus gegangen waren und auf den Torbogen zuliefen, wusste ich auch, wieso.

»Du!«, rief ich und wurde schneller. »Dass du hier auftauchst!«

Ich erreichte Nils vor Papa und Jannis und funkelte ihn an. Weder Jannis noch ich hatten bisher ein Wort darüber verloren, dass Nils an der Sache beteiligt gewesen war, aber wir wussten natürlich, dass wir irgendwann darüber reden mussten. Und jetzt kam er selber.

»Ich kann es echt nicht fassen, dass du dich hierhertraust. Was denkst du dir? Du hast mich die ganze Zeit angelogen! Du blöder Idiot!«

Ich war dermaßen wütend, dass ich ihn gegen die Brust stieß, aber Jannis – ausgerechnet Jannis! – hielt mich fest.

»Was ist hier los?«, wollte Papa wissen.

Jannis sagte: »Bitte lasst ihn reden, okay? Er will sich entschuldigen.«

Ach was. Das wollte ich hören. Abwartend verschränkte ich die Arme und starrte Nils so kalt wie möglich an. Ich spürte Papas Blick auf mir, aber dann zuckte er mit den Schultern und nickte.

Nils holte tief Luft. »Jannis hat recht. Ich bin hier, um mich zu entschuldigen. Ich wusste nicht, dass Sie heute ein Fest geben, deswegen tut es mir –«

»Komm zum Punkt«, fauchte ich ihn an.

Er schluckte. »Ja. Okay. Also, die Sache ist die … Ich bin einer der Endurofahrer, die Ihnen in der letzten Zeit so viel Ärger gemacht haben.«

Neben mir ballte Papa die Fäuste, aber er richtete sich nur weiter auf und rückte ein Stück näher zu mir. Er hielt sich echt gut.

Als Papa nicht schon nach dem ersten Satz ausflippte, nickte Nils und begann lang und breit zu erklären, was Jannis, ich und die anderen uns schon zusammengereimt hatten – die Attacke auf der Allee, Olivias Unfall, den Shitstorm und auch die verschwundenen Schilder im Moor. Für Papa war vieles davon noch neu, aber er ließ Nils ausreden. Seine Selbstbeherrschung bewunderte ich wirklich.

»Die ganze Sache ist völlig aus dem Ruder gelaufen«, meinte Nils kopfschüttelnd – und zutreffend. »Schon als du gestürzt bist, Frida –«

»Warst du das, der danach noch stehen geblieben ist?«, fragte ich. Der Gedanke war mir gerade erst gekommen.

Nils nickte wieder. »Es sah echt übel aus, wie du da im Graben gelandet bist«, jetzt sogen Jannis und Papa scharf die Luft ein, »und ich wollte sichergehen, dass du dir nichts getan hattest.«

»Sonst hättest du den Krankenwagen gerufen?«

»Ja.«

»Und dann habt ihr noch mal das Gleiche mit Olivia gemacht?« Ich konnte nicht lockerlassen.

»Da war ich nicht mehr dabei. Mir wurde das alles zu heftig. Ja, wir hatten richtig Ärger wegen dir und deinem Video, aber mit einer Abreibung hatte das alles bald nichts mehr zu tun. Und als ich dann hier auf dem Hof war …«

»… und dich eingeschleimt hast …« Ich wusste nicht, warum Jannis neben mir stand wie ein Lamm, aber ich war noch lange nicht bereit, Nils einfach davonkommen zu lassen. Da konnte er sich entschuldigen, so viel er wollte.

»… und alle kennengelernt habe, war das Ganze noch hundertmal schwieriger. Ich wollte das alles nicht mehr, aber ich wusste einfach nicht, was ich tun sollte.«

»Und deswegen hast du deinen Kumpels unsere Dienstpläne weitergegeben?«

Nils wurde rot. Endlich. »Das war vor … allem.«

Papa wollte auch noch das eine oder andere von ihm wissen. Das immerhin musste man Nils zugutehalten: Er antwortete ohne großes Getue. Ich glaube, er wollte wirklich reinen Tisch machen.

Papa fragte: »Weißt du, wer unser Feld angezündet hat?«

Nils nickte. »Ich war nicht dabei, aber ich kann es mir denken.«

»Gibst du mir die Namen?«

Nach kurzem Zögern schüttelte Nils den Kopf. »Nein. Ich komme mit Ihnen zur Polizei, wenn Sie möchten, und sage denen alles noch mal, was ich Ihnen gerade erzählt habe, aber ich ziehe niemanden mit rein.«

Jannis und ich schnappten nach Luft, aber zu meiner Überraschung sagte Papa nach einer kurzen Pause: »In Ordnung. Das kann ich respektieren. Aber was soll ich machen, damit in Zukunft nichts mehr passiert?«

»Es wird nichts mehr passieren.« Nils sah Papa fest an. »Das verspreche ich Ihnen. Wenn noch mal was passiert, dann gebe ich Ihnen jeden Namen, den Sie brauchen.«

Papa rieb sich übers Gesicht und atmete tief ein. »Du und deine Freunde haben unglaubliches Glück gehabt, dass durch euren Leichtsinn niemand gestorben ist, das ist dir klar, oder? Das könnt ihr gar nicht mehr gutmachen. Aber was du tun kannst, ist, den wirtschaftlichen Schaden abzuarbeiten, den wir haben. Ich lasse die Polizei aus dem Spiel, wenn du hier hundert Stunden aushilfst. Was sagst du?«

Nils überlegte nicht lang, sondern hielt Papa die Hand hin. »Abgemacht. Danke.«

Als wir zurück zu den anderen gingen, konnte ich gar nicht richtig glauben, was gerade passiert war. Papas Reaktion fand ich ziemlich großzügig, aber so ganz verstand ich sie nicht. »Warum gehst du nicht einfach selber zur Polizei? Auf dem Feld gibt es doch bestimmt Reifenspuren.«

Papa legte mir einen Arm um die Schultern. »Die gab es auch. Aber als ich Brandschneisen gepflügt habe, sind sie verloren gegangen. Das war die Abwägung: weniger Schaden oder vielleicht verwertbare Beweise.«

Das durfte echt nicht wahr sein. Ich schnaufte. »Tja, dann bleibt mir also nichts übrig, als mir richtig fiese Aufgaben für Nils zu überlegen.«

Papa lachte und Jannis grinste mich an. »Soll ich helfen?«

# Jannis

»Lass uns von hier verschwinden.«

Der Moment war günstig. Es war schon fast zehn, und obwohl es noch hell war, brachen immer mehr Gäste auf, vor allem die jüngeren Reitkinder und ihre Eltern. Wir hatten eine Weile am Bachufer gesessen, jetzt drehte sich Frida zu mir um und lächelte.

»Okay.« Sie stand auf und klopfte sich das trockene Gras vom Kleid.

Bis heute Abend hatte ich das nicht bemerkt, aber in unseren Händen mussten verschiedenpolige Magnete sein. Anders konnte ich mir nicht erklären, wieso sich unsere Finger schon wieder verschränkten, als wir unter den Zweigen der Weide durchschlüpften und auf der anderen Seite über die Wiese liefen. Ich hatte jedenfalls nichts damit zu tun.

Irgendwie landeten wir auf der Stutenweide. Klar, so konnte Frida das Angenehme mit dem Nützlichen verbinden und nachsehen, ob mit den Pferden alles in Ordnung war. Wir liefen bis zu der kleinen Anhöhe, von wo aus ich die Biker bei ihrem Überfall auf die Pferde gefilmt hatte.

»Meinst du, es ist wirklich vorbei?«, fragte Frida, als hätte sie meine Gedanken gelesen. »Denkst du, Nils hat die Wahrheit gesagt und sie kommen nicht wieder?«

Ich überlegte einen Moment und ließ den Blick über die Herde schweifen, die ein Stück von uns entfernt zusammenstand und döste. Ob die Biker wirklich aufgaben, wusste ich nicht, aber Nils glaubte ich. Wenn er nicht dafür sorgen konnte, dass sie mit ihren Attacken aufhörten, dann würde er sie ans Messer liefern. Und dann war sowieso Schluss.

Also nickte ich.

Frida sah mich skeptisch an. »Wieso vertraust du ihm? Ist das irgend so eine Blutsbrüderschaft, weil er für dich in den Wald gefahren ist und du ihn aus diesem Loch gezogen hast?«

Das brachte mich zum Lachen. »Howgh.« Ich machte eine ausschweifende Armbewegung. »Und dann satteln wir unsere edlen Rösser und reiten in den Sonnenuntergang.«

Frida prustete. »Nichts da.« Sie legte ihre Arme um meine Taille und sah mich an. »Die Einzige, mit der du in den Sonnenuntergang reitest, bin ich.«

Es war also so weit. Ihr Gesicht war ganz nah und ich …

»Was machst du jetzt mit Dari?«

Ich musste erst mal tief einatmen, zog sie dabei aber näher zu mir. »Ich hab mir überlegt, dass es gar nicht am Reiten selber liegt bei ihr. Wahrscheinlich hat sie vor allem Angst vor dem Sattel. Sie hat Nils auf ihrem Rücken geduldet und … und mich ja auch.« Ich zuckte mit den Schultern. »Vielleicht trainiere ich sie erst mal ohne Sattel.«

Fridas Mund zuckte, dann verzog er sich zu einem Grinsen und schließlich begann sie zu lachen. »Mister Siegerschleife auf dem blanken Pferderücken«, brachte sie atemlos hervor, »das ist wirklich komisch.«

Das Lachen schüttelte sie so, dass sie ihren Kopf an meine Brust lehnen musste. Das war völlig okay. Meinetwegen konnte sie die ganze Nacht so bleiben.

Aber dann änderte sich etwas. Ihr Lachanfall ebbte ab, und ich fühlte, wie sie tief einatmete. Ihre Arme lagen immer noch um meinen Rücken, und weil ich nicht wollte, dass sie auf die Idee kam, sie wegzunehmen, zog ich sie noch näher an mich.

Als ich sie so hielt, konnte ich spüren, wie schnell ihr Herz schlug. Und einen Teil von mir freute das, denn es hieß, sie war genauso aufgeregt wie ich.

Aber gleichzeitig wollte ich das nicht. Ich wollte, dass sie ruhig war bei mir, sicher. Zu Hause.

Ich lehnte meine Stirn an ihre. Ihr Gesicht war so nah, dass es vor meinen Augen verschwamm, doch das war egal. Ich kannte jede Linie, jede Sommersprosse.

Ich spürte ihre Hand an meiner Hüfte. Die andere legte sie langsam an meine Wange und im selben Moment ging die Hälfte meines Gesichts in Flammen auf. Ihre Hand glitt in meinen Nacken, und in meinem Kopf war nur noch Platz für dieses Mädchen, ihren Duft, ihre Haut, ihren Namen. Frida.

Sie machte ein kleines, süßes Geräusch, irgendwo zwischen Seufzen und Lachen, und dann lag ihr Mund auf meinem, einfach so, obwohl es zu ihren Lippen eben noch so weit schien wie von hier nach Stockholm.

Ich hielt sie ganz fest, und während wir uns küssten und immer wieder lachten, verging die Zeit.

Als wir wieder guckten, war das Tageslicht längst verschwunden, und über uns spannte sich ein nachtblauer Himmel. Frida lächelte mich an, und auch wenn es absolut unmöglich war, erschien sie mir im Sternenlicht noch viel schöner. Das Herz schlug mir bis zum Hals.

Scheiße, war ich verliebt.

# Natural Horsemanship gegen Turniersport:

ISBN 978-3-7348-5038-7

Wind, Meer und Weite – für Frida gibt es nichts Schöneres, als mit ihrem Pony Liv durch die Wellen zu galoppieren. Sie kann einfach nicht verstehen, was Jannis daran findet, sein Pferd jedes Wochenende auf Turnieren über Hindernisse zu jagen.

Jannis belächelt Frida dafür, dass sie so gar keinen Ehrgeiz hat beim Reiten – er und seine Stute Dari sind ein Topteam auf dem Springplatz. Doch dann beginnt Dari, sich zu verändern, und Jannis stellt fest, dass ausgerechnet Frida einen echten Draht zu seiner Stute hat.

Gemeinsam versuchen sie, Dari zu helfen. Bis zu einem Turnier, nach dem nichts mehr ist, wie es war …

**Theresa Czerny** ließ schon als ganz kleines Mädchen keine Gelegenheit aus, in die Nähe eines Pferdes zu kommen. Richtig reiten lernen durfte sie aber erst mit zwölf, also überbrückte sie die Zeit damit, jedes Pferdebuch zu lesen, das ihr in die Finger fiel. Inzwischen ist sie schon eine Weile erwachsen und kann in den Reitstall, wann immer sie will – und das Beste ist: Sie darf jetzt sogar Pferdebücher schreiben!

Natürlich magellan©

FSC
www.fsc.org
MIX
Papier aus verantwortungsvollen Quellen
FSC® C083411

Wir pflanzen Bäume
Für unsere Umwelt
www.magellanverlag.de

**Hergestellt in Deutschland**
**Gedruckt auf FSC®-Papier**
**Lösungsmittelfreier Klebstoff**
**Drucklack auf Wasserbasis**

1. Auflage 2019

Wir bedanken uns für die freundliche Abdruckgenehmigung von Zitaten aus:
*Sweet Child O' Mine*, Musik und Text: Slash / Steven Adler / Duff McKagan / W. Axl Rose / Izzy Stradlin
© Guns N' Roses Music / Black Frog Music
Mit freundlicher Genehmigung der Warner/Chapell Music Germany GmbH / Sanctuary Kobalt (W A R) Limited / Universal SRG Music Publishing Ltd. / Universal Music Publishing GmbH / Universal Music Publishing International Ltd.
Umschlaggestaltung: Christian Keller
unter Verwendung von Motiven von iStock / anttoniu / Extezy / subjob / yod67 und shutterstock / OlesyaNickolaeva
Druck: CPI, Leck
ISBN 978-3-7348-5039-4

*www.magellanverlag.de*